PRIMEIRAS MÁS IMPRESSÕES

GABRIELA GRACIOSA GUEDES

PRIMEIRAS MÁS IMPRESSÕES

Tradução
Solaine Chioro

1ª edição

Rio de Janeiro-RJ / São Paulo-SP, 2024

VERUS
EDITORA

Título original
First impressions of you

ISBN: 978-65-5924-310-5

Copyright © Verus Editora, 2024
Todos os direitos reservados.

Direitos reservados em língua portuguesa, no Brasil, por Verus Editora. Nenhuma parte desta obra pode ser reproduzida ou transmitida por qualquer forma e/ou quaisquer meios (eletrônico ou mecânico, incluindo fotocópia e gravação) ou arquivada em qualquer sistema ou banco de dados sem permissão escrita da editora.

Verus Editora Ltda.
Rua Argentina, 171, São Cristóvão, Rio de Janeiro/RJ, 20921-380
www.veruseditora.com.br

CIP-BRASIL. CATALOGAÇÃO NA FONTE
SINDICATO NACIONAL DOS EDITORES DE LIVROS, RJ

G957p
Guedes, Gabriela Graciosa
Primeiras más impressões / Gabriela Graciosa Guedes ; tradução Solaine Chioro. - 1. ed. - Rio de Janeiro : Verus, 2024.

Tradução de: First impressions of you
ISBN 978-65-5924-310-5

1. Romance brasileiro. I. Chioro, Solaine. II. Título.

24-91308
CDD: 869.3
CDU: 82-31(81)

Meri Gleice Rodrigues de Souza - Bibliotecária - CRB-7/6439

Revisado conforme o novo acordo ortográfico.

Seja um leitor preferencial Record.
Cadastre-se no site www.record.com.br e receba informações sobre nossos lançamentos e nossas promoções.

Atendimento e venda direta ao leitor:
sac@record.com.br

Para o meu avô, que sempre perguntava
"E o livro, Biboca?" toda vez que me via.

Tá pronto, vô.
Embora eu não fosse te deixar ler de jeito nenhum,
queria que você pudesse ter visto.

1

É UMA VERDADE UNIVERSALMENTE CONHECIDA QUE UMA MULHER imigrante sem posse de um green card deve estar à procura de um marido.

Na real, não é algo universalmente conhecido, nem é verdade, mas parece que eu sou a única que acha isso.

Perdi a conta de quantas mensagens recebi durante os últimos quatro anos e meio de tias, tios, primos, amigos, antigos colegas com quem não falo há anos, até recepcionistas da clínica dos meus pais, todos perguntando a mesma coisa: já arranjou um namorado americano para conseguir um green card?

Algum deles já perguntou sobre minha carreira? Claro que não.

Relatos românticos dão boas fofocas.

Ninguém quer saber as atualizações de trabalho da outra pessoa ou as conquistas profissionais. Caso quisesse, o LinkedIn seria muito mais usado.

Não que eu tenha muito disso para compartilhar. Quer dizer, atualizações de trabalho. Bem, relatos românticos também não, para ser sincera, mas não estou procurando de verdade por esses.

Me mudei para os Estados Unidos com um objetivo e um plano. E esse objetivo não tem nada a ver com arranjar um namorado. Não tenho tempo para isso. Meu tempo é bastante limitado.

Doze meses. Só me resta isso.

Doze meses e uma pilha de mais de mil metros de probabilidades contra mim.

Dar certo como atriz em Hollywood já é difícil. Dar certo sendo uma atriz latina e gorda? Bem mais difícil. Dar certo como atriz latina e gorda em menos de um ano? Praticamente impossível.

Mas, mesmo com tudo isso, prefiro acreditar na alternativa menos provável.

Voltar para o Brasil não é uma opção.

Estou no sexto mês, e finalmente vou fazer uma audição em que tenho chance de passar.

Digo para mim mesma que essa audição é exatamente como qualquer outra. Repito e repito até sentir que meu cérebro pelo menos finge acreditar. Eu não cedo à pressão de saber que essa pode ser minha última chance.

A audição de hoje é como qualquer outra.

O sol está brilhando forte no límpido céu azul. É uma típica manhã quente de verão em Los Angeles, mas sinto a temperatura do meu sangue diminuindo enquanto passo pelo portão que apenas funcionários podem usar no parque temático Movieland.

Estamos no meio de julho e é o ponto alto da estação. O parque já está lotado, e só está aberto há menos de uma hora. Uma mistura de suor e animação espalha-se pelo ar, o calor irradiando e refletindo em cada superfície.

Os aromas sublimes de canela, açúcar e nozes assadas rodopiam em nuvens doces vindas do Sprinkled Dreams, mas todos parecem ignorar a confeitaria, perdidos no frenesi de chegar aos brinquedos e atrações mais emocionantes. Eu pondero pegar um rolinho de canela e dizer oi para minha amiga Ellen, mas penso melhor e, em vez disso, me junto à multidão na jornada pela rua principal que conecta a entrada do parque ao Hollywood Plaza, onde fica o imponente Palace Theatre em toda sua glória.

O teatro, casa das peças anuais de inverno, fica fechado ao público durante o verão, mas isso não impede o povo de se enfileirar para tirar fotos na frente da fachada. A arquitetura imponente lembra a Ópera Garnier, em Paris. As colunas e pilastras adornadas com elementos luxuosos no estilo neoclássico e art nouveau formam um plano de fundo perfeito para as fotos dos turistas.

Não é coincidência que o teatro seja não só o ponto principal do Hollywood Plaza, como também o prédio mais icônico no parque. Se a Movieland fosse a Disneyland, o teatro seria o castelo da Bela Adormecida.

Se hoje tudo sair como planejei, em alguns meses vou me apresentar nesse lugar magnífico. Só de pensar nisso sinto arrepios passando por todo meu corpo.

Estou no fim da Reel Road, a rua que conecta a entrada principal à praça, e ainda tenho um tempo para gastar, então dou uma volta ao redor da praça e paro para observar as pessoas tirando fotos na frente do teatro por um minuto antes de entrar para o teste.

Uma família de cinco pessoas é a próxima na fila. Sorrio ao perceber como todos eles estão combinando, exceto a mais nova. A menina mais velha está vestida da cabeça aos pés de Scarlet Armas, a guerreira heroína do último filme de sucesso da Movieland, *Shadowfall*. O irmão, que parece ter a mesma idade ou ser um pouco mais novo, está vestido como outro herói revolucionário de um filme mais antigo. Os pais estão usando camisas combinando de *Raw Notes*, um musical que é considerado uma das obras-primas da Movieland. Está claro que nenhum deles palpitou na roupa da mais nova já que ela está usando um vestido bufante de princesa amarelo que deveria estar em Anaheim.

— Querem que eu tire uma foto da família? — proponho, deixando meus instintos falarem mais alto.

Faço isso há seis meses, não dá para desligar.

— Ah, seria ótimo. Obrigada — responde a mãe, aliviada. Eu espero eles se ajeitarem, então tiro algumas fotos no celular dela. — Muito obrigada — a mãe diz quando devolvo para ela. — Quer que eu tire uma de você também?

Estou prestes a dizer não, mas o que sai da minha boca é:

— Sim, por favor.

Fico embaixo da marquise e olho para onde está escrito "Não perca: *Lealdade gélida*, um novo espetáculo chega neste inverno". Quando abaixo os olhos para encarar a mãe, ela já está tirando as fotos. Eu agradeço quando ela me devolve o celular e confiro as fotos enquanto caminho até a entrada dos fundos do teatro.

Ainda é cedo. Os testes estão marcados para começar às dez e meia da manhã, mas não quero me atrasar. Meu celular diz que é pouco mais de dez horas, então encontro um lugar sob a sombra para sentar enquanto olho as fotos. Aquelas em que estou olhando para a marquise me deixam sem fôlego. Tem algo nelas que as faz parecer proféticas, prometendo um futuro melhor.

Estou decidindo se posto ou não quando ouço algo.

De primeira, acho que as vozes são de visitantes do parque como de todo mundo ao meu redor, mas assim que começam a falar sobre a peça, minhas orelhas se levantam como as de um cachorro quando ouve suas palavras favoritas.

Eu me concentro para tentar distinguir o que estão dizendo, mas além de algumas palavras aqui e ali, não consigo ouvir muita coisa. Sem pensar, chego perto da entrada, ainda sentada no banco de pedra. Uma pequena parte de mim se questiona se eu deveria ou não estar ouvindo escondida, mas se fosse mesmo uma conversa secreta, ela não estaria acontecendo em um lugar público, né?

— Você escolheu isso, sabia? — uma mulher está falando.

— Eu sei, mas você também disse que… — A resposta vem de um homem com uma voz grave e suave. Se tomar chocolate quente na frente de uma lareira acesa em uma noite fria fosse um som, seria como a voz dele. Tem um frescor nela que me lembra do inverno, mas também é calorosamente rouca, que envolve como um cobertor quente.

— Eu sei o que eu falei, Davis — a voz da mulher o interrompe. Se a voz dele me lembra o inverno, a dela soa como um dia de verão, claro e cintilante. — É isso que sempre fazemos aqui. Não tem como você chegar e tentar mudar o sistema inteiro.

— O sistema é uma droga, Emily. — A voz dele se torna um pouco mais fria quando a exasperação aumenta. De qual sistema eles estão falando? — Essas pessoas foram contratadas para trabalhar no parque. Se fossem mesmo bons atores, eles não estariam... sabe, atuando?

Espera, o quê? Ele...

Quem é aquele fodido?

Não consigo ver nenhum dos dois de onde estou sentada. Ele a chamou de Emily, então só consigo presumir que ele está conversando com a diretora da peça, Emily Eddings. Não faço ideia de quem é o cara, mas já sei que não gosto dele.

Que tipo de pessoa diz algo assim?

Ele nem assistiu aos testes e já está presumindo que nenhum de nós tem talento?

Que audácia!

Minha indignação não é só por mim, embora eu me sinta pessoalmente atacada pelo comentário, mas também por todos que já fizeram parte do elenco aqui.

Movieland é conhecido por descobrir novos talentos especificamente através das apresentações ao vivo no parque. As peças existem basicamente para novos atores terem uma chance nesta indústria implacável. Perdi a conta de quantos grandes nomes de Hollywood começaram em Movieland.

Ele nunca ouviu falar da Hazel Williams? Eu literalmente acabei de ver uma pré-adolescente vestida como a última personagem da Hazel, a heroína que toda garota quer ser agora. Hazel foi indicada ao Oscar, pelo amor de Deus. E ela começou fazendo uma apresentação ao vivo exatamente como essa para qual abriram teste — o teste que estou prestes a fazer.

Minha onda de raiva me faz perder o rumo da conversa deles. Preciso me segurar para não levantar e ir gritar na cara desse homem. Estou bem perto de fazer isso, mas me seguro. Só porque ele está conversando com Emily Eddings, e não quero fazer uma cena na frente da diretora.

— Volta para dentro — ordena ela. Agora que estou focada de novo, consigo ouvi-los com clareza. — Vamos começar logo. Se recomponha e dá um jeito nesse seu comportamento.

— Você não precisa de mim para a primeira rodada — diz ele com sua voz grossa.

É uma afirmação, não uma pergunta. Ele soa tão convencido, não duvido que o encontraria empurrando um carrinho de bebê para poder carregar seu ego.

— Achei que você queria fazer parte do processo, Davis. *Esse* é o processo. — Consigo sentir o sarcasmo na voz dela.

— Vou adorar fazer parte do processo de verdade. Aquele com talento *de verdade*.

Talento de verdade? Quem é ele para julgar o que é talento de verdade? Aposto que é um zé-ninguém que nunca atuou durante um minuto de sua vida, pronto para julgar todo mundo com base somente na sua opinião arrogante.

— Eu já me arrependi de ter te chamado para fazer isso, Davis. Juro por Deus, você… — Agora a voz de Emily está envolvida em fúria.

— Eu vou encher a plateia, e você sabe disso. Você mesma que disse, Em. Precisa de um nome para trazer o público, e você basicamente me coagiu a fazer isso. Agora, me desculpa se não concordo com todo esse processo estúpido. Me liga quando precisar de mim.

Um carrinho pode não ser o bastante para o ego dele, decido. Talvez um caminhão inteiro.

A conversa termina sem sequer uma despedida, mas não culpo a diretora por bater a porta na cara dele. Eu teria feito o mesmo.

Espero alguns minutos antes de me levantar e seguir Emily lá para dentro. Não quero arriscar ver o cara e fazer algo de que posso me arrepender mais tarde e arruinar minha chance nessa peça.

O sangue que congelou pela ansiedade agora ferve por minhas veias. Encontrei uma nova motivação, não que isso estivesse em falta antes.

Tem muita coisa em jogo aqui. Este teste pode muito bem ser a chance de mudar minha vida de uma vez por todas. Ser escalada nesta peça não é só algo que quero, é algo que *preciso*. Esta é minha última chance de ficar nos Estados Unidos. Minha última chance de seguir meus sonhos.

E agora também é minha chance de provar que esse cara está categoricamente errado.

A porta dos fundos dá para uma antessala de luzes baixas e um conjunto de móveis que parecem ter passado quatro décadas de sua melhor época. É bem anticlimático. Uma assistente de produção fica na mesa conferindo a identidade dos funcionários e riscando nomes de uma lista terrivelmente longa. Me pergunto quantas pessoas se inscreveram para isso.

Com base no meu tempo de espera, o número é maior do que imaginei.

Depois de ser mandada para uma sala de espera lotada, logo nos dizem que vão nos levar para o palco principal em grupos de dez, e meu nome só é chamado depois de alguns grupos terem subido ao palco.

Sem hesitar, sigo a assistente que nos leva pelo labirinto de corredores até a coxia do lado esquerdo, e então arquejo quando entro no palco.

Estou mesmo fazendo isso. É isso aí.

— É bonito, né? — O cara ao meu lado olha em volta, como se estivesse maravilhado demais pelo lugar.

Consigo apenas assentir, concordando.

Nunca imaginei que o teatro pudesse ter uma aparência melhor do que a do lado de fora, mas estava errada. O interior é grandioso. Magnífico.

É um esforço enorme tirar os olhos das paredes ornamentadas para focar na pessoa dando instruções à nossa frente. A imponência do lugar faz até mesmo a presença dominante de Emily Eddings ter que lutar por atenção.

Ela é a diretora mais influente para quem já fiz teste. Ela é da rara espécie de diretores que consegue navegar facilmente tanto pelo teatro quanto pelo cinema.

E mesmo que você não seja nerd de teatro e nunca tenha ouvido falar dela, só de olhar para sua figura imponente, ainda que pequena, já dá para saber que ela é importante. Mesmo com um metro e cinquenta e sete, ela se faz notar em qualquer lugar que entra. Seu longo cabelo loiro está solto, franjas em cortina emolduram seu rosto branco. Ela está vestindo um macacão roxo-escuro que poucas pessoas conseguiriam bancar como ela.

Sou tragada por suas palavras, prestando muita atenção às instruções, pensando na melhor estratégia para este teste enquanto ela nos conta como vai funcionar. Algumas das pessoas ao meu redor estão tão perdidas que me pergunto se já estiveram em uma peça na vida. Em certo momento, quase parece que estou assistindo uma produção da escola primária.

Eles nos dão uma cena de baile para apresentar, o que eu não estava esperando. Mas treinei um pouco de dança, então acho que consigo dar conta.

— Estamos prontos — avisa Emily da primeira fileira, de onde ela está assistindo com duas outras pessoas ao seu lado. Me pergunto se o cara à sua esquerda é o que estava conversando com ela lá fora, mas não tenho certeza. Ela chama vários nomes antes de dizer: — Muito obrigada por participarem. Por agora, vamos seguir sem vocês, mas fico muito contente por terem vindo.

Fico contente por meu nome não estar entre eles. Emily é muito legal com todos que ela dispensa, mesmo quando eles claramente não fazem ideia do que estão fazendo. É quase como se ela estivesse sendo cuidadosa para não destruir o sonho de ninguém, seja lá qual for.

Depois que eles saem do palco, ficamos só eu e dois outros atores parados na frente da diretora e sua equipe. Antes de dizer qualquer coisa, Emily vira para a mulher à sua direita e pergunta algo. Elas sussurram por um tempo, e quando volta sua atenção ao palco, seus olhos param em mim.

Eu respiro fundo, sentindo meu corpo inteiro ficar tenso. Minha barriga está se revirando. Eu não comi nada antes de vir, mas de repente meu estômago está pesado como chumbo. Fico torcendo as mãos atrás de mim, com as unhas cravando nas palmas para impedir que meu corpo trema. Estou na beira de um precipício, e é a Emily que está segurando a corda.

— Matthew e Amy — ela finalmente fala, olhando para os dois atores à minha direita. Soube desde o começo que eles seriam bons, que tinham experiência. Dava para saber pela atitude deles. Sei que a notícia é boa para eles antes que Emily diga: — Queremos vocês dois para algumas cenas, inclusive a do baile. Vocês aceitam?

Não preciso olhar para os dois para saber que eles estão assentindo com entusiasmo e agradecendo a oportunidade. Ela diz que entrará em contato, e os dois atores saem do palco, me deixando sozinha para observar Emily escrever algo no papel diante dela.

— Luiza — diz ela, olhando para mim.

Ela inclina a cabeça para o lado como se estivesse me estudando, os olhos me varrendo da cabeça aos pés. Ser o único foco de sua atenção é muito inquietante. Seus olhos azuis como o oceano parecem enxergar dentro de mim, procurando por algo. Se eu soubesse o que era, podia tentar mostrar, fazer emergir e oferecer a ela em uma bandeja de prata. *Aqui, posso ser quem e o que você precisa para essa peça.* Mas não faço ideia do que ela está procurando.

Tudo o que posso fazer é esperar. E torcer.

— Não podemos te usar como figurante. Já temos todos que precisamos — diz ela.

Assinto, compreendendo, tentando dar meu máximo para não deixar que a decepção tome conta do meu rosto, mas é difícil forçar minha expressão a permanecer calma.

É isso.

Eu não sirvo nem para figurante, me pego pensando em minha própria língua.

A voz em minha cabeça dizendo que não sou boa o bastante é tão alta que me assusta. Tão alta que quase perco o que Emily diz em seguida.

— Mas queremos que você faça o teste para a princesa Melina.

Eu ergo a cabeça.

O quê?

Não tenho certeza se fiz a pergunta em voz alta ou se ela consegue ler minha expressão, mas Emily diz de novo:

— Ainda estamos procurando pela nossa princesa e achamos que você pode ser boa para o papel.

O primeiro pensamento que me vem é que isso é uma pegadinha. E odeio que isso aconteça, mas não posso evitar. Em uma fração de segundo, meu cérebro cria um cenário inteiro. Alguém organizou isso para fazer uma pegadinha comigo, e em alguns segundos, as câmeras vão aparecer e alguém vai rir de mim com um microfone na frente do meu rosto, perguntando como me sinto por ter caído nessa.

No entanto, eu olho em volta e não vejo nenhuma câmera. Tudo que vejo são três pares de olhos cheios de expectativa à minha frente, e à minha direita, na coxia, Matthew e Amy sorriem e aplaudem.

Quando não digo nada, porque aparentemente perdi a habilidade de falar, Emily me pergunta:

— Você quer fazer o teste para o papel da princesa?

— Sim — digo, com a voz um pouco trêmula. Pigarreio. — Claro que quero.

— Ótimo. — Ela assente. Um sorriso satisfeito repuxa seus lábios. Ela escreve algo nos papéis diante de si. — Volte lá pelas três da tarde e você faz o teste de novo.

Sei que deveria comer algo antes de voltar ao teatro, mas não consigo me forçar a fazer isso. Nem mesmo o cheiro maravilhoso das gostosuras perfeitas do Sprinkled Dreams consegue me dar fome. Meu estômago está pesado de ansiedade. Assim que chego lá, faço a volta e retorno ao teatro.

Fazer o teste para a princesa Melina não estava nos meus planos, mas agora que isso é uma possibilidade, se tornou mais necessário do que respirar. Ser contratada para fazer parte do elenco teria sido o suficiente para mim. Teria sido um bom começo. Mas a principal? Eu nunca teria sonhado com isso.

É engraçado porque é literalmente o motivo de eu estar aqui, mas agora que está ao meu alcance, parece irreal.

O banco de pedra do lado de fora do teatro se torna meu lugar favorito para esperar, eu pego o roteiro e começo a ler minhas falas quando alguém se aproxima, fazendo sombra em cima das palavras. A princípio, penso que é apenas outro visitante do parque procurando um lugar para descansar, mesmo essa sendo uma área mais isolada, fora do caminho comum. Mas aí a sombra para de se mexer, e eu finalmente levanto a cabeça.

Não estou preparada para o que encontro. Parado à minha frente, de uma forma casual, está provavelmente o homem mais bonito que já vi. Ele está olhando para o celular, com uma careta suave, mas ainda parece pertencer à capa de uma revista. Eu observo sua postura casual, a camiseta branca simples contra sua pele bege, o jeans ligeiramente gasto, o boné de beisebol azul desbotado saindo do bolso de trás da sua calça. Individualmente, nenhuma parte dele parece superbonita, mas de alguma forma, o conjunto da obra é devastadoramente lindo.

Eu o observo por tempo demais, definitivamente por mais tempo do que é aceito pela sociedade, mas ele está tão absorto na telinha em suas mãos que nem percebe. Suspeito que ele nem sequer registrou minha presença no banco bem ao seu lado. Me pergunto o que ele está vendo no celular que recebe toda sua atenção.

Como se conjurasse sua atenção só de pensar, os olhos dele se viram para mim, e eu afasto o rosto depressa. Mas não depressa o bastante para que ele não perceba.

Quando viro de novo para ele, o boné está em sua cabeça, e ele está me encarando, com uma pequena ruga entre os olhos. Por um segundo, acho que ele está irritado em me ver ali, mas eu cheguei primeiro, então isso não faria sentido. Aí os olhos dele disparam para o roteiro no meu colo e, por instinto, eu o puxo para perto do peito para esconder dele. Seus olhos seguem o movimento, a compreensão recaindo sobre ele.

— Você está aqui para o teste — diz ele.

Não é uma pergunta. É uma afirmação. Tem algo de familiar em sua voz, mas não consigo descobrir onde ouvi antes.

Assinto.

— Vou fazer o teste para Melina — falo, percebendo um pouco tarde demais que provavelmente não deveria revelar isso para um estranho que presumo que também está na peça mesmo sem nenhuma outra evidência, a não ser pelo fato de que ele é bonito demais para não ser um ator.

Algo imediatamente muda em seus olhos. A ruga entre suas sobrancelhas some, e seus largos ombros caem levemente. A tensão de seu corpo parece aliviar um pouco, quase como se saber que eu vou fazer o teste para o papel da princesa tivesse me feito ganhar uns pontos de confiança com ele. Mas preciso contar com sua linguagem corporal para reunir essas informações, porque ele não diz nada em resposta.

E eu não sou do tipo de pessoa que se sente confortável com o silêncio.

— Eu me chamo Luiza — digo, enfim, esticando a mão para ele.

Seus olhos recaem sobre minha mão, depois sobre o meu rosto, e de volta para minha mão. Ele finalmente a aperta, um pouco antes da estranheza do momento se tornar ainda pior se ele me deixasse no vácuo.

Quando ele não diz seu nome voluntariamente, eu inclino a cabeça, arqueando a sobrancelha.

— E o seu nome é…

Isso parece pegá-lo de surpresa, como se eu tivesse perguntado se ele já esteve na Lua. Sei que não sou a pessoa com o melhor traquejo do mundo — nem mesmo entre minhas irmãs eu seria considerada a melhor em papo furado —, mas nunca pensei que podia tornar desconfortável perguntar o nome de alguém.

Ele me avalia por um segundo, fazendo eu me sentir extremamente constrangida.

— Winter — ele diz em voz baixa.

É como se ele não estivesse esperando dizer a palavra. Seus olhos estão superfocados nos meus, e percebo que eles são de um tom escuro de castanho assim como seu cabelo, como a cor de um mistério que eu gostaria muito de revelar.

Pisco antes de me perder em seus olhos, precisaria de um mapa para escapar dali.

— Prazer em te conhecer, Winter — digo, tentando recuperar algum autocontrole. — Você também vai fazer o teste? — Ele abre a boca para responder, mas outra pergunta já está pulando dos meus lábios: — Você também trabalha no parque?

Sua boca fecha depressa, apertada em um risco. Sua conduta inteira muda, seus músculos ficam tensos de novo, e posso praticamente vê-lo se fechando, os olhos profundos cor de chocolate passam a ser nada além de uma casca fina.

— Você trabalha no parque? — pergunta Winter, seus olhos de repente me percorrem por inteira, com o cérebro queimando para processar essa nova informação.

Pelo jeito que ele está me olhando, parece até que contei que sou de Marte.

— Na entrada.

A expressão dele me mostra que dei a resposta errada. Seja lá quais pontos ganhei ao dizer que vou fazer o teste para Melina, eles são retirados quando conto onde trabalho.

— E você vai fazer o teste para Melina? — Sua voz está envolvida em descrença.

Não foi isso o que eu disse?

— Sim — confirmo.

Ele começa a balançar a cabeça como se eu tivesse dito algo errado, mas quando abro a boca para explicar como isso aconteceu, a careta em seu rosto me para na hora.

— Melina, a princesa?

Esse cara é tão burro quanto é lindo?

— É a única na peça.

— Isso não deve estar certo — ele sibila, sua voz assumindo um tom frio.

— O quê? Por quê?

Ele abre a boca, mas fecha antes de dizer algo. Ele engole em seco, seu pomo de Adão sobe e desce. Não posso dizer que já senti atração por pescoços, mas o desse cara é lambível demais para que eu não perceba.

De onde veio isso? Balanço a cabeça tentando me livrar do pensamento indesejado.

— Você tem experiência? — Ainda estou tão perdida em pensamentos sobre lamber seu pescoço que por um momento acho que ele está me perguntando sobre outro tipo de experiência. Ele percebe a confusão no meu rosto e acrescenta: — Atuando. Alguma experiência atuando?

— Eu... — gaguejo, tentando controlar a conversa.

Qual é a dele?

— Inacreditável — ele murmura baixo. — Eles estão jogando um bando de amadores na gente e esperam que façamos uma boa peça?

Tenho certeza de que ele não está fazendo essa pergunta para mim, e ainda assim, sinto que preciso dizer algo em resposta.

Mas demoro tempo demais, mais do que gostaria de admitir, para entender o significado de suas palavras. Para entender que ele está falando de mim. Eu sou a amadora que não pode fazer uma boa peça.

Assim que compreendo, me ergo para encará-lo, e só então percebo o quanto ele é alto. Mesmo de pé, ele é bem mais alto que eu, com seus ombros largos parecendo maiores quando ele levanta o braço para tirar o boné. Ele alisa o cabelo com a outra mão, deixando os fios revoltos apontando para todos os lados.

Antes que eu possa abrir a boca para perguntar quem ele pensa que é, ele se vira e vai embora. E não espera estar longe o bastante antes de sibilar:

— Que porra que a Emily acha que ela está fazendo?

E com isso, eu finalmente percebo por que sua voz soa tão familiar.

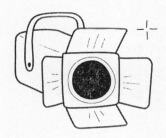

2

Se passam algumas horas antes de eu entrar, o que me dá tempo suficiente para me recuperar do que quer tenha sido aquele encontro e estudar o roteiro.

Se quero conseguir este papel, preciso encontrar uma forma de me destacar. A diferença entre uma performance boa e uma inesquecível está sempre nos detalhes, e é isso o que estou buscando. Uma palavra que foi escolhida no lugar de outra. Uma direção de cena que revele os sentimentos da personagem. Sempre há uma imensidão escondida entre as falas escritas no roteiro.

Melina tem uma parte menor do que se espera de uma princesa, mas ainda é uma oportunidade muito melhor do que imaginei que conseguiria. Ela passa metade da peça fora do palco, em cativeiro, mas exige muito quando entra em cena, tanto emocional quanto fisicamente. Eu leio e releio as falas, buscando a melhor forma de abordar a personagem.

Para este teste, eles escolheram uma das primeiras cenas da peça, o casamento de Melina.

Um dos assistentes de produção me apresenta ao ator que seria o príncipe, mas não tenho tempo para conhecê-lo melhor, ele logo é levado ao palco para começar a leitura com outras atrizes.

Desta vez, não precisamos esperar em salas separadas. Em vez disso, eles nos deixam assistir a todos os testes da plateia. Percebo que algumas das atrizes escolhem não assistir aos outros testes, mas eu decido prestar atenção, tentando descobrir a abordagem que vai me colocar na frente na disputa.

Sou a última a ser chamada para o palco, provavelmente porque fui uma adição de última hora, e pela segunda vez naquele dia, percebo como o teatro é enorme. Quando se pensa em um teatro dentro de um parque temático, se pensa em anfiteatros externos e pequenas produções, mas este poderia competir com os palcos da Broadway.

O medo paralisante de não ser boa o bastante ameaça me dominar enquanto subo para tomar meu lugar, mas tento afastar isso o melhor que posso. Estou familiarizada demais com esse sentimento, e sei bem que não dá para se livrar completamente dele. Em vez disso, eu o prendo em um lugar escondido no meu cérebro e rezo para que não encontre uma forma de sair antes que eu termine a cena.

O ator que faz o príncipe Leon já está esperando por mim. Cameron, se me lembro corretamente da breve apresentação de antes. Ele é alto e esguio e parece pertencer às passarelas. Tudo nele é perfeitamente organizado, do seu cabelo cortado de forma metódica — esmaecendo nas laterais e com cachos cheios de textura em cima — até seu rosto simétrico com grandes olhos cor de mel, nariz largo e lábios carnudos. É como se Deus tivesse desenhado a espécime perfeita e a mandado para a Terra na forma do ator parado bem à minha frente.

— Oi! — ele me cumprimenta, animado. Se eu não tivesse assistido a todos os testes de antes, não adivinharia que ele está há horas passando as mesmas falas de novo e de novo. Ele parece tão animado como quando chegou aqui e nem um pouco cansado com o processo inteiro. Decido imediatamente que gosto dele. — Luiza, certo?

Ele pronuncia meu nome como a maioria dos estadunidenses fazem, como se tivesse um O entre o L e o U.

— Luiza, isso — repito, enfatizando a pronúncia.

— Luiza — repete ele, hesitante. Quando olha para mim buscando aprovação, dou um sorriso e assinto. — Eu amo esse nome. É espanhol?

— Português — eu o corrijo. — Quer dizer, tenho certeza de que também tem falantes de espanhol que se chamam Luiza, mas eu sou brasileira.

O rosto dele se ilumina.

— Legal! — Nunca conheci alguém tão animado por descobrir de onde sou. — Eu sonho em ir para lá. Me chamo Cameron, falando nisso. Cam.

Aperto a mão que ele estende, o marrom intenso e caloroso de sua pele contrastando com o bege rosado e frio da minha. Chego à minha segunda conclusão naquele minuto: quero ser amiga dele mesmo se não conseguir o papel.

Emily me diz que estão prontos quando quisermos, então Cam e eu rapidamente tomamos nossa posição para começar a cena. Na peça, o palco vai estar cheio de figurantes, atuando como convidados do casamento, mas no teste somos só nós dois.

O casamento de Melina e Leon é uma união política, arranjado pelos pais em uma tentativa de fortalecer os dois reinos. Eles não se amam, mas estão conformados com o destino.

Pelo menos, foi assim que toda atriz antes de mim fez a cena.

Quando o sequestrador invade o casamento, me segurando pelo pulso para me levar embora, tenho um segundo para decidir se vou seguir os passos das outras atrizes ou meus instintos. Sou Robert Frost encarando a estrada divergindo diante de mim, torcendo para não me arrepender por escolher aquela menos trilhada.

Enquanto sou arrastada pelo meu sequestrador, deixo meu sentimento de desespero e medo se envolverem com uma emoção a mais que ninguém ousou abordar: alívio. Neste momento, sou princesa Melina, e me sinto aliviada por escapar de um casamento sem amor. Quando dou uma última olhada para Cameron como príncipe Leon, o que mostro para ele não é um apelo por ajuda, mas um pedido de desculpa.

Quando chego à coxia, me sinto igualmente orgulhosa e incerta. Meu coração está batendo tão alto que tenho medo de o som reverberar no teatro enorme e vazio. Estou com a cabeça leve e percebo que é porque não estou respirando apropriadamente. Preciso me forçar a contar até oito enquanto inalo e conto de novo até zero exalando. Faço isso duas vezes antes de andar de novo até o centro do palco.

Agora estou sozinha. Cameron está confirmado no elenco, assim como o ator que faz meu sequestrador, de quem não lembro o nome agora. Sou a última aqui, e estou com medo de olhar para cima. Já aprendi que Emily é o tipo de pessoa que não esconde o que sente. Se ela odiou, vou saber só de olhar, e ainda não estou pronta para isso.

O silêncio no auditório é sufocante, e enfio as unhas na palma da mão enquanto analiso meus sapatos, incapaz de erguer a cabeça.

Não sei quanto tempo se passa antes de eu ouvir alguém pigarreando, e sei que não posso mais evitar o resultado, então, encontro o olhar de Emily.

E me arrisco a dar uma olhada nas duas pessoas ao lado dela.

Todos eles me olham com enormes sorrisos e começam a aplaudir assim que têm minha atenção.

Solto ar que sabia muito bem que estava segurando, e um peso enorme deixa meus ombros de forma instantânea.

Emily não odiou minha performance. Nenhum deles odiou. Na verdade, parece que até gostaram.

— Isso foi incrível, Luiza. — É Emily que fala primeiro.

— Coisa de outro mundo mesmo — confirma a diretora de palco. Tenho quase certeza de que seu nome é Mia, mas pode ser que eu esteja enganada.

— Quer dizer... — Emily começa a falar, depois olha para as duas pessoas ao seu lado. Todos eles sorriem e assentem em uma concordância silenciosa. — Vamos precisar de um teste de entrosamento com o Winter Davis, porque a maioria das suas cenas vão ser com ele, mas estou muito contente por você ter aceitado fazer esse teste. Vamos buscar ele, e começamos em meia hora.

Não tenho tempo para registrar o nome que ela acabou de mencionar. Sequer tenho tempo para celebrar ter sido chamada para a rodada final de testes. Assim que vou para os bastidores, ouço duas outras atrizes que também fizeram o teste para Melina conversando em cochichos altos.

— Você sabe que se escolherem ela, vai ser só por ela ser latina e gorda, e eles precisam ter diversidade no elenco — diz uma delas.

— Com certeza. Meu Deus, agora está ficando difícil conseguir um trabalho se você é bonita. É como se estivéssemos sendo punidas por ser brancas — a outra reclama.

Elas nem parecem constrangidas por eu tê-las ouvido conversando. Na verdade, me encaram como se pudessem me deixar constrangida por ter sido chamada para o teste final.

O pior é que elas podem. Enquanto saio pelos corredores do teatro, tento ao máximo não deixar aqueles comentários serem absorvidos, mas não sei se meu escudo é forte o bastante para isso.

Sou a primeira a ser chamada para o teste de entrosamento. Se passam dez minutos inteiros antes de Winter chegar ao palco. Todo esse tempo, fico constrangedoramente parada aqui esperando por Vossa Alteza nos agraciar com sua presença.

Ele se aproxima de mim sem sequer levantar a cabeça, com o celular na mão roubando sua atenção.

E então ele para. Bem ao meu lado, ele ergue a cabeça, e nossos olhares se encontram. Sob a luz quente do palco, os olhos dele parecem ainda mais misteriosos do que pareciam lá fora. É como encarar uma floresta no meio da noite. Você sabe que não é uma penumbra, mas não consegue ver além do véu de escuridão se não for corajosa o bastante para continuar olhando.

Um instante depois, o cérebro dele atualiza, registrando o que enxerga. Me registrando. Percebendo que sou *eu* parada ao seu lado.

Ele vira o corpo para Emily, mas seus olhos se demoram por alguns segundos nos meus antes de se afastar.

— Achei que só fosse me chamar aqui para a última rodada. — Suas palavras podem não parecer rudes para todos os outros, mas consigo captar muito bem a mensagem não dita.

— Esta é a rodada final, Davis — responde Emily, com frieza. Ele lança um olhar irritado para ela e recebe um mero dar de ombros como resposta. — Luiza é uma das três melhores. Salvo ela não ter química nenhuma com você, ela é nossa Melina.

O quê?

Meu queixo cai. Imaginei que estava indo bem se me pediram para ficar um pouco mais, mas... não tinha percebido que estava entre a seleção final deles. E agora que sei, também percebo que a única coisa entre mim e meu sonho é a porra do Winter Davis, o guardião de todos os talentos.

Sinto os olhos dele queimando sobre mim antes de me virar para encará-lo. Ele está tão surpreso quanto eu com a novidade, mas enquanto estou mais do que animada pela chance, ele parece ter sido sentenciado à morte.

Quem é que esse cara pensa que é? Ele se acha mesmo tão superior que me ter como coprotagonista o faria ter essa reação?

— Você disse que contrataria o pessoal do parque como figurantes — diz ele, cuidadosamente. — Figurantes — repete, caso não tivesse sido claro. Caso ela não tivesse entendido sua mensagem.

Pode ficar tranquilo, parceiro. Todos nós entendemos.

— Sim, eu disse — concorda ela, se ajeitando na cadeira. — Mas também disse que escolheria o melhor elenco para essa peça, e é isso que estou fazendo.

Posso sentir que ele quer rebater, mas algo o impede. Se é o olhar sério de Emily ou minha testa franzida, não sei ao certo, mas gosto de pensar que tive uma pequena participação em fazê-lo se calar.

Derrotado, ele coça a nuca e balança a cabeça suavemente.

— Então vamos logo fazer isso.

Nós nos posicionamos, mas qualquer confiança que eu tenha juntado por ter sido escolhida é totalmente espedaçada pela opinião não dita de Winter. E se ele estiver certo? E se tudo que um dia vou ser é apenas uma funcionária do parque? E se ter chegado até essa etapa da audição for apenas um golpe de sorte?

Aquele familiar medo paralisante me atinge como um soco.

Meu pensamento vai imediatamente para os incontáveis testes que fiz na faculdade e durante os últimos seis meses. As muitas vezes que me disseram que eu não era magra o bastante, gorda o bastante, branca o bastante, latina o bastante — nunca o bastante, ponto.

É um sentimento que não consigo afastar com facilidade. Não depois de tantos momentos que cimentaram essa verdade dentro de mim.

— Podem começar quando estiverem prontos — avisa Emily do seu lugar, com um olhar ávido no rosto.

Quase posso sentir a esperança emanando dela. Ela quer mesmo que demos certo. Eu me apego a isso, a única pessoa no local que parece querer meu sucesso tanto quanto eu, e foco na tarefa que tenho em mãos.

A cena que vamos fazer no teste é o momento em que Melina e o personagem de Winter, Arthur, se encontram de novo depois de Melina ser sequestrada. Eu deveria entrar no palco correndo entre as árvores da floresta até que Winter me alcance, mas o que acaba acontecendo é que de alguma forma eu tropeço no meu próprio pé e quase caio de cara no chão.

Só que os braços fortes de Winter me pegam no ar, e meu corpo fica suspenso a centímetros do chão.

Sinto o calor vindo de sua pele através do tecido de nossas roupas, e isso quase é o suficiente para me fazer esquecer quem eu sou. Meu peito pesa, o braço dele é como uma barra pressionando minhas costelas, dificultando minha respiração.

Existem duas formas de reagir ao que pode muito bem ser o jeito mais constrangedor de começar um teste. Posso me desculpar e começar de novo. Ou posso seguir em cena.

É isso o que faço.

Luto contra ele e, por fim, acabo no chão, mas pelo menos coloco os braços para aliviar a queda.

— Solta — grito na voz aterrorizada de Melina, o momento de segundos atrás sendo esquecido. — Me solta.

Vejo o instante em que Winter entende, seus olhos mudando imediatamente de irritação para preocupação, sua dureza suavizando para a expressão carinhosa de Arthur. É maravilhoso ver a transformação acontecendo diante de mim. É quase inacreditável o quão rápido ele consegue entrar no personagem. Odeio que ele de fato seja bom nisso.

— Melina — ele diz em um sussurro. Medo e desespero dão peso às palavras. — Melina — repete ele, agarrando meus braços agitados para me estabilizar. — Sou eu. Por favor. — Sua voz vacila com o pedido. — Por favor, pare de lutar comigo. Olhe para mim.

Estou ofegante, canalizando as emoções da personagem. Princesa Melina tinha acabado de escapar de seu sequestrador e estava fugindo pela floresta em direção à sua liberdade até colidir com o corpo firme de Arthur. Depois de ele não conseguir convencê-la de que não era alguém mal, ela corre para longe. A cena deveria acontecer com os dois de pé, mas agora estamos no chão. Eu tentando me libertar de novo. Ele tentando me fazer ouvir.

— Me solta — repito. — Solta! — Coloco toda angústia dela naquelas palavras.

Melina está com medo de ficar trancada de novo. Fará qualquer coisa pela sua liberdade agora que a reconquistou.

— Desculpe, mas não posso.

Ele usa sua estatura forte para prender meus braços no chão por cima da minha cabeça, e assim que faz isso, ficamos cara a cara. O corpo inteiro dele paira sobre o meu, uma das mãos segurando meus dois braços, a outra sustentando seu peso.

Prendo a respiração.

Toda vez que meu peito se expande em uma respiração curta, sinto seu corpo firme em cima do meu.

De repente, ofegar tem menos a ver com minha atuação e muito mais a ver com uma reação à proximidade. Não sei se isso deveria ser tão... sensual. Tenho quase certeza de que deveríamos manter a peça em classificação livre. Mas tudo aquilo parece mais com uma série da HBO do que uma produção familiar em um parque temático.

De perto, posso ver cada pelo de seus cílios longos e curvados. Posso ver o jeito que suas narinas inflam sutilmente. Posso ver o suave corado que começa a surgir em seu pescoço enquanto seu olhar intenso se prende em mim. Posso ver que no meio daquele castanho profundo de seus olhos tem um brilho âmbar dançando, quase como se refletissem fogo. Percebo que mesmo que o olhar de Winter seja frio e vazio, o de Arthur é doce e me faz ter vontade de chocolate. E é esse olhar que encara o meu, investigando.

Me pergunto o que ele está vendo.

Me pergunto se ele consegue ver o quanto estou afetada pela proximidade.

Me pergunto se ele está olhando fundo o bastante para alcançar com cuidado meus medos escondidos.

Fico com medo quando percebo que por um segundo, só por um segundo, uma pequena parte em mim deseja que ele consiga. Não por ser ele, mas porque é exaustivo carregar aquilo sozinha.

— Melina, me escuta — ele implora. Sua voz fica um tom mais grave quando repete: — Melina.

Não me lembro quais são minhas falas. Não me lembro nem daquelas palavras estarem no roteiro. Mas faço o que ele pede. Foco nele, presa por sua expressão dolorosa, que suaviza assim que paro de lutar.

— Sou eu — ele implora, uma infinidade de emoções naquelas duas palavras. — Sou eu, Arthur. Olhe para mim.

Observo o homem diante de mim como se o redescobrisse. Trilho cada centímetro de sua expressão, analisando cada ruga de seu rosto.

Liberto a mão direita dele, e alcanço sua pele com um toque suave como um sussurro. Ele se encolhe como se o contato o queimasse.

— Arthur? — pergunto, trilhando o traço de sua sobrancelha com meu dedão. — Meu Arthur?

Ouço sua respiração falhar quando acrescento o "meu" antes de seu nome. Seus olhos se fecham ao respirar, e quando abrem de novo, estão mais escuros.

— Sim, meu amor — ele declara, com anos de desejo envolvendo suas palavras. — Sempre fui e sempre serei seu.

Seu peito expande com o suspiro profundo que ele dá. Sinto as vibrações em minha pele, ondulando por meu corpo. Sua mão solta meu pulso e segura meu rosto. Fecho os olhos ao me entregar ao toque. Ele fecha os olhos também, e eu espero pelo contato inevitável de seus lábios para encerrar a cena.

Sinto o calor de sua respiração. Quase posso sentir o gosto de seus lábios. Ele está a um triz da minha boca, que fica na expectativa, quando a diretora diz:

— E fim.

Meu corpo leva um segundo para entender que a cena terminou, e é um segundo demorado demais. Winter já está de pé, e eu ainda estou no chão, com a respiração pesada enquanto tento aceitar o que acabou de acontecer. Meu cérebro sabe que foi tudo atuação, mas meu corpo não. Não importa o quanto eu tente enviar a mensagem de que nada é real, minha pele se recusa a esfriar.

Levanto com as pernas bambas e vou ficar ao lado de Winter, mas parece que somos campos magnéticos que se repelem. Quanto mais perto ficamos, mais longe quero estar. Ficar perto dele é difícil, mas tento não pensar muito no porquê. Atribuo isso ao fato de não gostar dele. É menos problemático do que pensar que talvez sua proximidade tenha um efeito diferente em mim.

Esconder a frustração é difícil quando Emily não faz nenhum comentário. Ela nos libera com nada mais do que um "obrigada" e a promessa de que entrará em contato.

Quero perguntar o que ela achou da performance. Quero saber se tenho chance ou se estraguei tudo no momento que decidi continuar depois da queda. Quero validação, a dela parece ser a mais importante agora.

Mas não consigo nada. Nem uma única palavra de retorno.

Winter, pelo que vejo, está mais do que satisfeito por ser dispensado depressa. Ele só falta correr para os bastidores, e odeio que ele não se importe. Ele não quer saber quem vai interpretar sua princesa? Ele não se importa o bastante com a peça para se interessar pelo elenco? Ele se acha mesmo tão superior?

Eu o sigo para fora do teatro, torcendo para alcançá-lo antes de perdê-lo entre a multidão do parque. Assim que as portas se abrem, a claridade do sol lá de fora me cega. Pisco algumas vezes para me ajustar à luz, então estreito os olhos para procurá-lo.

Ele está colocando o boné de beisebol na cabeça quando finalmente o encontro perto dos bancos de pedra.

— Winter — chamo, mas ou ele não ouve, ou finge não ouvir. Ele continua andando. Em alguns passos, ele estará no meio do povo, rapidamente envolvido pela multidão de visitantes do parque. — Winter Davis — grito, e ele, enfim, para.

— Que caralhos você está fazendo? — ele sibila, andando com passos pesados até mim. Há uma rigidez em seu olhar que não tinha visto antes. Suas narinas inflam, e os músculos ficam tensos sob a pele. Dou um passo para trás, sua reação me pegando de surpresa. — Não grita a porra do meu nome.

— O que é que tem de errado com você?

Enfio o dedo em seu peito, mas tudo que isso causa é uma onda de dor que passa por meu corpo inteiro. Quão firme pode ser um peito? Ele olha para onde eu o toco, um olhar de nojo, como se não tivesse ficado com o corpo todo por cima do meu um minuto antes.

— O que tem de errado comigo? Foi você que me seguiu.

— Já estou me arrependendo disso.

Cruzo os braços.

— O que você quer? — ele pergunta, impaciente.

Percebo seus olhos passando ao nosso redor como se tentasse avaliar a situação da multidão do parque.

— Ia perguntar se fiz algo para te ofender, mas quer saber? Acho que você ser rude não tem nada a ver comigo e tudo a ver com você ser um pé no saco.

Seus lábios tremem. De primeira acho que é raiva, mas então percebo que ele está, na verdade, tentando não rir do meu comentário. Por algum motivo mesquinho, o divertimento dele às minhas custas me faz odiá-lo ainda mais. Ele me analisa por um momento, depois respira fundo.

— Não é você. É que…

— Ah, não. — Sacudo a mão, interrompendo. — Não me venha com "não é você, sou eu".

— O quê? — Seu rosto se contorce em confusão. — Eu não ia… Eu não ia dizer que sou eu. Definitivamente não sou eu. É… — Ele agita a mão ao redor como se mostrasse tudo, mas não termina a frase.

— O que é, Winter Davis?

— Para… — Ele encurta a distância entre nós, sibilando enquanto abaixa mais o boné. — Para de falar isso.

— Falar o quê? — Engulo em seco ao jogar a cabeça para trás e olhar em seus olhos. — Seu nome?

— Sim — ele resmunga.

— Por… Por quê?

— Só… — Ele passa a mão pelo rosto, a frustração emanando dele em ondas. — Só Winter, tá? — Assinto, sem confiar que minha voz conseguiria dizer algo além de um sussurro hesitante. — E você não fez nada.

Encaro-o, confusa.

32

— Você não fez nada que me ofendesse. É que estou acostumado a trabalhar com profissionais, só isso.

Faço uma careta sem acreditar no que ouço. Ele não acabou de... Ah, que *audácia*.

— Que saber? Vai se foder, Winter.

É a vez dele me lançar um olhar confuso, mas não perco tempo dando uma explicação. Eu me afasto, deixando o parque, sem fazer ideia do que será do meu futuro.

Pelo bem da minha carreira, porém, rezo para que não seja a última vez que tenha que lidar com aquele esnobe do Winter.

3

Já passaram alguns dias desde o teste, e ainda não tive retorno.

Estou tentando ao máximo não surtar enquanto espero. Pode ser que venha um sim ou um não. Me perdi tanto na cena que me esqueci de ser analítica. É quase como se tivesse desligado o cérebro e deixado o momento me guiar. Deixado os sentimentos de Melina tomarem conta. O que não era uma sensação familiar para mim. Sempre estive bem consciente de cada uma das minhas decisões em testes. Sempre saía sabendo se tinha feito um bom trabalho ou não.

Na maioria das vezes, eu saía sabendo que não tinha.

Só que não desta vez. Desta vez tem uma parte de mim se agarrando em grandes esperanças. Uma parte de mim que tentei ao máximo reprimir, porque estou com medo de esperar por um "sim" para me decepcionar com outro "não".

Não contei muito sobre o teste para minhas irmãs. Sobre como foi a sensação de ter o corpo de Winter por cima do meu. Sobre como, por um segundo, tinha me esquecido que estávamos interpretando personagens e senti seu toque com tanta intensidade que isso reajustou meu sistema nervoso. Não contei para elas que quando a diretora interrompeu a cena, me senti frustrada em vez de aliviada por não termos que nos beijar.

Não contei nada disso para elas porque não significava nada.

Foi apenas uma reação natural à uma cena muito emocionante.

Não posso culpar meu corpo por reagir a alguém objetivamente atraente. Não quando faz tanto tempo. *Tanto tempo.* Minha pele não tinha como saber que as mãos que me tocavam pertenciam a alguém que pensava tão pouco de mim. Do meu talento. Era tudo reação primitiva.

Uma reação que havia sumido no momento que o chamei do lado de fora do teatro, e ele me lembrou de sua personalidade horrível.

Não consigo entender por que reajo a Winter de formas tão diferentes, psicológica e fisicamente.

Se pelo menos eu tivesse um interruptor para sair e entrar na personagem com facilidade, poderia jogar a culpa da atração física na Melina e não pensar nisso fora do palco. Mas eu não consigo fazer isso como Winter faz. Fiquei desnorteada com sua habilidade. Tão depressa quanto entrou no personagem, ele saiu, levantando e saindo do palco sem sequer oferecer a mão para que eu levantasse.

No entanto, agora sei que assim é melhor, porque cada interação com ele só me fez odiá-lo mais. Quanto menos tivermos que interagir nos bastidores, melhor.

O que seria bem mais fácil se apenas pensar nele não o invocasse do nada no meio de uma tarde de terça-feira.

Estou sentada com Julia do lado de fora do Cine Street Café na Trilha do Filme, apreciando a rara chance de almoçar com minha irmã mais velha durante minha pausa, quando ele aparece. De primeira, não ligo para a pessoa parada ao meu lado porque estou na Movieland e as pessoas costumam esquecer qualquer senso de espaço pessoal quando estão em lugares turísticos. Mas então eu sinto.

É quase como se meu corpo não pudesse evitar estar consciente de sua presença.

Ergo a cabeça e encontro Winter e Cameron parados ali, um deles sorrindo, o outro franzindo o rosto como se preferisse estar em qualquer outro lugar.

— Luiza? — O sorriso de Cam é tão brilhante que o espelho sem me dar conta.

— Cam, oi — digo, com um aceno gentil. Olhando por cima de seu ombro, encontro Winter com o olhar colado no chão, e apesar do meu primeiro instinto, me esforço para ser legal com o cara. — Oi, Winter.

Ele grunhe algo que só posso presumir ser um *oi*, mas não tenho certeza porque, claro, ele não pode me cumprimentar como uma pessoa normal. Ele é bom demais para isso. Ele também não me olha nos olhos, então desvio o rosto, com medo de que ele me veja encarando. Mas pela minha visão periférica, percebo que ele ajeita o boné de beisebol na cabeça, puxando ainda mais para baixo como se quisesse esconder os olhos.

Qual o problema dele? Eu não sou *profissional o bastante* para ele sequer conversar informalmente?

Foda-se. Ele não vale meu tempo e energia. Eu rapidamente volto minha atenção para Cameron, só para perceber que ele está encarando minha irmã. Quando sigo seu olhar, para minha surpresa, vejo que Julia também está olhando para ele, com um rosado surgindo em seu pescoço. Eles sustentam o olhar por tanto tempo que quase sinto que estou me intrometendo em um momento privado.

— Eu sou Cam, oi — diz ele, abrindo seu sorriso brilhante, e juro por Deus que a ouço arfar.

— Oi... — murmura Julia, como se só soubesse aquilo de inglês.

Suprimo um sorriso ao ver minha irmã aflita. Não consigo me lembrar de vê-la tão afetada por alguém. Julia é a maior defensora de julgar a personalidade acima da aparência. Não achei que era possível algo desse tipo acontecer com ela, e ainda assim, cá estamos nós. Ela está completamente impressionada pela beleza de Cam. Não que eu a culpe — ele é *lindo*.

Por baixo da mesa, eu cutuco sua perna com a minha para fazê-la falar. Quando os olhos de Cam recaem sobre o tampo da mesa, me lembro um pouco tarde demais que dá para ver através do emaranhado de ferro forjado. Ele reprime um sorriso por educação.

— Essa é minha irmã, Julia — digo.

— Cameron. Cam — ele repete, estendendo a mão para Julia, que finalmente sai de seu transe e aperta a mão dele.

Sei que Cameron é alto, mas agora percebo que, de alguma forma, ele não parece ser. Quando desliza as mãos nos bolsos da calça jeans, os ombros se curvam como se tentasse ocupar menos espaço. O branco de seu jeans e o azul-claro da camiseta reproduzem um contraste bonito com o marrom-escuro de sua pele. Quando ele vira o tronco para Winter, lanço um olhar apressado para Julia. Seu sorriso tímido me diz tudo o que ela tenta esconder ao olhar para baixo.

— Esse é o Davis — diz Cam, mas seus olhos já estão de volta em Julia, como uma bússola que não consegue evitar apontar para o norte.

— Ah — ela deixa escapar, me olhando interrogativamente.

Sei o que ela está perguntando mesmo sem ter dito uma palavra. Lanço um olhar rápido em sua direção para confirmar que, sim, é o mesmo cara que eu mencionei brevemente antes, o ser humano horrível com quem tive que fazer o teste.

— Oi — ela o cumprimenta com um sorriso, porque Julia não consegue lutar contra sua natureza de ser gentil e educada com todo mundo.

— Oi — responde ele com uma parcela a mais de entusiasmo que me ofereceu.

Não quero ver pelo em ovo, mas meu cérebro é ótimo nisso. O problema dele é apenas comigo?

Eu tinha entendido que seu problema era com o mundo no geral, como se algo na forma que os planetas estavam alinhados no momento em que ele nasceu tivesse o tornado emburrado. Agora estou pensando se seu problema é especificamente comigo.

Não ajuda ele ficar me encarando como se eu estivesse cometendo um crime apenas por existir. A forma que ele me analisa faz eu me sentir como uma nuvem carregada em um dia de verão. Inóspita. Indesejada.

No entanto, o que mais me incomoda é o quanto estou pensando nisso. Ele não merece um minuto do meu dia.

— Vocês estão visitando o parque? — Faço questão de olhar para Cam enquanto falo. Uma única tentativa de ser gentil com Winter é o bastante para um dia.

Winter bufa em resposta, e eu estreito os olhos para ele, mas Cam pigarreia.

— Ah, não. Não. Na verdade estamos aqui para conversar com a Emily.

Claro. Acho que Winter preferiria morrer a voluntariamente visitar o parque.

— Mas vocês deveriam. Quando tiverem tempo — insisto. Agora estou fazendo isso só para irritá-lo. — É muito divertido! — Encho minha voz com entusiasmo demais. Sei que exagerei quando Julia me olha como se eu estivesse variando.

Meu sorriso enorme vira para Cam, mas posso sentir Winter me fulminando pelo comentário. Isso só me estimula.

— Vocês definitivamente precisam conferir *Unearthed*. O elenco desta temporada está incrível! Eles são tão *profissionais*.

Unearthed é a apresentação que está há mais tempo em cartaz em Movieland, cheia de cenas arriscadas e efeitos visuais. Claro, é onde a maioria dos atores de ação aspirantes vão parar quando se juntam ao departamento de teatro daqui. A Marvel já colheu atores dessa apresentação para se juntar ao elenco de alguns de seus filmes, mas o maior nome a sair da peça foi Hazel Williams.

Deve irritar muito o Winter que alguém que começou fazendo teatro em um parque temático se tornou uma das heroínas mais amadas dos últimos anos. É praticamente impossível encontrar uma adolescente que não ouviu falar ou quer ser Scarlet Armas. Sorrio ao imaginar as entranhas dele se revirando toda vez que vê a personagem em material promocional por todo canto.

— Ouvi dizer que os irmãos Russo contrataram todos para serem figurantes no próximo *Vingadores* — diz ele, impassível.

Tento não reagir à sua voz. Ao som rouco e baixo dela, ao qual minha memória não tinha feito justiça.

— Ah, e você vai ser o novo super-herói deles? — disparo como resposta.

Não sei se ele percebe que também faz parte de uma equipe da Movieland agora, mas se é assim que ele vai agir, então duas pessoas podem jogar esse jogo.

— Cam. — Tem um tom de alerta em sua voz. — Precisamos ir. Em está nos esperando — diz Winter, ignorando completamente meu apontamento.

— Droga, você está certo — concorda Cam. — Eu... — Agora é a vez de ele ficar aflito. — Foi ótimo te conhecer — ele diz para Julia. Então se vira para mim. — Vocês duas. Quer dizer... — Ele balança a cabeça tentando esclarecer seus pensamentos. — Foi ótimo te ver de novo. Bom trabalho no teste, falando nisso. Você foi incrível.

Quando eles partem, fico sem palavras, tanto por Julia estar pulando e soltando risinhos ao meu lado quanto pelo comentário final de Cam.

Não esbarro com nenhum deles por uma semana. Também não tenho notícias de Emily. Àquela altura, estou começando a me sentir confortável com a ideia de que não serei escolhida para a peça. A diretora não nos deu um prazo para quando entraria em contato, mas imagino que já teria ficado sabendo de algo se tivesse conseguido o papel.

Já é segunda-feira, e estou de volta à Movieland para outro turno na entrada do parque com Olivia. Mesmo estando no meio de julho, o clima mudou inesperadamente, e está meio friozinho. Em vez da camiseta mais larga de sempre, hoje vesti um moletom cropped largo com uma bermuda jeans, torcendo para não me arrepender quando for hora de voltar para casa à tarde.

Olivia optou por um vestido primaveril e um cardigã vintage que poderia estar em um clipe da Taylor Swift.

Não entendo sua insistência em escolher com tanto cuidado sua roupa para ir trabalhar. Não é que eu seja completamente desprovida de senso de moda. Só não vejo sentido em desperdiçar um look apenas para chegar aqui e ter que colocar nossos uniformes. Considero isso um desperdício de esforço, para ser honesta. Ninguém se importa com o que você veste. Ninguém vê.

Exceto hoje, claro.

Olivia e eu estamos saindo do elevador do prédio da administração que simplesmente chamamos de 441, quando esbarro em Cameron no caminho até a sala dos uniformes da equipe.

— Sinto muito — ele se desculpa, segurando meu braço para me equilibrar. Seus olhos acham os meus e seu sorriso se expande. — Luiza!

— Cameron! Oi!

— Só Cam — ele me lembra.

— Certo, desculpa. — Ao meu lado, Olivia pigarreia. Lanço um olhar irritado para ela e digo para Cam: — Esta é a Olivia. Minha irmã.

— Outra? — ele pergunta, provocando.

— Nós andamos em bando — brinca Olivia.

Cam ri, mas seus olhos perambulam em volta, procurando por outra pessoa.

— E a Julia? — Sua voz é tão suave quando pergunta por minha irmã, não consigo evitar sorrir.

— Ela não trabalha aqui. — Os cantos de seus lábios caem. — Só tinha vindo me encontrar para almoçar no outro dia — explico.

O fato de ele não esconder sua decepção ganha alguns pontos comigo. Julia é alguém que demonstra o que sente, e ela merece encontrar alguém que também é assim. Especialmente porque ela não teve muita experiência nesse departamento, o que me tornou muito protetora com a minha irmã. Ela é minha pessoa favorita no mundo, e quero evitar que qualquer um a magoe.

— Estava torcendo para vê-la por aí — confessa ele, recebendo um sorriso enorme meu.

Não sabia que podia gostar ainda mais dele do que já gostava, mas Cam está subindo rapidamente no meu placar de pessoas favoritas.

É como assistir um adolescente descobrindo o amor bem diante dos meus olhos.

— Quer saber? — Tomo uma decisão bem atípica. — Que tal eu te dar o número do celular dela?

Isso me faz receber um olhar de surpresa de Olivia, que vinha observando a conversa com nada além de tédio desde que percebeu que Cam não era alguém com quem podia flertar.

— Ela vai ficar de boa com isso? — pergunta Cam, mesmo claramente animado com a possibilidade.

Dou mais alguns pontos extras para ele.

— Claro. Aqui, me dá seu celular.

Coloco o número da minha irmã ali e devolvo o aparelho para ele.

— Quer saber? — Ele aponta com o celular para mim. — Eu gosto de você, Luiza.

Compartilhamos um sorriso.

— Eu também gosto de você, Cameron.

Tudo que posso fazer é torcer para que ele não faça nada com a Julia que mude isso.

— Cam — ele me corrige.

— Cam — repito na mesma hora que outra pessoa o chama.

Uma voz rouca que infelizmente já conheço muito bem.

O vestiário do terceiro andar do prédio 441 sempre foi meio que um santuário para mim. Sempre que não estou com vontade de passar meu intervalo socializando na sala de descanso, venho aqui. Na frente do elevador, entre os vestiários, tem uma pequena área com um sofá e duas poltronas que são perfeitas para passar um tempo não fazendo nada além de descansar.

Mesmo com um tráfego alto de membros de equipes entrando e saindo, é estranhamento calmo. Ninguém fica ali para conversar sem parar. Ninguém senta perto demais de você. Ninguém traz comida fedida.

É meu lugar secreto. Meu paraíso sagrado.

Não é um lugar que quero que Winter invada.

— Davis. — Cam se vira para o amigo com um sorriso que Winter não merece.

Tiro alguns pontos de Cam só por ser amigo dele.

Um tinir alto chama minha atenção para o chão. Olivia se agacha para pegar o celular que tinha acabado de deixar cair. Uso isso como desculpa para tirar o foco dos dois atores.

— Você está bem? — pergunto para Olivia em um sussurro quando percebo sua expressão estranha.

— Puta merda, é o Winter Davis? — A voz de Olivia ecoa pela entrada vazia. Ela nunca compreendeu o conceito de sussurrar.

Winter olha em nossa direção, nossos olhos se conectando por um segundo longo demais antes de ir para minha irmã. Se pensei que seus olhos eram frios ao me encararem, nada se compara à forma que ele a encara. Winter lança faíscas na direção dela, e embora na maior parte do tempo eu queira fazer o mesmo, não vou deixar que ele trate minha irmãzinha assim. Não ligo se ele está irritado por ela saber quem ele é.

Na verdade, *como* ela sabe quem ele é?

Viro para ela, com a pergunta na ponta da língua quando a voz de Winter perpassa o ar de novo.

— Cam, precisamos ir. Em está nos esperando.

Pela segunda vez que encontro ele, a única coisa que o ouço dizer é que ele e Cam precisam ir. É quase como se ele fosse fisicamente incapaz de ficar perto de mim.

Bem, então somos dois, Winter Davis.

— Te vejo por aí? — diz Cam, lançando um sorriso de desculpas.

Tenho a sensação de que ele distribui muitos desses se anda tanto assim com o Winter.

— Pode apostar.

Com um aceno curto e desajeitado, ele nos deixa para seguir Winter pela escada ao lado do elevador. Eles não estão longe o bastante quando Olivia grita:

— Meu Deus, era mesmo o Winter Davis.

Ela falou em português, mas tenho certeza de que eles podiam reconhecer o nome na frase. Se o grunhido é alguma indicação, ele não só ouviu como também se irritou com isso.

— E quem é Winter Davis, Olivia?

Começo a ir até os uniformes porque aquele encontrinho tirou minutos preciosos do nosso tempo. A reação dela não faz o menor sentido para mim.

Seus olhos se esbugalham, uma ruga se forma em sua testa.

— Você está brincando, né? — Ela me entrega uma camisa polo preta tamanho G ao dizer isso.

— Valeu — falo, indo até as calças. — Não estou brincando. Não faço ideia de quem ele seja. — Exceto por ser um babaca que não me acha talentosa o bastante para sequer fazer um teste para o mesmo elenco que ele, acrescento mentalmente. — Eu deveria saber?

— Às vezes esqueço que você é velha. — Ela me entrega uma calça tamanho cinquenta.

Como ela encontra o uniforme tão mais rápido do que eu? Ela só está aqui há um tempinho. Eu estou aqui há meses, e ainda levo uma eternidade para encontrar o uniforme naqueles cabideiros sem fim.

— É o quê? Eu tenho vinte e seis anos, Olivia. Não sou uma anciã. E o que isso tem a ver com Winter Davis? — Encontro uma calça no seu tamanho e entrego para ela.

— Valeu. — Caminhamos até a registradora para ter nossos uniformes catalogados. — Você é velha o bastante para não ter visto a série que ele fez. Foi ao ar, tipo, dez anos atrás, acho. Eu era obcecada.

De repente eu me lembro de Olivia comentando algo sobre um boato que estava circulando entre os membros da equipe a respeito de um ator de Hollywood estar em uma das produções deste ano.

— Espera, está dizendo que o Winter é famoso?

— Luiza, às vezes eu me pergunto como você entrou na faculdade de medicina. — Eu estremeço com a lembrança. Essa é uma parte da minha vida que prefiro esquecer. Vamos da sala dos uniformes até os vestiários e escolho um armário, enfiando minhas coisas dentro. — Sim. Winter Davis é famoso. Tipo, famoso de Hollywood.

Olivia está tirando a roupa para se trocar e colocar a polo preta que temos que usar no portão da frente quando para de repente, com o rosto coberto por seu vestido florido.

— Espera.

— Ficou presa? — Dou um passo em sua direção.

Ela abaixa o vestido de novo.

— Não fiquei. — Ela me afasta com um gesto. — Você já o conhecia antes?

— Sim? — Soa mais como uma pergunta do que como uma resposta.

— Luiza Bento. — Ela parece tanto com a nossa mãe quando diz meu nome assim que recuo.

Por uma fração de segundo, esqueço que sou a irmã mais velha. Afastando a sensação ruim de me sentir pequena, ajusto os ombros.

— O quê?

— Você está me dizendo que conheceu Winter Davis e achou que ele fosse uma pessoa normal?

— Sim? Fiz um teste com ele para a peça — digo, mesmo sabendo com certeza que ele não era normal.

Esnobe e rude não é o que considero normal.

Olivia arranca seu vestido como se ele tivesse a ofendido. Seu cabelo escuro, milagrosamente, permanece perfeito e no lugar com uma trança embutida que fiz nela antes de sairmos de casa. Ela a joga para longe do ombro.

— Você… fez um teste com ele? — Sua voz fica mais suave, o que, de alguma forma, a faz parecer ainda mais com nossa mãe quando ela está tão brava que nem consegue gritar.

— Para de drama.

Viro de costas para ela e acabo com a conversa, mesmo que tenha uma parte em mim muito curiosa para saber do que é que ela está falando.

Se ele é tão famoso como ela está dizendo, então o que o trouxe à Movieland? O departamento de teatro daqui é conhecido por ser uma ponte para novos talentos, não para atores famosos com carreira estabelecida.

A área do vestiário está excepcionalmente silenciosa hoje, então quando Olivia fala de novo, sua voz ecoa pelos armários.

— Bom, este é nosso plano. — Ela gesticula com a mão na frente do corpo como se fosse uma professora diante da sala de aula. — De alguma forma, Winter Davis está trabalhando aqui, e de alguma forma, você já o conhecia. Vou precisar que nos apresente para podermos nos apaixonar loucamente, ter bebês fofinhos e vivermos felizes para sempre.

Um riso alto e estrondoso rompe de mim. Não consigo evitar.

— Olivia, primeiro, não — digo, colocando meu longo cabelo ondulado em um rabo de cavalo. Meu rosto se contorce em uma careta ao pensar em Winter se tornando parte da minha família. — Segundo, ele é um esnobe. Você não quer casar com alguém que não consegue abrir a boca para dizer mais do que duas palavras por vez. Isso quando ele diz algo e não apenas ignora sua presença e age como se não pudesse fugir rápido o bastante.

— Isso é… estranhamente específico. — Olivia ergue uma sobrancelha para mim.

— Ele é um babaca. Acredite em mim.

— Talvez ele só seja introvertido.

— Isso não lhe dá o direito de ser rude.

— Talvez ele só seja tímido.

— Para de procurar desculpas para o péssimo comportamento dele.

— Sabe… — Olivia aperta os lábios, ponderando se deveria ou não falar as próximas palavras.

— Desembucha.

— Você mesma parece bem fechada antes das pessoas te conhecerem melhor. E se ele pensar o mesmo de você?

Fecho a porta de nosso armário com mais força do que é preciso. O barulho metálico soa muito alto no lugar que antes estava em silêncio.

— Como é?

— Não estou dizendo que você é rude.

— Ótimo — bufo. — Porque eu não sou. Eu sou extremamente educada, Olivia. Só que existe uma diferença entre ser educada e flertar com qualquer ser humano que atravessa meu caminho, mas você não saberia como é isso, não é?

Eu vejo seu rosto mudando com a alfinetada inesperada. Uma parte de mim se arrepende por ter dito isso e sabe o quanto estou sendo mesquinha. A mesma parte que tenta ser uma boa irmã para ela. Mas também tem uma parte em mim que se ressente de ela se livrar de tanta coisa. Por nunca ter que lidar com as consequências de suas escolhas do jeito que eu preciso.

— Você precisa sempre ser uma vaca? Não sei o que fiz para você, Luiza, mas Jesus... — A voz dela vacila, sem terminar o pensamento. Fechando o cadeado, ela se vira para ir embora, mas ainda consigo ouvi-la resmungando: — Isso foi desnecessário.

Olivia vai bater o ponto, e eu a deixo ir antes de mim, sabendo que devo um espaço a ela. Sei que não deveria ter dito aquilo. Quis retirar o que disse no momento em que as palavras saíram, mas... Olivia sabe como me tirar do sério.

Antes de se mudar para cá no mês passado, fazia quatro anos desde a última vez que convivemos assim. Quatro anos que não precisei encarar o fato de que minha irmã mais nova não fazia nada de errado aos olhos dos nossos pais. Quatro anos em que não precisei fingir que a forma que eles a protegiam e davam tudo o que ela queria, sem fazer perguntas, não me magoava.

Porque essa nunca foi a forma que eles *me* trataram.

E sei que não é culpa de Olivia, mas não consigo não jogar isso em cima dela.

4

Já faz dois dias que dei o número de Julia para Cam, e ele ainda não entrou em contato. Ainda bem que não falei nada para minha irmã, assim ela não fica decepcionada se ele nunca mandar mensagem. Também fico feliz por Olivia ter tido o bom senso de não dizer nada.

Nem Olivia nem eu falamos sobre nossa discussão no vestiário, e se tem algum clima ruim entre nós, não é diferente do normal. Julia ainda não percebeu nada, então não tentou se meter.

Hoje é um dia raro em que estamos todas em casa ao mesmo tempo, então pela primeira vez em muito tempo, estamos tomando café da manhã juntas. Quando comprei essa mesa redonda, que cabe apenas duas pessoas, em um post num daqueles grupos de vendas, pensei que a compartilharia apenas com Julia. Com Olivia se mudando, começamos a fazer as refeições no chão, em volta da mesinha de centro que consegui com um vizinho que estava se mudando.

Nosso apartamento em Burbank não é pequeno. Temos o luxo de dois quartos e uma lava e seca. Eu diria até que consegui um acordo melhor do que esperava ao me mudar para região de LA. Durante o único mês que fiquei sozinha, até achei o lugar grande demais.

O plano era dividir com Julia enquanto ela fazia sua especialização aqui para cuidar de pacientes com distúrbios neuromotores. Como

Maria, nossa irmã mais velha que está no Brasil, Julia seguiu os passos de nossos pais na área da saúde, escolhendo fisioterapia. Depois que se formou, nossos pais abriram com muito orgulho uma nova ala na clínica deles especialmente para ela. Agora Julia supervisiona uma equipe de fisioterapeutas, e com a especialização, ela vai se tornar a única fisioterapeuta em nossa cidade natal capaz de oferecer esse método de tratamento.

O plano nunca incluíra Olivia morando com a gente. Ainda assim, de alguma forma, cá estou dividindo um teto com minha irmã caçula de novo.

Eu ainda não entendo por que nossos pais a deixaram vir para cá. Olivia nunca foi do tipo acadêmica, e quando largou a faculdade no Brasil, eu meio que esperava que ela ficasse em casa e trabalhasse em vez de vir para cá começar os estudos de novo. Eu nem sei direito o que ela está cursando agora, para ser sincera, mas acho que ouvi minha mãe mencionar algo sobre administração.

Ainda assim, depois de quatro anos compartilhando um quarto de dormitório minúsculo com minha melhor amiga da faculdade e colega de quarto, Cecilia, o apartamento de dois quartos parece um palácio para três pessoas.

Demorou um tempo até que eu e minhas irmãs deixássemos o apartamento com cara de lar. Eu só tinha as coisas essenciais quando Julia chegou, e então começamos a comprar as decorações juntas, escolhendo com cuidado cada objeto para deixar o lugar do nosso jeitinho.

Meu canto favorito é a área que reúne a sala de estar e de jantar. A mesa de madeira que combinei com cadeiras de madeira vermelhas, o sofá de couro marrom que o morador anterior abandonou, a luminária de chão da Ikea que parece ter vindo de um teatro antigo, as fotos na parede guardam tantas lembranças que às vezes perco metade do episódio da série que estava tentando assistir na Netflix as encarando.

Cada detalhe neste apartamento é um pedaço de mim, Julia e agora Olivia. Toda vez que me lembro que posso precisar sair daqui no fim do ano, meu coração dói.

Este é meu lar. Transformei-o em lar. Como vou conseguir ir embora daqui?

Pensar em deixar este lugar dói, mas pensar no que me espera se eu tiver mesmo que voltar para o Brasil... me deixa fisicamente doente. Não pode acontecer. Voltar não é uma opção. Não quando dei minha palavra aos meus pais que cumpriria a promessa de que voltaria para a faculdade de medicina se não conseguisse me tornar atriz no período limitado que tenho aqui.

— Pode me passar a manteiga? — pede Julia do outro lado da mesa, me arrancando dos meus devaneios.

Entrego para ela antes de colocar um pouco de leite quente na minha caneca de café. Coloco a jarra com o resto perto de mim, o mais longe possível de Olivia porque sei que ela odeia cheiro de leite.

Posso ser uma vaca com ela às vezes, mas não sou tão vaca assim.

Nosso café da manhã é uma mistura genuína de Estados Unidos e Brasil. Morando aqui há mais de quatro anos, me acostumei a comer ovos, bagels, bacon, panquecas ou cereais de manhã. Contudo, quando Julia chegou em janeiro, ela trouxe de volta alguns hábitos que eu tinha esquecido, e comecei a morrer de vontade de comer pão na chapa com manteiga, queijo e presunto. Pão de queijo, quando queremos ser chiques. Agora, quando temos tempo para um café de verdade como hoje, nos desdobramos para preparar o que parece um banquete.

— Então — Julia começa a falar baixinho. Ela está tentando conter um sorriso, mas falhando. Os lábios dela se curvam por vontade própria. — Quando ia me contar que deu meu número para Cameron?

— Ai, meu Deus! — Não consigo segurar o gritinho animado que solto. — Ele mandou mensagem?

— Finalmente — diz Olivia tão animada quanto eu, mas lanço um olhar penetrante por sua escolha de palavras.

Ela revira os olhos para mim.

Julia olha para nós duas, com uma suave careta no rosto por um segundo antes de decidir deixar para lá e focar de novo na mensagem.

— Sim, ele mandou mensagem ontem à noite me chamando para sair.

Ela não nos fala mais nada até que eu e Olivia nos entreolhamos confusas e, em sincronia, olhamos de novo para Julia com expressões semelhantes de impaciência. Um sorriso astuto aparece em seus lábios de novo.

— Nós vamos sair à noite.

— Hoje à noite? — Olivia e eu dizemos juntas.

É chocante como somos parecidas às vezes.

Julia assente entusiasmadamente.

— Ele perguntou quando eu estava livre, e eu disse a verdade, então ele falou "esperar pra quê?".

— Espera. — Olivia levanta a mão. — Você disse que ele mandou mensagem ontem à noite. Que horas?

— Não sei a hora exata, Liv. — Ela me encara, interrogativamente, mas estou tão perdida quanto ela. — Por quê?

— Não foi muito tarde, foi? O que dizia na mensagem?

— Oi e um emoji sorrindo. — A resposta de Julia parece menos segura, como se estivesse sendo avaliada em uma prova na qual não se inscrevera.

— Do que você está falando? — pergunto para nossa irmã caçula, confusa com sua linha de raciocínio.

— Só garantindo que não foi uma mensagem de "tá acordada?". — Ela dá de ombros. — Todas nós sabemos o que isso significa.

— Claro que não foi. — Julia parece na defensiva.

Não sei o que me perturba mais, se é Olivia pensando que Cameron seria esse tipo de cara ou...

— Você tem recebido muitas mensagens de "tá acordada?" no meio da noite, Olivia?

Suas bochechas ficam um pouco vermelhas, mas ela se recusa a parecer constrangida. O olhar que lança para mim é quase de orgulho. Antes que eu possa dizer algo para ela, Julia interfere:

— Vou precisar da ajuda de vocês.

— Com o quê?

— Roupa!

— Esse não é meu forte — digo, limpando as migalhas de pão das mãos no prato à minha frente.

— Eu ajudo. — Olivia guincha de alegria.

Acho que poucas coisas a deixam mais animada do que garotos. Moda é uma delas.

Terminamos o café da manhã falando sobre o encontro de Julia, e por um tempo, parece que estamos em casa de novo, reunidas em volta da mesa de jantar no apartamento dos nossos pais, com nenhuma preocupação na vida.

Mais tarde, quando ficamos só eu e Julia limpando a cozinha, depois de Olivia oferecer ajuda sem entusiasmo e dizermos para ela ir arrumar o quarto que divide com Julia em vez disso, a conversa chega a um território que tenho quase certeza que não é muito confortável para Julia.

— Como está se sentindo com isso?

— Nervosa — ela confessa, colocando um prato no armário. — Animada. — Ela pega outro do escorredor e começa a secar com o pano de prato. — Sei lá.

— Ei, vai ser incrível. — Me viro para ela, me assegurando de que ela está prestando atenção em mim. — E você não precisa fazer nada que não quiser. Sabe disso, né?

— É, mas… — Sua voz morre como se tivesse perdido a força no meio da frase.

— Mas?

— Argh. Eu não sei, Luli. — Ela cobre o rosto com as mãos. Consigo sentir sua frustração e queria poder arrancar isso dela e pegar para mim. Julia é minha pessoa favorita, e eu trocaria minha própria felicidade pela dela sem nem pensar. — Eu só quero ser normal.

— O que é normal, afinal? — Ergo uma sobrancelha, em uma expressão interrogativa para ela.

Esse sempre foi um assunto complicado para Julia. Ela tem vinte e sete anos, é um ano mais velha do que eu, mas às vezes acha que está atrasada para sua idade por nunca ter beijado ninguém antes.

Não importa quantas vezes eu tenha tentado dizer que não existe uma idade limite para qualquer uma dessas vivências, ela não consegue evitar se comparar com todos ao seu redor. E quando para e pensa, o mundo inteiro parece sugerir que ela está certa em achar que não é normal. Se você não beijou ninguém antes de se formar no ensino médio, você fracassou. Se sair da faculdade sem ter transado, vai morrer virgem. Somos alimentados com tantas mentiras todos os dias que é difícil deixar para lá.

— Você entendeu o que quis dizer.

Seus ombros estão arqueados, quase como se ela estivesse tentando se dobrar ao meio. Afasto seu cabelo escuro e macio do rosto e o jogo por cima do ombro, apertando-a suavemente.

— O que eu sei é que você é uma mulher incrível. E o cara que receber seu primeiro beijo vai ser o maior sortudo do mundo. Não deixe ninguém fazer você se sentir de outra forma, tá bom? Saia com o Cam. Se divirta. Curta o tempo que tem aqui. Ninguém te conhece na cidade, então pode fazer o que quiser aqui. Seja quem quiser ser.

— Você acha? — Tem um lampejo de esperança em sua voz, e eu me agarro a isso.

— Eu não acho, eu sei. — Eu seguro suas mãos, jogando o pano de prato em cima do escorredor. — Olha, se você vai mesmo voltar para casa em dezembro para seguir aquele planejamento de vida que fez quando tinha dezoito anos — tento manter o julgamento longe da minha voz, mas acho que não sou bem-sucedida —, então pega esses meses que tem aqui e viva cada uma das experiências que já desejou. Seja livre. Viva a vida ao máximo. Aí, quando voltar, vai pelo menos poder dizer que viveu um pouquinho.

— Sabe, nem todo mundo quer uma vida agitada que nem você — ela me diz, mas não há ressentimento em suas palavras. — Algumas pessoas estão felizes com uma vida calma e perfeitamente planejada.

— Eu sei disso — falo. — Acontece que eu acho que você pode não ser uma dessas pessoas.

— O que te faz achar isso?

— Você é minha irmã — respondo, abrindo um sorriso astuto.

Uma batida na porta interrompe minha versão de um dos sucessos da Taylor Swift. Julia já saiu para o encontro com Cam, então sei que só pode ser a Olivia.

— *It's me, hi* — ela cantarola através da porta.

Minha boca se retorce em um sorriso involuntário.

— Entra.

Julia e Olivia dividem o quarto maior, enquanto eu tenho um só para mim. Isso sequer foi uma questão a ser discutida, na verdade. Não porque cheguei aqui primeiro, mas também porque as duas são as pessoas mais bagunceiras que conheço, e eu não sobreviveria dividindo quarto com nenhuma delas de novo. Não depois de já ter passado por duas décadas de tortura.

Ela vai direto até minha cama, sentando no edredom e passando a mão de uma maneira quase reverente. Eu encaro seu reflexo no espelho à minha frente. Ela parece nunca ter sentido o conforto de uma cama arrumada antes.

Embora não pudéssemos ser mais diferentes em personalidade, fisicamente Olivia e eu somos as mais parecidas das quatro irmãs. Puxamos nossa mãe, com barrigas roliças e coxas grossas. Só que enquanto meu cabelo é ondulado e castanho-claro, o dela é liso e escuro como o de Julia, a única semelhança que elas compartilham.

— Você vai sair? — ela pergunta quando percebe que não estou com a costumeira camiseta larga e o short de academia que uso em casa.

— Sim, com a Cece.

Visto minha saia midi e me atrapalho com o zíper de trás.

— Vem cá — diz Olivia, me chamando para parar à sua frente.

Dou alguns passos para trás e ela rapidamente fecha a saia.

Nossos olhares se encontram no espelho.

— Você quer vir junto? — O jeito que seus olhos se arregalam suavemente com o convite me causa uma sensação desconfortável no estômago. — A gente só vai no Porto's.

— Não, de boa.

Seus olhos encontram um par de tênis perto da porta, e ela começa a analisá-lo com muita atenção, como se fosse uma pedra que acabou de cair do céu.

Apenas quando me afasto dela e paro diante da cômoda branca ao lado da janela que ela fala de novo:

— Me desculpa — ela diz baixinho. Paro imediatamente. Acho que nunca ouvi essas palavras saindo da boca de Olivia. — Não quis te chamar de vaca.

O brinco que escolhi de repente parece mais pesado na minha mão. Demoro o dobro do tempo para erguê-lo até a orelha e ainda mais para fechar a tarraxa.

Estou prestes a me desculpar também, mas então meu celular começa a vibrar na cama, me salvando de uma conversa que não tenho certeza se quero ter. Olivia me entrega o aparelho, a clara derrota em seu rosto mostra que ela não compartilha do meu alívio. Eu pego o celular, mas antes de deslizar o dedo na tela para aceitar a ligação de Cece, olho para Olivia.

— Conversamos depois?

Ela assente e sai do meu quarto, e me sinto ainda mais vaca por isso.

Cece e eu estudamos na mesma faculdade no meio do nada no Missouri. Éramos as únicas brasileiras em todo corpo estudantil, e demorou exatamente quarenta e oito minutos no começo da Semana dos Calouros para nos encontrarmos.

A reitora fez uma palestra de quarenta e cinco minutos para iniciar a orientação de alunos internacionais, e então nos liberaram para uma pausa. Prepararam um coffee break para a gente, com alguns cookies de aveia e sanduíches, que eu enjoaria de comer menos de um ano depois, suco de laranja e um café que quase cuspi porque tinha um gosto nojento.

Julia me mandara mensagem sem parar naquela manhã, mas deixei meu celular no silencioso e não olhei nenhuma vez, mesmo que tudo que eu quisesse fosse uma distração da palestra chata que a reitora estava dando. Assim que ela nos dispensou, liguei para minha irmã.

Estava no meio do meu relato para ela sobre como estava entediada quando alguém tocou no meu ombro.

— Brasileira?

Não sei quem ficou mais animada com o encontro: eu, Cece ou minha irmã no telefone. Falei para Julia que ligaria para ela mais tarde e virei para a garota.

— Sim — respondi em português. Foi tão bom usar minha língua materna com alguém ao vivo, foi quase como emergir para respirar depois de um nado longo e exaustivo. — Eu sou Luiza.

— Cecilia — ela me respondeu.

Nos abraçamos e nos tornamos inseparáveis ali mesmo. Bem, inseparáveis de verdade só um semestre depois, quando nos tornamos colegas de quarto. Mas eu adoraria esquecer aquele primeiro semestre e a colega de quarto horrível que eu tive.

Quando nós duas decidimos nos mudar para LA, consideramos dividir um apartamento. Só que então Julia me disse que estava vindo fazer sua especialização, e tomamos a decisão de cortar o cordão umbilical, com a promessa que nos veríamos o tempo todo.

Não nos vemos.

Nos primeiros meses, conseguimos nos encontrar pelo menos de quinze em quinze dias, mas essas reuniões se tornaram mais raras e espaçadas. Não consigo me lembrar com exatidão a última vez que nos encontramos, mas faz bem mais do que um mês.

Como esperado, Cece está completamente diferente. Um mês é o bastante para ela mudar tudo, do jeito que usa as unhas até a cor do cabelo. Enquanto me aproximo da mesa que ela sempre consegue para nós na padaria mais movimentada em Burbank, seu cabelo parece estar com o natural castanho-escuro, mas assim que ela vira para acenar para mim,

55

vejo que o lado direito está banhado por um tom de azul pastel. E seus cabelos estão lisos agora, diferente dos cachinhos naturais bem fechados dela, com o corte reto bem em cima do ombro.

Aposto que tem pelo menos duas tatuagens novas em seu braço desde a última vez que a vi.

— O pumpkin spice latte — digo, levantando o braço dela pelo pulso. — E...

— Ai — ela reclama quando viro seu braço rápido demais para tentar ver qualquer outra arte nova. — É só essa.

— Pena. — Me jogo na cadeira na frente dela. — Eu esperava mais de você, Cece.

Assim que nos conhecemos, eu disse para Cece que era fascinada por suas tatuagens. Era algo que sempre quis, mas nunca tive coragem de fazer. Eu já tenho obstáculos suficientes para ultrapassar para ser escalada, não preciso acrescentar mais ainda. Mas Cece nunca hesita em fazer novos desenhos em sua pele marrom-clara. Eles se tornaram parte da minha amiga assim como o piercing no septo.

Encaro a xícara à minha frente.

— Leite e açúcar?

Ela revira os olhos para minha pergunta, mas dou de ombros em resposta. Sei que não preciso perguntar, porém, não custa nada confirmar. Cece aprendeu bem rápido que eu não suporto café puro. Ela tem uma camisa branca manchada de café da nossa primeira ida no Starbucks anos atrás que nunca a deixa esquecer disso.

Porto's é a confeitaria favorita dela na região de LA, não só por ser onde podemos encontrar comida mais próxima da que temos no Brasil, mas também por ela se sentir mais livre falando português aqui sem ficarem encarando. A padaria está repleta de diferentes sons musicais de diferentes idiomas, e o português flutua como apenas mais uma nota completando a canção.

— Como vai o trabalho? — eu pergunto, dando uma mordida no sanduíche que a garçonete tinha acabado de trazer para nossa mesa.

Cece pediu meu favorito porque me conhece muito bem.

Ela respira fundo, e com isso, eu entendo tudo que ela não está dizendo. Frustração, decepção, exaustão. Reconheço com facilidade porque me sinto da mesma forma.

— Falei com meu chefe semana passada — ela me conta.

— E? — pergunto, com cuidado.

O fato de ela não ter compartilhado mais informação voluntariamente me diz tudo que preciso saber. Ainda me agarro àquele pequeno pedacinho de esperança.

— Ele me disse o que eu já sabia. Ele aprecia meu trabalho. Sou uma ótima funcionária. Acrescento muito à equipe. — Ela lista todos os elogios como se fossem sentenças de morte. — Infelizmente, ele não pode bancar meu visto no momento.

Estou mais irritada do que triste por ela. Embora soubéssemos que isso estava por vir, ele dissera que as chances eram boas quando a tinha contratado. Ele já sabia na época. Ele sabia que ela precisava disso, e ainda assim prometeu algo que sabia que não seria capaz de cumprir.

— O que você vai fazer?

— Encher a cara e chorar?

— Só me dizer quando. — Ergo meu café em um brinde de brincadeira.

— E você, Luli? Tem feito testes? — Sabia que o momento ia chegar, e mesmo assim não me sinto preparada para falar sobre isso. Dou uma baita mordida no meu sanduíche, o que não passa despercebido por ela. Nossa comunicação silenciosa, no entanto, é eficiente demais para meu gosto. Cece entende meu silêncio. — O que está escondendo de mim?

— *Moi*? — Finjo estar ofendida. — Nunca faria isso.

— Luiza Maria Bento. — Sempre que quer fazer de conta que está brava comigo, ela acrescenta um Maria inexistente ao meu nome. Cece alega que Luiza Bento é curto demais para expressar raiva.

— Estou esperando a resposta de um teste.

— Como você acha que foi?

Levo um momento para ponderar a resposta. Como acho que foi?

— Eu acho... — Testo as palavras, mas elas são tão estranhas que ficam presas na minha garganta. Dou um gole no café e tento de novo: — Acho que fui bem...

— Ai, meu Deus! — Por sua reação, parece que acabei de dizer que fui escalada.

— Mas sei lá — acrescento depressa. — É que...

— Não importa — ela me interrompe.

— Como assim? Claro que importa.

— Não importa, não. Estou contente por você estar confiante com um teste pelo menos uma vez. Nunca te ouvi dizer isso antes, Luli. Sabe como isso me deixa feliz pra caralho? Você é maravilhosa. Fico feliz de ver que você finalmente também está enxergando isso.

Não tenho forças para corrigi-la. No entanto, a verdade é que não consigo me enxergar do mesmo jeito que ela. Sim, não acho que o teste foi um desastre completo, mas ainda não estou confiante de ter conseguido o papel. Na verdade, tenho quase certeza que não vou conseguir, mas essa frustração é problema para a Luiza do futuro.

Por enquanto, vou aproveitar a companhia da minha melhor amiga e tentar desfrutar da sensação que a confiança dela desperta em mim ao máximo que puder.

Passamos horas nos atualizando de tudo, e só vamos embora quando somos basicamente expulsas da padaria. Antes de ir, no entanto, eu me lembro de comprar um punhado de salgados de frango, o que basicamente chamamos de coxinhas no Brasil, e um dos doces favoritos de Olivia, uma tartelete de morango e pistache.

Nunca fui boa com conversas profundas, mas sei que é minha vez agora. Olivia se desculpou por me chamar de vaca, e agora eu que preciso me desculpar pelo comentário maldoso que fiz sobre ela no vestiário.

Quando chego em casa, chamo seu nome, mas ela não responde. A porta do quarto delas está aberta, e não tem ninguém lá dentro. Eu entro para deixar o presente de desculpas na mesinha de cabeceira dela, e juro que não tenho intenção de xeretar, mas não consigo fingir que não vejo o envelope verde de aparência solene aparecendo sob uma pilha de papéis desorganizados.

Deixo o pacote com o doce na mesinha de cabeceira e viro para sair, e então meus olhos percebem a logo, ou o que dá para ver dela. Parece familiar, mas não consigo distinguir muito bem. Eu me odeio por fazer o que faço em seguida, porém, não consigo evitar. Tirando alguns papéis do caminho, eu finalmente vejo a logo completa.

O Prêmio Pena de Ouro.

O que Olivia está fazendo com um envelope de um prêmio de roteiros?

5

O envelope verde não sai da minha mente pelos próximos dias, mas evito perguntar para Olivia sobre ele, porque isso exigiria que eu admitisse que futriquei suas coisas, e a última coisa que quero é começar outra briga com ela.

E é a semana de seu aniversário. Mesmo estando meio aterrorizada com o fato de ela estar fazendo vinte e um anos, não quero estragar o momento.

Contudo, queria que ela tivesse tido a mesma consideração comigo. Quando chega a sexta-feira do aniversário de Olivia, descubro que ela convidou todos da Movieland para comemorar com ela no The Reel Pub, o bar que fica localizado no extremo sul da Trilha de Filme. E todo mundo em Movieland aparentemente também inclui os atores. Com Cam estando por perto por causa de Julia, Olivia decidiu estender o convite também ao departamento de teatro, e tenho certeza de que isso chegou até Winter.

Se ele vai ou não, já é outro problema.

No entanto, não acho que ele vá. Toda interação que ele teve com os funcionários da Movieland até agora foi por obrigação, e ele sempre parece querer estar em outro lugar. Não vejo motivo para ele ir voluntariamente a uma festa repleta de pessoas que ele considera inferiores.

Com isso em mente, entro no The Reel Pub um pouco depois das sete horas. O bar já está lotado, membros da equipe misturados com visitantes do parque, todos esperando para se divertir nesta noite quente de verão.

O ar-condicionado está em toda potência, mas ainda não é o bastante para afastar o calor. Assim que passo pela recepcionista, sinto a umidade grudar em minha pele junto com o cheiro de cerveja, suor e delícias fritas — exatamente o cheiro que se espera de um bar. A música estourando pelos alto-falantes é um sucesso do pop que todos aqui dentro cantam junto, dando o tom da noite.

Não demoro muito para encontrar Olivia. Ela está usando uma faixa de aniversariante rosa radiante por cima do vestido curto que parece um globo espelhado. E que Deus me ajude, ela já está com um copão de cerveja na mão. Não parece se envergonhar disso quando nossos olhos se encontram através do oceano de pessoas entre nós.

— Luuuli — ela grita, respigando o líquido âmbar em cima de uma amiga colada ao seu lado ao tentar vir até mim.

Aperto o passo, tentando alcançá-la sem que mais pessoas sejam molhadas no processo.

— Feliz aniversário, mana. — Envolvo sua cintura com minhas mãos, parabenizando-a em português. Não usava aquele termo fofo há tanto tempo, fico surpresa por ele ter saído com tanta facilidade.

— Obrigada — diz ela, com a voz um pouco mais aguda do que o normal, o rosto aberto em um sorriso radiante. — Eu te amo, sabia? — Ela mistura os dois idiomas, o que me mostra que não é sua primeira cerveja da noite.

— Sei — asseguro a ela em inglês, plantando um beijo em sua têmpora e seguindo seus passos na mistura de idiomas. — Eu também te amo.

É a verdade. Eu a amo. Quero matá-la na maior parte do tempo, mas mataria por ela a qualquer hora.

— Pessoal — chama Olivia, sem focar em ninguém em particular, se virando de onde veio, com o braço envolvendo firme minha cintura. — Olha quem está aqui. Minha irmã favorita!

— Ei! — reclama Julia, fingindo estar ofendida.

Vou até ela e não fico surpresa ao ver que Cam já está aqui, parado ao seu lado, olhando para minha irmã como se ela fosse a pessoa mais incrível do mundo.

— Cam. — Dou-lhe um abraço rápido.

— Oi, Luiza — ele me cumprimenta, contente. — Já teve resposta do teste?

— Não, ainda não.

Ele parece querer falar mais alguma coisa sobre o assunto, mas não quero pensar sobre isso. Pelo menos não hoje, então digo para eles que vou pegar algo para beber.

O lugar está lotado, e demoro duas vezes mais do que o normal para chegar ao balcão. Pessoas dançam ao som da música, algumas se reúnem em pequenos círculos para conversar, e outras estão bêbadas demais para se mexerem e acabam colidindo com tudo e todos, dificultando o movimento para qualquer um.

Sou atingida por um desses bêbados quando quase estou chegando no balcão. Estou com o olhar focado em um pequeno espaço entre duas banquetas no qual pretendo me apertar para conseguir fazer meu pedido. Meus olhos estão presos naquele ponto, e é por isso que não vejo o que está por vir. Minha visão periférica não registra o cara bêbado cambaleando até mim antes que seja tarde demais.

É um cara grande, e embora eu não seja uma garota pequena, todo seu peso colide comigo, me fazendo cair de lado.

Me preparando para todo o impacto do meu quadril batendo no chão, fecho os olhos e me debato sem parar, tentando segurar alguma coisa. Não acho que vou de fato encontrar algo, então quando minha queda é interrompida por um puxão forte no meu braço, um arquejo de surpresa sai de meus lábios.

Por um segundo, eu pairo sobre o chão, então sou puxada.

Não sinto a dor antes de estar de pé de novo. Assim que ela surge, porém, levo a mão direita ao ombro esquerdo para tentar aliviá-la.

— Você está bem? — pergunta uma voz grave atrás de mim, tão perto que posso sentir a vibração das palavras contra minha pele.

Por que meu cérebro está tão em sintonia com a voz dele? Por que não tenho que me virar para saber quem está parado perto de mim?

Meu cérebro tenta sinalizar para meu corpo ficar em alerta, mas meu sistema traidor faz um frio descer pela coluna ao ouvir aquela voz grave e rouca.

Eu me viro e encontro um par familiar de olhos castanho-escuros me encarando. Winter encontra meu olhar sob a aba do seu boné e o sustenta por um segundo a mais do que era necessário antes que seus olhos se arrastem por mim, buscando cada centímetro que ele consegue ver sob a luz fraca do bar.

Por um momento muito breve, me pergunto se ele está dando uma conferida em mim, mas rapidamente expulso o pensamento. Não. Ele está procurando por ferimento. Se fosse qualquer outra pessoa, eu acharia que era preocupação, mas é o Winter. Tenho certeza de que ele não está familiarizado com o conceito de se preocupar com qualquer pessoa exceto si mesmo.

— Você precisa ter cuidado, Luiza — diz ele, confirmando meus pensamentos.

Ele não está preocupado. Está irritado por eu quase cair bem à sua frente. Deveria ter deixado eu me estatelar no chão.

— Ele esbarrou com tudo em mim — protesto. — Não é minha culpa.

— Você está em um bar, cheio de pessoas bêbadas. Precisa prestar atenção ao seu entorno.

Por que ele é tão babaca? Por acaso ele acha que eu *queria* cair?

— Vai se foder, Winter. — As palavras saem antes que eu consiga me controlar. Aparentemente, depois de pronunciá-las pela primeira vez, fica mais fácil soltá-las. — Acha que eu caí de propósito? Talvez isto te choque, mas nem tudo no mundo acontece com o único propósito de te irritar.

Embora eu agora tenha decidido que irritá-lo vai ser um dos meus objetivos de vida.

— Eu não… — Ele está tão frustrado comigo que não consegue fazer as palavras saírem da boca. Sua garganta trabalha duro quando ele engole o que ia dizer. — Que merda — resmunga Winter. — Você se machucou?

Seus olhos deixam meu ombro, onde minha mão massageia gentilmente a região dolorida. Neste momento, nós dois percebemos algo na mesma hora: ele ainda está segurando meu braço esquerdo. Winter o solta assim que nossos olhos repousam no ponto em que estamos nos tocando, e sua mão deixa um círculo quente em volta do pulso onde estava me segurando.

— Eu estou bem — digo, tentando soar convincente.

Meu cérebro está mandando meu corpo se virar e sair, mas minhas pernas se recusam a obedecer. Estou paralisada.

O mar de pessoas se movendo ao redor nos empurrou para mais perto, nossos corpos quase se tocam de novo. Posso sentir o calor de sua pele rompendo em ondas o tecido fino de sua camiseta branca.

Por algum motivo, escolho esse momento para registrar que ele só usa isto: jeans e camisetas brancas.

Estou catalogando essa nova pequena informação, quando esbarram em mim de novo, desta vez uma garota pequena bêbada indo até o bar, mas mesmo seu tamanho menor é o bastante para me desequilibrar, e de repente, meu peito cola na forma firme de Winter. As mãos dele vão instantaneamente à minha cintura para me manter de pé, e minha pele só falta pegar fogo.

O vestido verde-claro e fino que escolhi usar hoje não ajuda nada em impedir que o calor das mãos dele alcancem minha cintura e se espalhe por todo meu corpo, despertando partes que definitivamente não deveriam estar reagindo desta forma a Winter Davis, entre todas as pessoas.

Isso não está certo. Sinto que sua proximidade desafia algumas leis da física. Eu deveria querer arrancar suas mãos de mim e sair correndo. Em vez disso, quero que a mão dele arranque minhas roupas.

O que caralhos há de errado comigo? Eu ainda nem bebi nada.

Nossos campos magnéticos estão com problema. Eles deveriam nos afastar, mas no lugar disso, parece que estão nos aproximando.

Abro a boca para me desculpar por colidir com ele, mas sou interrompida por um alvoroço repentino vindo de onde deixei minhas irmãs alguns minutos antes.

— Eu vou... — digo, jogando a cabeça na direção da comoção.

Ele pestaneja como se também tivesse acabado de acordar de um transe esquisito.

— Certo.

Encontro minhas irmãs antes de me permitir surtar com o que tinha acabado de acontecer. Quando me viro, vejo as costas de Winter enquanto ele se afasta do bar, de cabeça baixa e com a mão no boné.

Afasto os olhos dele quando começam a cantar "Happy Birthday", seguido pela voz aguda de Olivia.

— Para tudo — ela reclama. Julia está segurando o bolo diante dela, e seus olhos procuram por mim. Arqueio uma sobrancelha, tão confusa quanto minha irmã. — Vamos fazer isso do jeitinho brasileiro. Isso está triste demais pro meu gosto.

Meus lábios se curvam em um sorriso de compreensão. Isso é tão a cara da Olivia. Julia passa o bolo para Cameron, que prontamente assume a posição em frente à nossa irmã caçula.

— Só imitem a Luiza e a Julia e batam palma — ordena Olivia, e todos seus amigos riem de seu pedido absurdo, mas fazem o que ela mandou.

Julia começa a cantar, mas agora batendo palmas no ritmo como sempre fazemos em festas no Brasil. Rapidamente, o ânimo muda de uma canção séria para uma música comemorativa, todos os convidados se juntando a nós, batendo palma no ritmo.

Faço um esforço consciente de não pensar em Winter pelo resto da noite. Não sei se ele foi embora ou não, mas tento não ficar procurando por ele em todo canto. Me revezo entre sentar com minha irmã mais velha e Cam e conversar com alguns dos colegas que trabalham na entrada do parque comigo e algumas pessoas do elenco do departamento do teatro. Olivia conseguiu reunir tanta gente para seu aniversário que me pergunto se tem alguém no The Reel Pub que não está ali para a comemoração.

Não pensar em Winter fica mais fácil quando um cara se aproxima de mim depois de eu ter terminado meu primeiro mojito. Já perdi o paradeiro de Olivia há algumas músicas, e Julia está tão entretida conversando com Cam que não ouso ficar entre os dois. É por isso que o cara me encontra sentada em uma banqueta no balcão.

— Isso vai parecer uma cantada, mas prometo que é uma pergunta sincera — diz ele, se inclinando para a frente para ser ouvido por cima da música alta. — A gente já se conhece? Você me parece familiar.

Não posso dizer que ouço muito isso. Não pareço com muitas pessoas. Olivia é quem mais se parece comigo, mas nossa semelhança está no formato de nosso corpo, não nosso rosto. Já ouvi vezes de mais a expressão "beleza exótica" sendo dita por aí para se referirem a mim.

Porém, algo no jeito que ele diz isso faz eu me perguntar se ele está mesmo falando a verdade. Antes que eu possa dizer algo, ele estala os dedos como se tivesse acabado de resolver o maior mistério do mundo.

— Você trabalha no parque?

Provavelmente noventa por cento dos clientes daqui trabalham lá, mas eu satisfaço sua vontade.

— É, trabalho.

— Deve ter sido lá que te vi.

Ele passa a mão por seu cabelo ondulado loiro, e eu posso estar errada, mas acho que ele flexiona o bíceps ao fazer isso. Ele não é o tipo de cara com o qual gasto meu tempo, mas estou sozinha, já tomei uns drinques, e ele não parece nocivo.

— Provavelmente — concordo.

O cara olha para a banqueta vaga ao meu lado e depois inclina a cabeça para mim. Ele só se senta depois que eu aceno rapidamente, e então coloca a cerveja no balcão, nossos braços roçam quando levanto meu copo para bebericar meu mojito.

— Eu trabalho no prédio 441 — diz ele. Abro um sorriso tímido atrás do copo, e seus olhos vão para minha boca. — Mas prometo que sou um dos divertidos.

Então ele sabe o que pensamos de quem trabalha na administração em vez de no parque. Seu sorriso astuto confirma minha suspeita.

— Sou Graham, falando nisso. — Ele deixa a cerveja no balcão e me oferece a mão.

— Luiza.

Aceito seu cumprimento, mas em vez de balançar minha mão, Graham a puxa para perto de seus lábios e deixa um beijo nos nós dos meus dedos.

— Preciso dizer, você chamou minha atenção mais cedo, Luiza. Estava tomando coragem para vir falar com você.

— Fico contente que tenha vindo.

— De onde você conhece a Olivia?

— Como sabe que estou aqui para o aniversário dela?

— Como disse, você chamou minha atenção faz tempo. — Graham leva a cerveja aos lábios, com os olhos presos em mim. — Seria impossível não notar você.

— Ela é minha irmã — respondo, ignorando seu comentário, porque não sei como reagir. Suas sobrancelhas se levantam, surpreso. — De onde *você* a conhece? — rebato.

Ele dá de ombros.

— Já nos esbarramos no parque antes.

Eu não duvido dele. Conhecendo minha irmã, só precisaria disso mesmo para que ela o convidasse para o aniversário. Quer dizer, ela convidou até Winter.

E simples assim, a pessoa que eu estava tentando manter longe dos meus pensamentos os invade de novo como uma rajada de vento dispersando tudo e deixando uma bagunça.

Droga. Achei que esse cara ia me ajudar a me distrair.

— Eu… — Enrolo um cacho com o dedo. — Vou fazer companhia para minha irmã.

Graham olha em volta e encontra Olivia na pista de dança, cercada por vários amigos e vivendo o melhor dia de sua vida. Ele arqueia uma sobrancelha para mim.

— Não essa irmã — explico. Ele segue meu olhar até onde Julia está sentada sozinha, com um sorriso bobo no rosto. — Aquela ali.

— Quantas vocês são?

— Isso é assunto para próxima vez — provoco e começo a me afastar, mas ele me para segurando meu pulso.

O mesmo pulso que algumas horas antes tinha outra mão segurando, de um homem que me forcei a não pensar a noite inteira, de quem a imagem agora está presa no meu cérebro como se tivesse sido tatuada nas minhas pálpebras.

Lampejos de nosso breve encontro surgem em minha mente. Seu peito firme pressionado contra o meu, seus olhos se demorando no meu rosto em busca de... algo — não sei ao certo o quê. E a forma como seu toque havia deixado minha pele em combustão. Uma sensação que não consigo encontrar agora que tenho os dedos de Graham envolvendo o mesmo lugar.

— Próxima vez?

Ergo um ombro em uma resposta evasiva, esperando por uma pontada de desejo. Buscando o que senti antes ao estar perto de Winter. Mas sem sucesso. É como se no momento que ele voltou à minha mente, meu corpo entrasse em um estado de frieza que nem a proximidade de um homem tão gostoso quanto Graham é capaz de vencer.

— Então você podia me passar seu número. — Ele se levanta da banqueta, se aproximando de mim. — Para garantir que aconteça.

Eu dou meu número para ele. Deixo que ele erga minha mão para dar um beijo suave em meus dedos de novo. Tudo isso enquanto me xingo por não ser capaz de sentir nada.

— Que cara é essa? — pergunta Julia quando finalmente chego até ela. — Achei que estava se divertindo com aquele cara. Ele era uma gracinha.

— Eu estava. — Afasto o gosto amargo da lembrança de Winter. — Foi divertido.

— Então por que essa cara? — Julia repete a pergunta.

— É a única que eu tenho — digo, forçando um sorriso.

Não quero explicar o que deu em mim, porque nem eu sei direito se entendo. Minha irmã me conhece bem demais para cair nessa, mas Cam se aproxima da mesa, me salvando de uma conversa que não quero ter agora.

— Está pronta para ir? — pergunta ele, com o olhar pulando entre nós duas.

— Vocês estão indo? — choramingo, jogando os braços em volta dos ombros dela como se pudesse mantê-la aqui.

— Eu tenho aula amanhã cedo.

— Você odeia suas aulas. — Dou um beijo de despedida em sua bochecha.

— Você vai ficar aqui? — Ela coloca uma mecha de cabelo atrás da minha orelha.

Assinto, prometendo que aviso quando chegar em casa. Às vezes Julia age exatamente como nossa mãe.

Eu me despeço deles e vou encontrar alguns colegas de trabalho para me distrair, fingindo que não estou me perguntando se Winter também já foi.

Descubro que Winter ainda não foi embora quando estou indo até o balcão pegar o que pode ser meu quarto ou quinto mojito. Parei de contar.

Desta vez não trombo com ele, o que é bom porque sinto que meu equilíbrio não está lá essas coisas, e não queria dar mais motivos para ele me odiar. Não que precise. Ele já me odeia bastante.

— Achei que você tinha ido embora — falo, mas não tenho certeza por que estou puxando conversa com ele. Deve ser culpa do álcool.

— Não fui — ele diz o óbvio.

— Que pena. Deveria ter ido. — Dou de ombros e tento passar por ele, mas Winter coloca a mão no meu braço. Sinto um formigamento na pele com o toque.

— Você está bêbada.

— Não o bastante para querer ficar aqui conversando com você. — Mas aparentemente o bastante para perder todos meus filtros.

E talvez o bastante para estremecer com o toque suave de sua mão escorregando pelo meu braço para envolver meu pulso.

Ele tenta me mover, puxando meu corpo atrás de si.

— O que está fazendo?

— Te ajudando a encontrar suas irmãs.

— Olivia está com os amigos, e a Julia foi embora. — Tinha passado um pouco das dez da noite quando ela me disse que ia para casa, e não faço ideia de que horas são agora. — Espera. — Puxo meu braço, forçando-o a se virar para me encarar. — Cam também foi. Por que você ainda está aqui?

— Puta que pariu — pragueja ele. Mesmo não sendo direcionado para mim, me sinto ofendida.

— Vai se foder — respondo à altura.

— Eu não... — Ele respira fundo. — Você é irritante, sabia?

— Obrigada. — Faço uma reverência zombeteira. — Eu me esforço bastante para isso. Fico feliz que tenha notado. Agora, se me der licença. — Solto meu braço e vou até o bar. — Eu estava indo pegar uma bebida.

— Você...

— Não. — Eu o interrompo com um dedo em seus lábios antes que ele possa dizer algo que vai me deixar mais brava. — Não diga o que está prestes a dizer.

Ele olha para minha mão, e de repente, todo o álcool evapora do meu corpo e fico sóbria para caramba. Seu pomo de Adão sobe e desce quando ele engole em seco ao passo que abaixo minha mão, mas, de alguma forma, ela acaba seguindo pelas curvas firmes de seus bíceps. Meus olhos recaem no chão, constrangida demais para erguer a cabeça. E ainda assim, não consigo tirar a mão dele.

Winter pressiona um dedo gentilmente embaixo do meu queixo, erguendo minha cabeça para encará-lo. Sinto um nó na garganta quando o olhar dele encontra o meu, o âmbar de suas íris dançando como chama.

— Tem certeza de que está bem para ficar?

— Si... sim — resmungo com a voz vacilando, mas toda determinação de ficar e tomar mais drinques me abandonou. Balanço a cabeça, rompendo o contato visual, que aparentemente fez meu cérebro parar de funcionar, e largo seu braço. Dou um passo para trás. — Não.

Ele semicerra os olhos.

— Não?

— Eu vou embora. — Puxo a barra do vestido para baixo, de repente insegura. — Eu deveria ir para casa.

Ele assente.

— Como você vai? Está dirigindo?

— Eu não... — Me interrompo antes de contar para ele que não tenho carro. Ele não precisa saber disso. Já dei munição demais para ele esta noite. — Vou chamar um Uber.

— Deixa que eu te levo — oferece ele, e agora eu sei com certeza que estou bêbada mesmo. Devo ter ouvido errado.

Dou risada.

— Desculpa — digo. — Achei que tinha ouvido você me oferecer uma carona.

— Eu ofereci — confirma ele, as palavras soando suaves, pacientes, como se ele estivesse falando com uma criança.

Ajeito a postura, irritada pelo tom condescendente em sua voz.

— Por que você faria isso?

— Porque, ao contrário do que você acredita — diz ele, pegando a chave do carro no bolso da frente do jeans —, eu não sou um ser humano horrível. Vamos.

Ele se vira e começa a se afastar, sem olhar para trás para conferir se estou o seguindo. Mas eu o sigo. Por motivos que vão além da minha compreensão, eu o deixo me dar uma carona para casa.

6

A carona que peguei com Winter depois do aniversário de Olivia se torna um segredo que decido esconder até de mim mesma. Se eu continuar fingindo que isso não aconteceu, posso me forçar a acreditar.

Não conto para ninguém. E certamente não falo com ele sobre isso. Winter não aparece no parque de novo, pelo menos não em um lugar que possa vê-lo, então é fácil me impedir de pensar nele.

De novo, se eu mentir bem o bastante para mim mesma, talvez eu acredite.

Quem estou tentando enganar? A realidade é que mais vezes do que gostaria de admitir eu me lembro de Winter parado diante de mim, erguendo meu queixo e perguntando se estou bem. Consigo *sentir* a pressão de seu dedo na minha pele toda vez que fecho os olhos.

Quando recebo mensagem de Graham, espero sentir um friozinho na barriga, mas... nada acontece. Nem um geladinho de nada.

Ainda assim, concordo em sair com ele algum dia, com a esperança de que algo surja disso. Pelo menos seria bom para tirar Winter da minha cabeça.

Porém, a única coisa que consegue mesmo me distrair dos pensamentos indesejados do meu possível colega de elenco, é a constante alegria de Julia.

Ela não consegue parar de falar de Cam. Tudo é motivo para trazê-lo à tona. É ridículo e fofo ao mesmo tempo. Eu nunca a tinha visto desse jeito, mas estou adorando.

Não perguntei, mas acho que eles ainda nem se beijaram.

Toda vez que ela menciona Cam, sinto uma pontada no peito. Estou feliz por ela. Realmente estou. No entanto, não consigo me lembrar de já ter sentido isso por alguém, e não consigo evitar me perguntar se um dia irei sentir.

Comparar as reações dela às mensagens de Cam com as minhas reações quando recebo alguma de Graham é inevitável. Não tenho nenhum desses sentimentos de formigamento que se espalha por todo corpo só de ler seu nome no celular.

Mas ela sim.

Toda vez que Cam manda mensagem, Julia reage da mesma forma. Exceto agora, quando um arquejo alto sai de seus lábios em vez dos risinhos de sempre.

— O que foi? — pergunto dando passos largos em direção ao sofá onde ela está. — O que aconteceu?

— Cam me convidou para ir com ele para San Diego amanhã. Passar o fim de semana.

— Você vai — declaro quando percebo sua hesitação.

É preciso convencê-la um pouco, mas ela finalmente responde dizendo que irá.

Vamos ao quarto dela para arrumar uma mala para ela passar a noite, e queria que Olivia estivesse em casa e não trabalhando. Ela é a melhor em coordenar looks. Eu sou do tipo básica. O que for confortável, eu uso. Contudo, não acho que short de academia e cropped devam ser a primeira escolha para uma fugida romântica.

Mesmo com ela insistindo que a viagem não é isso.

— Tem certeza de que não pode ir comigo? — ela pergunta pela milésima vez.

— Eu não vou ser vela na sua viagem de casal.

— Não é uma viagem de ca...

— É sim — interrompo-a porque já passamos por isso. — Tenta ligar para a Olivia de novo — digo, e ela pega o celular para ligar para nossa irmã, mas uma mensagem chega, a distraindo.

— Viu? Eu disse que não era uma viagem de casal.

Ela coloca o celular na minha frente, mas do jeito que está tremendo, não consigo ler nada. Seguro seu pulso para parar seu movimento e leio.

— O que caralhos o Winter vai fazer lá?

— Eles estão promovendo a peça, Luiza. É uma viagem de trabalho. Ele só me chamou para ir junto. — Ela ergue as sobrancelhas para mim, sentindo-se toda superior por estar certa desde o começo. — Vamos, você deveria ir com a gente.

— Você sabe que agora que me disse que o Winter também vai, as chances de eu ir junto caíram para números negativos, né?

Não consigo imaginar ficar presa em um carro com ele por uma hora e meia, menos ainda passar o fim de semana inteiro com ele.

— Eu... — Julia engole as palavras que estava prestes a dizer.

— O quê? — pergunto, sabendo que minha irmã não costuma esconder nada de mim.

— Você não acha que talvez... — Ela coloca uma mecha de seu cabelo macio como seda atrás da orelha. — Cam parece gostar do Winter. Eles se dão muito bem. Você não acha que talvez tenha julgado ele rápido demais?

— Foi ele que me julgou sem me conhecer, Julia.

Ela suspira.

— Esquece o que eu falei.

Eu trabalho na entrada do parque sábado e domingo, e sem Julia em casa, uso meu tempo livre para assistir algumas aulas magnas sobre atuação que comprei online e nunca tinha feito.

A primeira mensagem de Julia chega sábado à tarde.

> Julia 15h40
> Ele me beijou

Só diz isso. Sem emojis, sem pontuação. Apenas as três palavras que eu sei que significam o mundo para ela. Guincho, animada, enquanto leio, levando o celular para o peito sem conseguir conter toda alegria que sinto por minha irmã.

> **Luiza 15h41**
> Quando estiver pronta, quero saber tudo! Te amo

Nem mesmo a insistência de Olivia para sair com alguns amigos sábado à noite é o bastante para estragar meu humor depois disso. Ela prometeu que voltaria antes da meia-noite para não estar acabada no turno de domingo de manhã, e ela cumpriu a promessa.

Ela chega em casa bem mais cedo do que esperado, com um sorriso no rosto, mas nem de perto tão bêbada quanto eu esperava que ela estivesse na primeira noite que saiu com vinte e um anos. Talvez eu devesse começar a dar algum crédito para minha irmã.

— Oi — diz ela quando me encontra deitada no sofá assistindo a uma série questionável sobre namoro na Netflix para relaxar antes de ir dormir. — Você devia ter vindo com a gente. Encontrei o Graham lá.

— Ah, é? — finjo surpresa.

Ele tinha me dito que iria ao The Reel Pub hoje à noite e perguntou se eu queria ir junto, mas respondi que não estava a fim de sair. Não era exatamente uma mentira. Eu só não sabia como dizer que ainda estava esperando o friozinho na barriga aparecer.

— Ele perguntou de você.

— Hum...

— Ele é bem legal, sabia?

— Está insinuando alguma coisa? — Arqueio uma sobrancelha para ela.

— Jesus — ela bufa ao se jogar no sofá ao meu lado. — Só estou puxando assunto, Luiza. Por que você é assim?

Sinto uma pontada suave no peito. Por que sou assim com ela? Não é como se nossa relação sempre tivesse sido hostil. Não consigo apontar exatamente quando isso mudou. Sendo as duas mais novas das quatro, fomos uma dupla imbatível por um tempo. Mesmo eu sendo mais próxima em idade da Julia, ela nunca gostou de brincar de bonecas ou montar peças de teatro para nossos pais. Julia sempre foi uma pequena adulta. Olivia e eu, por outro lado, demos motivos suficientes para nossos pais não quererem mais filhas.

Ela costumava me contar tudo. Eu costumava ser sua confidente.

E de alguma forma, nos afastamos. Não sei ao certo se sei uma única coisa sobre minha irmã mais nova que a Julia já não saiba.

Assim que o pensamento atravessa minha mente, a imagem de um envelope verde aparece na minha cabeça. Uma imagem que eu tinha esquecido até agora.

— Posso te perguntar uma coisa?

Ela me encara confusa pela mudança repentina da conversa. Olivia apenas assente.

— O que é aquele envelope do Prêmio Pena de Ouro no seu quarto?

— Você mexeu nas minhas coisas? — Ela ajeita a postura, um olhar acusador.

— Não — conto uma meia verdade. — No dia que deixei a sobremesa do Porto's na sua mesinha de cabeceira, ele estava lá e eu vi.

Ela procura algum sinal de mentira no meu rosto, mas não deixo que ela veja que só estou sendo parcialmente honesta. Ela não precisa saber que empurrei uns papéis na mesa para ver a logo. O quarto dela está sempre tão bagunçado que é plausível ela deixar o envelope à vista.

— Espera. — É minha vez de ajeitar a postura. — O que você está escondendo de mim? E por que a Julia já sabe?

Elas compartilham o quarto. Mesmo estando sob alguns papéis, não estava exatamente escondido. Por que não percebi isso antes? Sou a única que não sabe sobre o que é isso e fico mais triste do que brava.

— Eu... — Ela se senta sobre as pernas.

Percebo que ela está hesitando em tocar no assunto, e me odeio por fazê-la se sentir dessa forma.

— Seja o que for, você pode me contar. — Digo usando minha voz mais reconfortante.

— Promete que não vai contar para nossos pais?

O que a Olivia está aprontando? Abro a boca para verbalizar essa pergunta, mas a fecho assim que percebo que não era assim que devia lidar com a situação.

Em vez disso, assinto.

— Prometo.

— Estou fazendo faculdade de roteiro.

— Está bem... — Não sei exatamente o que não devo contar para nossos pais.

— Eles acham que estou cursando administração.

— Você mentiu para eles sobre sua graduação?

— Eles não me deixariam vir se soubessem.

— Olivia, eles estão pagando seu curso. Não acha que deveriam saber o que estão pagando para você estudar? Não tem como mentir sobre uma coisa assim! — Eu me levanto do sofá, com energia demais percorrendo meu corpo para ficar parada. — No que estava pensando? Que eles nunca iriam descobrir? O que vai fazer quando se formar? Uma montagem do seu diploma e escrever que se graduou em administração?

— É exatamente por isso que a Julia sabia e você não — ela grita para mim, a frustração gotejando de suas palavras. — Ela não me julgou quando descobriu. Ela entendeu por que fiz isso.

Ela sai irritada, batendo a porta do quarto atrás de si e me deixando sozinha no meio da sala.

Não vejo a hora de a Julia voltar para casa.

A parte de mim que é uma boa irmã está feliz que ela está se divertindo com Cam, mas a parte egoísta quer que ela volte logo para que eu não tenha que passar mais um minuto fingindo que não percebi que magoei Olivia.

Queria poder ir até ela e me desculpar. Não sei por que não consigo. Sei que fui muito dura com ela. Se tem alguém nesta família que deveria entender seus motivos para mentir para nossos pais, sou eu.

Quando estava no meu segundo ano de medicina no Brasil e percebi que nunca seria feliz se continuasse nesse caminho, foi horripilante contar para meus pais. Eu enrolei tanto para ter essa conversa que acabei tendo que fazer a rematrícula para o quarto semestre só porque não tive coragem de conversar com eles antes.

Quando eu finalmente contei que ia sair da faculdade, a notícia recebeu muita resistência, como esperado.

Houve algumas ameaças antes de finalmente chegarmos a um acordo. Mas chegamos em um.

Porque nós conversamos. Porque eu fui honesta. Encarei as consequências da minha escolha. Eu não menti para eles e escolhi esconder o que estava estudando de verdade como Olivia está fazendo.

Ela simplesmente evitou a reação que sabia que teria de encarar porque foi por isso que passei, e parte do motivo de eu não conseguir me desculpar com ela é por eu querer ter tido a coragem de fazer o que ela está fazendo. Só dizer foda-se e viver minha vida como eu quero.

O barulho do meu celular vibrando no braço do sofá me arranca de meus pensamentos, e quando vejo um número desconhecido na tela, um frio percorre minha espinha. Mesmo antes de atender, eu sei que algo aconteceu com Julia.

Queria poder fazer este ônibus ir mais rápido. Minhas pernas não param de balançar enquanto desejo que o motorista acelere.

Convencer Olivia a ficar em casa foi como tentar falar para uma criança que ela não pode ir ao parquinho, mas, por fim, ela aceitou. Precisava que ela cobrisse meu turno amanhã se não voltássemos a tempo. E algo me dizia que não voltaríamos.

Quando atendi o celular e a voz de Winter preencheu meu ouvido, o pavor gélido que tomou meu corpo não teve relação com minha aversão a ele. Eu já sabia que ele ia dizer que algo tinha acontecido com minha irmã.

— Ela está bem — disse ele, de cara, mas eu sabia que não estava. — Só teve uma reação alérgica. Não sabíamos que ela não podia comer coco.

Tudo bem. Tentei respirar. Uma reação alérgica não era tão ruim. Ela sempre andava com o remédio.

— Só que... —continuou ele depois de pigarrear. Parecia até que ele sentia dor ao ter de falar comigo, mas eu não ligava que ele estivesse irritado por ter que me ligar. Só queria saber da minha irmã. — Ela não contou para a gente que estava passando mal, então ela caiu. — Ele soltava as informações aos poucos. Quis entrar no celular e fazê-lo desembuchar. — E ela bateu a cabeça. Estamos no hospital, e fizeram todos os exames. Ela está bem, mas querem mantê-la aqui por mais algumas horas por precaução.

— Onde vocês estão? — ordeno saber imediatamente.

Era a cara da Julia cair morta porque não queria causar nenhum problema para ninguém.

Subi no primeiro ônibus de LA para San Diego, e pedi a Winter que me mantivesse atualizada e não deixasse Julia sair do hospital antes de eu chegar.

Agora, estou a dez minutos da estação, e tudo que quero é correr até minha irmã. Não suporto mais este ônibus. O fedor pútrido de perfume barato e salgadinho de cebola está revirando meu estômago.

Quando se está em um país diferente, um lugar que não te recepciona tão bem como cidadã, é engraçado como tudo parece mais assustador. Racionalmente, eu sei que ela está bem. Mas não vou descansar até vê-la.

O ônibus finalmente para no que parece ser o meio de uma avenida. À esquerda, tem uma estação de metrô de superfície. À direita, um estacionamento, e depois disso, fica o bairro Old Town San Diego.

Meu celular vibra no bolso antes que eu consiga pensar em chamar um Uber. O nome de Winter, que eu salvei depois da primeira ligação, aparece na tela.

— Estou no Jeep preto — diz ele, pulando qualquer cumprimento. Ao mesmo tempo, um carro no estacionamento faz sinal de luz. A luz dentro do carro está acesa, e estreito os olhos para ver sua silhueta. — Você vem ou vai ficar parada aí me encarando?

Que merda é essa?

Ando até o carro e abro a porta com um puxão.

— O que você está fazendo aqui?

— Acho que você quis dizer "valeu pela carona, Winter".

— Eu ia chamar um Uber — falo, me recusando a entrar.

Não sei por que estou sendo tão difícil. Ele está sendo solícito, o que me pega de surpresa. Talvez seja por isso. Não conheço esse Winter, e não estou com vontade de conhecê-lo agora, entre todos os momentos. Até onde sei, ele só está me impedindo de conseguir um carro para ir ver minha irmã.

— Bom. — Ele ergue um ombro. — Eu estou aqui. Entra.

— Vou pedir um Uber — repito, já desbloqueando o celular.

— Não — diz ele, com mais firmeza desta vez. — Não vai. Entra no carro, Luiza.

Penso que é a primeira vez que o ouço dizer meu nome. Não sei como meu cérebro consegue registrar isso agora. Meu nome em seus lábios soa como o clique de uma fechadura. Parece certo.

E odeio isso.

— Luiza — ele repete meu nome como um encantamento, suavemente, e o odeio ainda mais. Porque sua voz não tem o direito de causar esse tipo de reação no meu corpo. — É quase meia-noite. Está tarde. Você não precisa pegar um Uber sozinha. Eu te levo até sua irmã.

Odeio como ele me torna irracional. Sei que nada nessa discussão faz sentido, mas por algum motivo, me dói ceder. Acabo cedendo, porque preciso ver Julia.

Não me lembro disso da carona em que estava bêbada depois do aniversário de Olivia, mas o carro de Winter é cheiroso. Couro, madeira e canela. É como esbarrar no Natal no meio de agosto. Bufo, irritada, e tento respirar só pela boca para não sentir o cheiro maravilhoso toda vez que inalo. Ele precisava mesmo ter o cheiro do meu feriado favorito?

Não há praticamente nenhum carro nas ruas nesta hora da noite. A cidade está vazia enquanto a vejo passar rápido pela janela do carro. Não pegamos nenhuma rua que passa pela praia, mas consigo sentir a energia só de estar perto do oceano. A brisa que vem do mar traz um cheiro familiar de que não sabia sentir tanta falta. Me leva direto para minha terra natal.

Estou tão distraída pelas lembranças de infância que não vejo nada antes que tudo aconteça. Tudo que registro é o alto som estridente dos pneus e um peso na minha barriga, como uma barra de proteção me impedindo de voar pelo para-brisa.

— Puta que pariu — ruge Winter. — Filho da puta.

A barra pesada na minha barriga começa a se mexer, e percebo que é o braço de Winter. Ele para o carro devagar perto de um parque, então se vira para mim.

— Desculpa. Ele não parou. Ele deveria ter parado. Eu deveria ter visto que ele não estava diminuindo, mas ele apareceu do nada. Me desculpa.

Ele está falando mil palavras por minuto, e estou tão surpresa que não consigo responder nada. Meu coração está batendo mais rápido do que é possível dentro do peito.

— Você está bem? Se machucou? — Sua voz está tão mais suave, que levo um segundo para registrar que ele está falando comigo de novo.

Minha cabeça ainda está girando, mas me forço a prestar atenção.

— Eu estou bem — afirmo. Depois repito mais para mim mesma: — Eu estou bem.

— Me desculpa. Ele veio do nada. Ele deveria parar. Não parou — repete ele.

Winter está tão atormentado que não soa como ele mesmo. O carro de repente parece muito pequeno. Nossa aflição é grande demais para caber aqui.

— Estou bem — asseguro para ele. — Podemos ir agora.

— Certo. — Ele respira fundo. — Tudo bem, certo.

Seguimos em silêncio pelo resto do caminho até o hospital.

Quando o prédio iluminado aparece, instantaneamente esqueço do quase acidente, ávida para enfim ver minha irmã. Winter entra na área de desembarque e para o carro.

— Obrigada — digo com uma gratidão mais sincera do que imaginei que sentiria quando entrei no carro. — Dirija com cuidado de volta para LA.

Não dou tempo para que ele responda antes de fechar a porta e entrar no hospital.

Pergunto pela Julia assim que chego na recepção. Uma enfermeira que estranhamente parece com a minha irmã mais velha, Maria, me leva até a maca de Julia na emergência.

Como esperado, Cam está ao seu lado. Eles estão no meio de uma conversa quando ela para, surpresa em me ver.

— Luiza? — Ela reveza o olhar entre mim e Cam, mas ele parece tão surpreso quanto ela. — Estou delirando ou minha irmã está parada bem ali? — ela pergunta para ele.

— Não — confirma ele. — Sua cabeça está boa. É ela mesmo.

— Por que você está aqui?

— Achou mesmo que eu não viria? Você está na porra de um hospital, Julia. — Eu me aproximo para abraçá-la forte, mas hesito, sem saber até onde vai seus machucados. Ela está com um cheiro suave de álcool hospitalar, porém, no geral está com seu próprio cheiro, de baunilha e rosas. Seguro seu rosto e examino cada centímetro dele. — Você está bem?

— Estou. — Ela segura meus pulsos me afastando um pouco. — Quem te con...

— Winter — adivinha Cam. — Ele perguntou o número dela quando a gente chegou aqui, lembra?

— Ele me ligou — confirmo. — Para contar o que aconteceu. O que estava pensando quando comeu coco, Julia? Está tentando morrer?

Ela meneia a cabeça com veemência. Cam pigarreia ao lado dela.

— Na verdade, a culpa é minha. Me desculpa mesmo.

— Cam, está tudo bem — Julia o tranquiliza. Imagino que eles já tiveram essa conversa algumas vezes. — Você não sabia.

— Eu a fiz comer uma sobremesa que levava leite de coco.

— Você não me fez comer nada — ela corrige. — Você ofereceu, e eu aceitei.

82

O jeito que os dois estão tentando assumir a culpa enquanto se consolam é extremamente fofo. Nem consigo ficar brava com eles por serem tão irresponsáveis. Estou feliz por ela estar segura agora.

Meu estômago faz um barulho alto constrangedor, e Julia, meio rindo, meio brigando, diz:

— Você não precisava ter vindo. Eu estou bem mesmo. Vai comer alguma coisa, Luli. Se não vai me deixar morrer, também não vou te deixar.

— O médico disse que devemos ficar aqui mais algumas horas — diz Cam. — Tem uma lanchonete no fim do corredor.

Eu os deixo na emergência depois de dar um beijo na testa de Julia e fazê-la prometer que ligaria se precisasse de mim.

— Você vai na lanchonete, não vai voltar para o Brasil. Relaxa, Luiza. — Ela me enxota.

Meu corpo começa a demonstrar sinais de exaustão enquanto atravesso o corredor. Agora que a adrenalina abaixou, meus músculos começam a doer, reclamando do quanto estive tensa até agora. Um grande bocejo escapa da minha boca, e decido que preciso também de um café junto com a comida.

Vou até o balcão da lanchonete, onde um jovem está tão ocupado assistindo algo no celular que não ergue a cabeça. O cardápio não parece muito apetitoso, mas consigo achar algumas coisas que não parecem sem graça.

— Me vê também um latte, por favor?

O garoto finalmente levanta a cabeça, os olhos me mandando um recado que o faria ser demitido se ele dissesse em voz alta. Ele com certeza está irritado por eu ter interrompido seja lá o que ele estava assistindo no meio do trabalho tarde da noite. Ele enche um copo com café puro fervendo e me entrega, falando o valor total.

— Eu pedi um latte — repito.

— Estamos sem leite — diz ele, de maneira direta, e repete o total. — Tem creme ali.

Estou cansada demais para discutir, então pego uns potinhos de creme e dois saquinhos de açúcar. É só quando vou até as mesas que percebo Winter sentado lá, me observando.

— O que você está fazendo aqui?

— É assim que cumprimenta todo mundo, ou guarda essa só para mim?

Voltamos ao nosso normal, o pequeno susto que tivemos no trânsito já esquecido.

— Achei que já estaria em LA agora. — Ignoro sua pergunta.

— Como a Julia está? — pergunta ele, também ignorando meu comentário.

É como se estivéssemos jogando frases um contra o outro em vez de ter uma conversa decente.

— Ela está bem. Vai ser liberada logo.

— Ótimo.

Ele assente uma vez, depois dá um tapa na mesa e levanta. Seu braço roça no meu ombro quando passa por mim, deixando uns arrepios pelo caminho.

Culpo meu cansaço pelo que faço a seguir.

— Winter — chamo. Ele para, mas não se vira. — Qual é o seu problema?

Estou cansada de vê-lo indo embora quando bem entende toda vez. Winter não me deve nada, mas odeio como ele faz eu me sentir pequena toda vez que vai embora sem nem ao menos avisar.

Vejo seus ombros erguendo e caindo antes de ele virar. Seus olhos escuros estão ainda menores, presos em uma careta.

— Precisa ser mais específica do que isso.

Ignoro sua tentativa de piada autodepreciativa.

— Argh — bufo. — Por que você é... assim?

— Assim como? — Ele começa a vir até mim de novo.

— Você sempre sai sem dizer nada — confesso. — Como se não fizesse questão alguma de ficar perto de mim.

O rosto dele muda, a sombra de algo que não consigo identificar perpassa seus olhos. Na forte luz do hospital, ele parece quase celestial, parado ali, maior do que eu, com sua camiseta branca.

Ele inclina a cabeça para o lado como se tentasse me compreender, mas não soubesse muito bem por onde começar. Ele abre e fecha a boca algumas vezes, só que acaba não dizendo nada.

Então, a porta da lanchonete abre, um grupo de pessoas conversando passa por ela, enchendo o lugar vazio com a tagarelice alta. Juro que vejo Winter se contorcer antes de se virar e ir embora.

Sem dizer uma palavra.

De novo.

Passam algumas horas antes da Julia receber alta. Estamos como zumbis que não dormiram, mas sou a única com marcas de exaustão por todo rosto. Meus olhos estão inchados e com olheiras. Tem mais fios de cabelo no meu rosto do que no meu rabo de cavalo, mas não estou preocupada o bastante com minha aparência para ajeitá-la.

Cam, Julia e eu saímos da emergência de madrugada. Mesmo no verão, há uma brisa fresca vindo do oceano. Espero que Cam nos leve ao seu carro no estacionamento, mas em vez disso, ele para na entrada e confere o celular.

Eles vieram de Uber até aqui? Ele deixou o carro no hotel?

Recebo minha resposta quando um carro prata para à nossa frente, com Winter na frente do volante.

Ele nunca vai embora de vez?

Luto contra a vontade de perguntar o que ele está fazendo aqui pela terceira vez em poucas horas, mas quando ele sai do lugar do motorista, mantendo a porta aberta para Cam tomar seu lugar, percebo que ninguém parece com pressa de explicar o que está acontecendo.

— Você não estava com outro carro algumas horas atrás? — pergunto para ele quando Winter contorna o carro para ajudar Julia a entrar no lugar do passageiro.

Finjo não perceber seu ato gentil com minha irmã, porque não combina com a imagem cruel que fiz dele em minha mente.

— Esse é meu — diz Cam, ajudando Julia com o cinto de segurança.

Os dois estão a tratando com tanto cuidado, que sinto meu coração derreter um pouquinho.

— Então, o que você ainda está fazendo aqui? — Me viro para Winter.

Se vieram em carros separados, ele podia muito bem ter seguido seu rumo até LA a essa altura.

É Julia quem responde a minha pergunta.

— Acho que ele ficou para te dar uma carona — ela diz com serenidade. Lanço um olhar fatal para minha irmã, mas ela apenas dá de ombros. — O carro de Cam só tem dois lugares. — Ela gesticula para o interior do veículo que só agora percebo que é ridiculamente pequeno.

Só pode ser brincadeira.

Não tem trânsito de manhã tão cedo, então chegamos em LA em pouco menos de duas horas, mas já é tarde demais para eu conseguir chegar para o turno de abertura do parque. Mandei mensagem para Olivia meia hora atrás, avisando que não conseguiria, então antes de chegarmos em casa, ela responde dizendo que está indo para o parque.

Se tem uma coisa da qual não posso culpar a Olivia é de falta de disposição para ajudar. A qualquer hora. Ela pode estar sempre muito empolgada para curtir e flertar, mas nunca negaria ajuda se nós pedíssemos. Mesmo no meio de uma briga.

> **Olivia, 7h51**
> Mas você ainda precisa ir pro turno das 9, que era o meu.

Respiro fundo quando leio sua mensagem, mas não digo nada quando Winter me lança um olhar questionador por causa do meu suspiro.

Nós paramos logo atrás do carro de Cam diante de nosso prédio. O céu está com uma cor lilás e salpicado de nuvens brancas que dançam por ele. O sol ainda não está visível por aqui, mas já posso sentir seu calor à espreita quando vou até o carro dele e digo para Cam ajudar Julia a subir até nosso apartamento, que vou levar a mala dela que está no carro. Winter vem até o porta-malas para me ajudar, e digo a ele que consigo me virar sozinha.

— Sei que você consegue. — Ele suspira. — Só estou ajudando.

— Está tranquilo — repito, mas não consigo reprimir um bocejo, e ele tem a audácia de abrir um sorriso malicioso.

— Você está morta de cansaço — anuncia ele, constatando o óbvio. — Devia dormir um pouco.

— Ora, ora. Temos um Xerox Rolmes aqui — retruco. — Mas alguém precisa trabalhar.

— A Olivia não foi cobrir seu turno?

Não me lembro de ter contado isso para ele, mas não me lembro da maior parte da viagem até aqui. Sinto que estou presa em uma névoa entre estar acordada e dormindo. Só Deus sabe o que mais contei para ele nessas duas horas.

Acho que posso culpar o cansaço de novo por me dar ao trabalho de explicar para ele:

— Ela cobriu, mas o meu era mais cedo, e ela tinha um às nove, então preciso pegar o dela.

Ele não responde nada. E me sinto uma idiota por sequer tentar ter uma conversa com ele. Já aprendi que ele só fala quando quer. Ele pega o celular do bolso de trás da calça e começa a digitar, me ignorando por completo.

— Tudo bem, então — digo para o carro, porque me recuso a olhar para ele. — Tchau.

Ele finalmente olha na minha direção, mas me viro e começo a andar. Eu nem ao menos paro quando ele fala alto:

— Cam vai ficar com Julia para garantir que ela fique bem. Vá tomar um banho e se arrume. Eu te levo até a Movieland.

— Não, não leva — falo por cima do ombro. — Tchau, Winter.

Fecho a porta do prédio quando entro, mas percebo que ele não se mexe. Winter fica exatamente onde o deixei, encostado na lateral do carro, me observando me afastar.

Como era de esperar, quando desço de novo, Winter ainda está lá. Tenho apenas trinta minutos para pegar o ônibus, chegar ao parque, ir para o vestiário, me trocar e correr para a entrada para bater o ponto.

Aceitar sua oferta seria a escolha mais sábia, mas nunca aleguei ser sábia.

Saio pela porta e sigo andando na direção do ponto de ônibus. Winter não diz nada, mas consigo ouvir o grunhido alto que sai dele.

O barulho da ignição ligando é o único aviso que ele está mesmo indo embora, mas o carro diminui a velocidade ao meu lado, e ele abaixa a janela.

— Você não vai chegar a tempo se pegar o ônibus — Winter me avisa.

Ele está certo, só que não tem a menor chance de eu deixá-lo saber disso. Vou esperar ele ir embora para chamar um Uber.

Não respondo. Dou um pouco de seu próprio veneno e continuo andando e ignorando sua presença por completo.

— Por que você tem sempre que ser tão difícil?

— *Eu* sou difícil? — Me viro para ele. Solto um riso seco que até eu mesma me assusto. — Essa é boa.

— Eu não fiz nada além de tentar te ajudar — resmunga ele.

— Não preciso da sua ajuda.

Chego no ponto de ônibus, mas o sol está baixo demais para a cobertura me proteger. Está muito quente para esta hora da manhã, mas esse é o preço de morar em LA.

— Entra no carro, Luiza. Eu já vou para lá de qualquer maneira.

— Vou pegar o ônibus. Obrigada — digo, cruzando os braços em um claro sinal de fim de discussão.

Uma notificação chega em meu celular bem nesse momento, e eu o pego no cós no short de academia que coloquei depois de tomar a chuveirada mais rápida da história.

— Porra.

— Vai entrar no carro agora?

Ele me encara como se já soubesse que teve um atraso na minha linha de ônibus antes do aplicativo me notificar. Foi ele que causou isso? Ele de alguma forma sabotou meu ônibus nos vinte minutos que tomei meu banho e me troquei?

Encaro a avenida à minha frente, considerando ir para o parque a pé.

— Demoraria pelo menos uma hora andando — diz ele, como se pudesse ler minha mente.

— Então tá.

Eu abro a porta do carro com força e estou prestes a batê-la com tudo quando penso melhor. Não tenho como pagar por qualquer estrago em um carro como este.

— Foi tão difícil assim, raio de sol?

Ah, eu deveria ter batido a porta. Deveria ter batido com força o bastante para soltar o outro lado.

— Não me chama assim — sibilo.

— Mas você é sempre tão iluminada, cheia de vida. Exatamente como a luz do sol — provoca ele, colocando o carro em movimento e pisando fundo.

— Pelo amor de Deus — solto em um grunhido.

É cedo demais e estou muito cansada para lidar com o Winter agora. Este está se tornando rapidamente o pior dia da minha vida.

Pelo menos a carona até a Movieland é curta. Menos de vinte minutos depois, estamos parando na entrada. Winter passa seu cartão de funcionário, que percebo ser um pouco diferente do meu, e os portões se abrem, mas em vez de dirigir na direção do estacionamento dos funcionários, ele vira à esquerda na primeira entrada.

— Aonde você está indo? — Eu o encaro interrogativamente. — Não podemos estacionar aqui.

— *Você* não pode estacionar aqui — ele esclarece. — Eu posso.

Filho da puta metido.

Ele está entrando em uma vaga, uma reservada por falar nisso, quando meu celular começa a tocar. Não tenho o número salvo nos meus contatos, mas pelos primeiros dígitos sei que é de Movieland.

— Não vai atender? — pergunta ele, impaciente, depois do celular tocar pela terceira vez.

— Alô?

Hesito em atender a chamada, porque estou com medo de ser alguém da administração reclamando da presepada que eu e minha irmã fizemos de manhã, uma pegando o turno da outra.

Em vez disso, é algo muito, muito mais aterrorizante.

— Luiza? — Uma voz suave ecoa do outro lado. É vagamente familiar, mas não consigo dizer a quem pertence. — É a Emily Eddings. Estou ligando por causa da audição.

Arquejo, alto o bastante para fazer Winter frear de repente.

— O quê? — Winter move os lábios para dizer, sem entonar. — O que aconteceu? Você está bem?

Balanço a cabeça, ignorando-o.

— Luiza? — Emily repete do outro lado da linha.

— Sim — digo, encontrando minha voz de novo. — Sim, sou eu. Estou aqui. Oi.

— Oi. — Consigo ouvir um sorriso na voz dela. — Queria te ligar pessoalmente para te convidar a se juntar a *Lealdade gélida* como nossa princesa Melina. — Se passa um longo silêncio antes que ela acrescente: — O que me diz?

— Puta merda — é a primeira coisa que sai da minha boca. Depois, dou um tapa na testa. — Me desculpa. Não estava esperando por isso. Sim. Claro. Eu adoraria.

— Não se preocupe. — Ela ri, e é meu som favorito no mundo. — Amei o entusiasmo. Só queria te dar a notícia. Vamos organizar uma reunião formal para oferta esta semana, e aí vamos te avisando dos próximos passos, tudo bem?

— Sim. Tudo bem, certo.

— Maravilha — diz ela. — Bem-vinda ao elenco.

Ela desliga, mas não consigo parar de encarar o celular, com medo de perceber que estava apenas sonhando ou imaginando.

É o peso da mão de Winter no meu braço esquerdo que torna tudo real.

— Ei. O que aconteceu?

Estou tão animada com a novidade que nem me importo que ele seja a primeira pessoa com quem vou compartilhar.

— Eu consegui o papel! Estou na peça de inverno. Vou ser a Melina!

Ele me olha como se eu tivesse dito que vou na primeira excursão para Marte. Ele pestaneja um pouco, depois balança a cabeça, tentando afastar seja lá qual emoção o dominou. Consigo ver a sombra de algo em seus olhos, mas não sei ao certo o que é. Quando finalmente abre a boca, ele me parabeniza com o que deve ser a voz menos entusiasmada que já o ouvi usar, e isso diz muito.

Então ele estaciona o carro, abre a porta e vai embora.

Meus próximos três turnos na entrada passam depressa. Todos já souberam da novidade — graças à minha irmã mais nova —, então as pessoas estão parando para me parabenizar o tempo todo. Sinto uma mistura de orgulho e medo paralisante.

Eu ainda nem troquei oficialmente de departamento. Tudo ainda pode desmoronar antes mesmo de se tornar real.

Há momentos que fico tão ansiosa que meu cérebro apaga. Minutos se passam, e eu fico funcionando no piloto automático. Aí alguém ou algo me tira do transe.

Nunca senti um pânico assim antes. O peso que estou colocando nesse papel provavelmente não é saudável, mas não consigo evitar. Não depois de tantas rejeições. Tantos fracassos. Dessa vez precisa dar certo.

Conseguir esse papel é só o primeiro passo, mas sem isso, não posso nem sonhar em conseguir o patrocínio que preciso para o meu visto. Sem esse trabalho, não posso provar para os meus pais que *consigo* sobreviver como atriz em LA.

Porém, nosso acordo foi claro: eu posso ficar se conseguir um visto patrocinado e um emprego remunerado como atriz. Agora eu tenho o emprego, mas ainda preciso do visto.

E como sei que esse emprego é importante, estou morrendo de medo de perdê-lo. Talvez quando eu finalmente assinar os documentos de transferência da equipe do parque para o departamento de teatro, eu fique um pouco mais confiante, mas duvido. Me conhecendo, ainda vou esperar que me arranquem essa oportunidade mesmo quando estiver no palco atuando como princesa, com vestido de noiva e tudo.

Puta merda. Eu vou estar no palco. Atuando como princesa.

Isso não pode ser real.

Não sou boa o bastante para isso. Nem sequer tenho experiência suficiente. No que estavam pensando quando me escalaram?

Só pode ter sido engano. Emily Eddings queria ter ligado para outra pessoa para dar a notícia. Não para mim.

Posso sentir o frio congelante do medo serpenteando dentro de mim. Começa na parte de baixo da barriga e rapidamente se espalha pelo corpo inteiro.

— Luiza. — Ouço a voz de Olivia, mas ela soa diferente, abafada pela névoa de pânico. — Luli — ela repete.

— Oi. — Eu volto à realidade com ela tocando no meu ombro. — O quê?

— Vou te substituir. Já pode bater o ponto. — Olivia analisa meu rosto, com olhos curiosos. — Você está bem?

— Acho que não consigo fazer isso — deixo escapar, me surpreendendo com minha honestidade.

Se Olivia fica surpresa, não demonstra.

— Não — diz ela com firmeza. — Não faz isso. Você consegue. Você é ótima, Luli. Te escolheram porque você é a melhor. Não duvide disso.

As palavras que ouvi nos bastidores voltam depressa para mim.

Você sabe que, se escolherem ela, vai ser só por ela ser latina e gorda, e eles precisam ter diversidade no elenco.

E se a garota estava certa? E se eu não for a melhor, mas a mais conveniente?

— Sempre vou ser sua fã número um — continua Olivia. — Tudo bem, acho que a Julia brigaria comigo por isso. Talvez a número dois — brinca ela. — Mas mal posso esperar para outra milhares de pessoas se juntarem a mim. Você só está nervosa porque vai assinar os documentos hoje, mas ó. — Ela segura meu rosto, me forçando a encará-la. — Vai ser incrível. Tudo bem? — Ela espera até eu assentir. — Ótimo. Agora vai. Bate o ponto pela última vez e vá ser uma superstar.

Estou tão fora de sintonia que nem percebo que acabei de receber um papo motivador da minha irmã mais nova. E o pior é que funcionou.

Finja que consegue até conseguir é o mantra que repito em minha cabeça o caminho inteiro até o prédio 441, onde tenho que ir ao RH para fazer a transição acontecer.

Considero parar no vestiário primeiro para colocar de novo minhas roupas normais, mas decido acabar logo com isso antes que eu amarele. Estou saindo do elevador no segundo andar quando uma voz que não ouço há tempos chama meu nome.

— Luiza. — Meu nome é dito como "Louisa", o que me dá nos nervos. Vejo Colin se levantando de um dos braços das cadeiras da entrada. — Ai, meu Deus, é você mesmo.

Ele abre os braços esperando um abraço. No geral, eu gosto de dar abraços. Eu amo abraços. Acredito no poder de cura que eles têm. No entanto, guardo meus abraços para pessoas de que gosto de verdade. Colin não está nessa lista.

Quando fiz entrevista para a vaga em Movieland, eu estava em um grupo de vinte candidatos. Colin também era do grupo. Desde a primeira vez que ele abriu a boca, percebi tudo o que precisava saber sobre ele: era a pessoa mais irritante que já conhecera. Não tem uma coisa que ele faça que não me irrite. Do jeito que ele pronuncia meu nome até os barulhos altos que faz quando mastiga. Durante o mês inteiro que tivemos turnos juntos como os novatos na entrada do parque, eu o evitei como se fosse praga.

Não o via há meses, desde que ele mudou de equipe.

Eu paro constrangedoramente do lado de fora do elevador, acenando com a mão para cumprimentá-lo de longe.

Ele rapidamente se ajeita, fingindo que nunca teve a intenção de me abraçar para começo de conversa.

— Colin. — Forço um sorriso. — Oi.

Seus olhos perambulam por meu corpo, observando o uniforme.

— Você ainda está na entrada?

O jeito que ele diz isso, como se meu trabalho fosse inferior a ele, agora que está no Passeio dos Estúdios, me faz querer defender meu trabalho. Como ele ousa desdenhar quando foi contratado para exatamente a mesma vaga lá em janeiro?

— Na verdade, é meu último dia. — Esse pedaço de informação aflora um novo interesse nele, como se eu ascender a posições mais elevadas me tornasse digna de seu tempo de novo. Então, faço questão de acrescentar: — Mas vou sentir falta. Eu amava aquele lugar.

Seu rosto se contorce em uma mistura de desprezo e nojo, como se não pudesse conceber a ideia de alguém gostar de trabalhar na entrada. Mas eu gostava. E sou grata por isso.

Espero um segundo para ver se ele vai tentar rebater, mas ele perde completamente o rumo da conversa quando vê algo atrás de mim que faz seu queixo cair no chão e seus olhos esbugalharem.

Confusa, eu franzo a testa para ele antes de me virar para ver o que causou tal reação, mas mesmo antes de olhar para trás, uma voz familiar demais chama meu nome.

— Luiza?

Não vejo Winter há uma semana, desde que ele me deixou no trabalho e me parabenizou sem nenhum entusiasmo por ser escalada para o elenco. Não que eu esperasse ouvir notícias dele de novo, mas também não esperei não ouvir. Ele foi a primeira pessoa a descobrir que consegui meu emprego dos sonhos. É dele que serei mais próxima no trabalho. Ele tem meu número.

E ainda assim, houve um silêncio ensurdecedor dele desde então.

— Winter Davis? — É a voz de Colin que quebra o silêncio, enquanto eu encaro Winter, esperando que ele diga o que quer de mim. Apenas então me lembro do cara com quem estava conversando. — Ai, meu Deus, é você mesmo. Bem aqui, na minha frente.

O olhar de Winter pula de Colin para mim, tentando analisar a situação.

— Ele é seu amigo? — pergunta Winter enquanto olha para mim.

Colin fala antes que eu consiga:

— Sim. Sim, Luiza e eu somos amigos. Vocês se conhecem? — Ele fala tão rápido que sua voz sobe uma oitava. — É um prazer te conhecer, Winter. Sou um grande fã.

— É Davis. — Winter o corrige de uma maneira educada apesar de sucinta, aceitando a mão esticada de Colin em um cumprimento.

Depois que Olivia me disse que Winter era famoso, uma antiga estrela infantil de um dos maiores sucessos televisivos dos estúdios Movieland, algo tem me incomodado. Todos o chamam de Davis. Não de Winter. Ou Winter Davis. Ele era Davis para todo mundo.

Só que, quando se apresentou para mim, ele disse que seu nome era Winter.

E no dia do teste, quando eu o chamei de Winter Davis do lado de fora do Palace Theater, ele me corrigiu e disse "Só Winter".

— Davis, desculpa — diz Colin, parecendo aflito.

Ele leva a mão, a que Winter tinha acabado de apertar, para perto do peito, como se quisesse protegê-la. Eu o imagino nunca mais lavando a mão só para manter os germes de Winter com ele. Esse é o nível de tiete que ele está aparentando ser agora.

Aparentemente, todos conhecem Winter Davis. Sou a única marciana que nunca ouviu falar dele antes.

— Winter… — Colin começa a dizer, mas rapidamente se corrige: — Davis, posso pedir uma foto? Sou grande fã de *School Hallway* e, meu Deus! Não posso acreditar que agora trabalho com você…

— Você não trabalha. Você trabalha no parque — Winter o interrompe abruptamente.

Direciono os olhos para ele, indignada. Sim, Colin provavelmente é a pessoa mais irritante que já pisou neste planeta, mas Winter não precisava ser tão rude assim.

— Você também — eu o lembro.

— É diferente.

— Não é, não.

— Claro que é, e você sabe disso.

— Diferente como?

— Apenas é.

Colin observa nossa conversa como se fosse uma partida de tênis.

— Posso falar com você um segundo? — sibila Winter, cansado do bate-boca infantil.

— Não — respondo, e Colin arqueja ao meu lado. — Tenho um lugar para ir.

Então, eu deixo os dois sem palavras enquanto caminho até o vestiário para me trocar e me acalmar antes de ir encontrar a administradora do departamento de teatro.

8

— Estamos muito animados por te ter no elenco — diz Anne Marie, a administradora do departamento de teatro, depois que eu assino uma quantidade ridícula de documentos alguns dias depois.

Assinar um termo de confidencialidade faz com que eu me sinta importante, mas todos os outros formulários de autorização fazem com que eu sinta que estou vendendo minha alma para a Movieland. Pelo menos pelo tempo que estiver na peça.

Ela se levanta, esticando a mão por cima de sua grande mesa para mim. Eu a aperto e também levanto.

O escritório de Anne Marie fica no canto, de frente para o lado leste da Trilha de Filme. Daqui ela não consegue ver o parque, mas não tem a menor chance de esquecer onde estamos. Mesmo neste lugar de chão de mármore com uma mesa elegante de ferro e vidro, as cores da marca Movieland, violeta-escuro e dourado, ressaltam no tecido do sofá. No abajur de chão. E, claro, na logo à mostra em uma parede destaque, com uma tira de filme formando a letra M, que também parece uma montanha-russa sobre o nome do parque que vem escrito com uma letra vintage. As três estrelas douradas à direita completam a logo. Logo abaixo da peça central, uma fileira de fotografias da evolução do parque durante os anos desde a abertura em 1985.

— Conversamos mais sobre a divulgação depois. — Ela contorna a mesa, me chamando para segui-la até a porta. — Por agora, pode ir até o vestiário para ajustarem seu figurino.

— Obrigada, Anne Marie. — Abro um sorriso para ela. — Então agora é ir para o vestiário? Terceiro andar?

— Ah. — Ela estaca ao abrir a porta para mim. — Não, não. Desculpa. Somos um departamento separado por completo. O vestiário do teatro fica neste andar. — Apontando para um lugar no fim do corredor, ela continua: — Terceira porta à direita.

Por algum motivo, é saber que o departamento de teatro tem um vestiário diferente que torna isto real para mim.

Percebo que nunca mais vou para o terceiro andar de novo. Nunca mais vou procurar desesperadamente por uma camisa polo feminina tamanho G na estante, só para perceber que acabaram. Não vou ter que caçar um armário vazio para deixar minhas coisas de novo. Eu deveria estar extasiada com isso, mas uma parte de mim meio que está de luto por aquela vida.

Desde que me mudei para cá, a entrada do parque se tornou familiar, e é aterrorizante deixá-la para trás. Substituir o conhecido pelo desconhecido. Se arriscar.

No fim, eu sei de onde vem esse sentimento, e sei que não tem nada a ver com me despedir do emprego que tive na entrada por seis meses. Também não tem a ver com começar em um novo.

Mas com essa sensação perigosa de esperança que começo a sentir de novo depois de tanto tempo. Uma sensação que já considerava seca e sem vida depois de tantas rejeições, mas por algum motivo, está começando a brotar de novo com apenas uma gota de *sim*.

O problema da esperança, porém, é o risco da decepção que vem junto. E se eu for nocauteada de novo, temo que não serei capaz de levantar desta vez.

Perdida em pensamentos, percebo que também me perdi no mundo real. Refazendo o caminho, finalmente encontro a porta que Anne Marie indicou e bato nela com delicadeza. Quando não ouço uma resposta, tento abri-la devagar. A cena que aparece atrás da porta me pega de surpresa.

Bem ali, no meio da sala, sobre um suporte de ajustes, como uma estátua em um pedestal, Winter está seminu, parecendo também pertencer a um museu. Como se tivesse sido esculpido por Michelangelo em pessoa, afastando todas minhas esperanças de que de alguma maneira seu corpo não seria nem de perto tão bonito quanto seu rosto.

Cara, como eu estava errada.

Nem Winter, nem as duas mulheres que o cercam me notaram por enquanto, então uso o momento para observá-lo de um jeito esquisito, rezando para encontrar algo que eu deteste nele. Contudo, enquanto meus olhos pairam sobre seu corpo, não encontro nada. Seu torso bem definido mostra que ele vai à academia com frequência, mas não o bastante para fazê-lo ter um tanquinho. Os pelos claros de seu peito combinam com o caminho da felicidade sob seu umbigo, levando minha imaginação para lugares que eu não deveria permitir que ela fosse.

Mas maldito seja esse sentimento gostoso que se espelha pelo meu corpo. Estou me deleitando no calor dessa sensação de formigamento que percorre minhas veias quando um barulho corta o ar, me arrancando do transe causado pelo desejo.

É um som tão inesperado que demoro um segundo para entender. Um riso. O tipo de riso que vem do fundo do peito, ganha energia ao passar pela garganta até finalmente explodir para fora dos lábios. É o tipo de risada que te faz jogar o corpo para frente e cruzar os braços na barriga.

O que é exatamente que Winter está fazendo.

Winter está rindo. Com o corpo inteiro. Um corpo que no momento está seminu bem na minha frente.

E tudo que consigo pensar é como faria coisas inomináveis para ouvir o som da risada dele de novo.

Sinto como se estivesse em um dos filmes de ficção científica da Movieland, e tivesse acabado de ser transportada para um universo alternativo, um onde Winter Davis não tem uma personalidade diabólica.

Um onde ele pode... de fato se divertir. E ter uma aparência estupidamente ótima enquanto o faz.

A cena inteira é tão desconcertante que não percebo uma das costureiras se aproximando de mim.

— Oi — ela cumprimenta com um aceno amigável.

Eu a observo, percebendo o quanto parece nova e me perguntando se ela deveria sequer estar aqui.

— Você deve ser a Luiza — a costureira mais velha diz do chão, onde está marcando a bainha da calça marrom de Winter. — Anne Marie nos disse para esperar por você. — Há um contorno familiar em suas palavras que faz com que eu me pergunte se ela, como eu, também não tem o inglês como língua materna.

— Sim — respondo, e é como se minha voz fosse o contrafeitiço para a cena diante de mim.

O tec-tec-tec dos saltos de Dorothy. Como um interruptor desligando, e voltamos de seja lá qual universo paralelo estávamos.

Winter endireita o corpo voltando a sua altura normal, com os ombros parecendo mais largos sem a camisa para cobri-los. As mãos, que estavam envolvendo sua barriga, caem ao lado do corpo, se apertando em punhos. Seu rosto inteiro muda. O sorriso enorme que forma covinhas se foi, assim como o brilho em seus olhos de quando estava rindo um segundo antes.

Bom te ver também, parceiro.

Caminho até o meio da sala junto com a costureira mais nova, me aproximando deles com cuidado, os olhos em Winter enquanto ele acompanha meus passos.

— Oi. Sim, eu sou a Luiza.

— Oi, Luiza. Sou Adriana. — Ela se levanta e me chama com um gesto. — Vem, vem. É bom ter os dois aqui. Podemos ver o efeito completo dos figurinos, já que vão estar juntos em muitas cenas.

— Já encontraram os sapatos? — pergunta a mais jovem para Adriana, que claramente é quem manda em tudo por aqui.

— *Ay Diós*, precisamos dos sapatos para ela. — Ela para durante um segundo, com as mãos na cintura enquanto confabula um plano. — Bella, vai perguntar à Anne Marie sobre os sapatos. Diz que ainda não entregaram, e precisamos deles para ajustar o vestido de noiva para Luiza. Se ela mandar você falar com Richard... — Adriana suspira. — Vem me chamar, eu mesma lido com ele.

Bella sai apressada pela porta, e Adriana coloca a mão no quadril direito de Winter. A forma que ele parece confortável com ela me faz pensar se eles já se conheciam, ou se é assim que ele é com todos exceto comigo.

— Querido — diz Adriana —, deixa eu colocar o vestido na Luiza e volto logo, está bem?

— Não se preocupe, Adri. — Sua voz é como mel quando ele fala com ela. É tão diferente de como soa quando está falando comigo, tenho a estranha sensação de que ele está sendo dublado. — Tudo bem.

Ela dá um tapinha no braço dele.

— Sei que você fica lindo aí em cima que nem um deus grego e tudo mais — brinca ela, abrindo um sorriso para ele, e juro por Deus que acho que vejo a pele de Winter ganhar um tom rosado. — Mas pode descer por enquanto se quiser. Tem café bem ali. Fique à vontade. — Ela gesticula para uma mesa que eu não tinha notado bem ao lado da porta. — Vamos, querida. Estou com seu vestido pronto para você experimentar, e é tão lindo que você vai chorar quando colocar.

Adriana me chama para uma área isolada do resto da sala apenas por um biombo. Ela é uma mulher pequena, uns centímetros a menos do que eu, e deve ter por volta de sessenta anos, mas seu tamanho mal contém sua energia enorme. Ou sua força, falando nisso. Ela tira o vestido do cabide que está um pouco acima de sua cabeça e coloca sobre a mesa.

— Aqui, tira a roupa e coloca isso. Vou estar bem do outro lado se precisar de mim.

Ela se afasta antes que eu possa dizer qualquer coisa. Adriana é intensa, se movendo em uma velocidade que contradiz sua idade.

Fecho os olhos, respirando fundo para me centrar. Conto até dez, os abro de novo e encaro o vestido de noiva.

Só consigo ver a parte de trás, mas já parece tão bonito quanto Adriana tinha descrito. Eu me pergunto se foi ela que fez.

Estou usando só um vestido de verão hoje, então é fácil tirar a roupa. De roupas íntimas, penso se devo ou não tirar o sutiã, mas quando levanto o vestido e vejo o decote, percebo que o sutiã que uso hoje não vai dar certo. Eu o tiro também e o penduro direitinho junto com meu vestido na parede.

Finalmente apenas de calcinha, entro no vestido. Todo tecido agrupado em volta dos meus pés é muito mais pesado do que esperava. Eu o subo e ele desliza suavemente pelos meus quadris. Passo o braço direito pela manga, e com um pouco de esforço, consigo colocar o braço esquerdo também.

Eu ainda nem fechei o zíper, e a imagem refletida no espelho já é de tirar o fôlego. Adriana estava certa. Esse vestido é tão bonito que eu podia chorar.

Eu nunca usei algo tão lindo assim antes.

O vestido é feito com uma mistura de tecidos luxuosos, brocado marfim costurado em dourado para criar uma estampa delicada de vinhas no comprimento inteiro do vestido. Os ombros e as laterais estão cobertos por uma camada sobreposta de veludo de uma cor suave e etérea de champanhe. O corpete de veludo me envolve bem abaixo do peito para acentuar minhas curvas, me dando uma aura majestosa, e as mangas do mesmo material são longas e em boca de sino, fluindo em uma cascata de babados dos cotovelos até as mãos. O decote quadrado tem um adorno em renda intricada e um bordado delicado, resultando em uma imagem que reflete a grandeza, o encantamento e o romantismo da ocasião.

O resultado completo do vestido é majestoso. Eu me sinto sofisticada, e ainda nem estou arrumada para usá-lo.

Com as mãos atrás de mim, tento fechar o zíper sem ver, sabendo que ele está escondido em algum lugar entre as muitas camadas de tecido, estrategicamente colocado para que desaparecesse quando estivesse fechado. Mas mesmo quando me viro para ver no espelho, não consigo encontrar o zíper no reflexo.

— Adriana? — chamo baixinho.

Duvido que ela me ouça, mas não consigo falar mais alto. Não sabendo quem também está bem ali do outro lado do biombo.

Apenas silêncio em resposta ao meu chamado.

Considerando minhas opções, decido colocar a cabeça para fora e tentar chamar a atenção dela, mas a primeira coisa que vejo é um par de olhos me encarando. E não é o da costureira.

— Onde a Adriana está?

— Saiu — responde ele de um jeito apressado.

— Merda — resmungo.

Ele arqueia uma sobrancelha para mim.

— Precisa de ajuda com alguma coisa?

Considero dizer que sim, mas prefiro me jogar de cabeça em uma piscina de agulhas do que pedir a ajuda de Winter. Me escondo atrás do biombo de novo e decido esperar por Adriana.

Com certeza ela não vai demorar muito. E vai vir me ver.

— Luiza. — A voz de Winter agora está bem mais perto. — Precisa de ajuda com o vestido?

— Está tudo certo.

— Luiza — repete ele, impaciente.

Eu me viro, pronta para mandar que ele me deixasse em paz, e arquejo quando o encontro parado bem ali, me encarando com os olhos estreitos, impaciente.

— Eu podia estar pelada! — grito, com as mãos instintivamente cobrindo meu peito.

— Você claramente não está — declara ele, observando o vestido.

Seus olhos permanecem em meu corpo por um tempo um pouco longo, e sinto que estou pelada.

— Você não sabia disso.

Aperto mais os braços diante de mim, mas com o decote cavado do vestido, o movimento apenas empurra mais meus seios para cima. O olhar de Winter recai no meu peito por uma fração de segundo antes de ele se recompor.

Winter pigarreia.

— Você precisa de ajuda — afirma ele, se abstendo de perguntar dessa vez. Ele dá um passo à frente, a distância entre nós desconfortavelmente curta para duas pessoas que se desprezam. — Como posso te ajudar?

— Pode ajudar me deixando sozinha.

Por que ele desperta o pior em mim toda vez? Sempre me sinto como uma criança petulante quando falo com ele.

— Por que você sempre tem que ser tão difícil?

Ele acaba com a distância entre nós. Se eu erguer o braço, posso tocá-lo. Estou feliz por ele ter colocado um roupão, porque não sei o que aconteceria com meu corpo se ficasse perto assim do seu abdômen desnudo.

— Vira.

Ele não me dá tempo de argumentar. Winter coloca as duas mãos nos meus ombros, me virando enquanto um gritinho escapa de meus lábios.

— Ei! — reclamo, mas o resto das palavras fica preso na minha garganta assim que encontro seus olhos no espelho e percebo que ele está encarando minhas costas despidas com um olhar turvo e repleto de desejo. Observo como ele engole em seco e lentamente ergue as mãos para tocar o tecido do vestido. Fecho os olhos, sem ter certeza se posso observar por mais tempo sem explodir em chamas.

No momento que os nós de seus dedos entram em contato com minha pele nua, contenho uma arfada e mando meus pulmões exalarem fundo em vez de seguirem com a respiração curta que não ajuda em nada a desacelerar as batidas do meu coração.

Winter ajeita o tecido, aproximando as duas partes, e a força do movimento me faz perder o equilíbrio e dar um passo para trás, colidindo direto com seu peitoral firme.

Ele solta um grunhido, colocando uma mão na minha cintura para me estabilizar e me afasta.

Se os arrepios que se espalham por todo meu corpo com a proximidade não tivessem me deixado consternada, eu poderia ter ficado ofendida, mas não consigo analisar demais a situação.

Winter encontra meu olhar no espelho.

O desejo que esteve lá foi substituído por um olhar de dor.

Sou a primeira a desviar o olhar.

Sua mão direita encontra o zíper de novo, e quando ele o puxa para cima, o fecho desliza suavemente por um segundo e depois para.

Sua mão esquerda deixa meu quadril, e mesmo através de todas as camadas de tecidos, deixa para trás uma sensação ardente. Puxando a parte de baixo do zíper com a mão esquerda, ele tenta arrastar para cima de novo com a direita. O fecho se move um pouco mais, mas fica preso nas minhas costelas.

Um pavor congelante surge na base da minha coluna. Dou o meu máximo para afastar isso. Sei que se ficar nervosa, vou começar a suar e tornar tudo bem mais difícil.

O vestido não cabe em mim. Ele não fecha.

— Deixa assim — digo, dando um passo para frente e colocando distância entre nossos corpos.

A proximidade com Winter coloca meu cérebro no meio de uma névoa.

Pela primeira vez, ele faz o que eu mando sem discutir. Isso é quase pior. A ideia de que ele pode estar com pena de mim torna a situação infinitamente pior.

— Eu não entendo — diz ele, e me viro para encará-lo com um olhar confuso. O que ele não entende? Que o vestido é pequeno demais para mim? Que eu queria que ele não tivesse presenciado isso? — Por que eles fazem os figurinos antes de tirarem nossas medidas? — pergunta ele em um tom casual. — Parece perda de tempo, se quer saber.

— Não quero saber.

Ele finge que eu não disse nada.

— Tiveram que mexer tanto no meu que era melhor ter começado tudo de novo.

Eu finjo que ele não disse nada.

— Tá tudo bem — digo para Adriana pela milésima vez.

Não é a primeira vez que isso acontece comigo, e tenho certeza de que não vai ser a última.

— Não nos deram nenhuma instrução além de mandar fazer o figurino. Todas as princesas até agora... — Ela balança a cabeça, envergonhada. — Eu não devia ter feito nenhuma suposição. Sinto muito mesmo, Luiza.

Eu sou grata por ela se responsabilizar. Por entender que ao presumir que personagens são magros como padrão, ela está perpetuando o problema.

— Está tudo bem mesmo — digo para ela com o sorriso mais genuíno que consigo. Estou morrendo por dentro, e nem que a vaca tussa vou deixar o Winter perceber isso. — Você vai consertar o vestido, e ele vai ficar lindo, tenho certeza.

— Vai sim — promete ela. — Você vai ser a princesa mais linda que o parque já viu. — Ela se vira para Winter. — Você não acha?

Meu coração traidor palpita no peito.

Sem hesitar, os olhos de Winter encontram os meus quando ele diz:

— Não acho, tenho certeza que sim.

Ele está me zoando? Provocando? Deve ser.

Certo?

Então por que seus olhos parecem nunca terem estado mais sérios do que agora? Por que ele está me encarando de um jeito tão intenso, como se tentasse me prender dentro da sua escuridão escaldante?

— Ah — diz Adriana, admirada. — Vocês dois vão ficar lindos juntos no palco. Não vejo a hora de esse espetáculo começar.

— É verdade. E os figurinos de vocês vão ser incríveis. Vão ver só. Que bom que o do Winter coube como uma luva. Podemos passar mais tempo trabalhando no da Luiza e garantindo que o dela também fique perfeito — comenta Bella.

Eu olho para Winter, mas ele está encarando o chão, fugindo do meu olhar. Ele mentiu para mim. Lá atrás do biombo, ele disse que sua roupa também foi totalmente alterada.

Eu odeio que ele tenha feito isso. Eu odeio como isso soa condescendente.

Mas uma parte de mim sabe que ele falou aquilo para que eu não me sentisse mal, e essa parte, por mais que seja pequena, está inclinada a sentir gratidão. O que nenhuma parte minha entende é o porquê de ele fazer isso.

9

É A VÉSPERA DO NOSSO PRIMEIRO ENSAIO, E ADRIANA JÁ CONSERtou meu vestido. Ela não me deixou ir embora antes de prometer que seria sua prioridade, mesmo eu garantindo a ela que tudo bem esperar a próxima prova.

Ela me ligou ontem perguntando se eu podia ir hoje provar de novo. Também me disse que estava com meu outro figurino pronto.

Quando cheguei ao vestiário, encontrei Adriana e Bella conversando animadamente e esperando por mim. É claro que as duas compartilham uma ligação especial; elas trabalham em perfeita sincronia, Bella sempre prevendo as necessidades de Adriana um segundo antes que ela diga.

— Você chegou na hora perfeita — diz Adriana quando abro a porta lentamente, as batidas tendo sido ignoradas de novo. — Vamos pegar um pedaço de bolo. Quer um pouco?

Eu sorrio para elas.

— Estou bem, mas vocês podem comer. Eu espero.

— Bobagem. — Adriana enxota a sugestão com a mão. — Podemos comer mais tarde.

— Por favor, eu insisto. — Me sinto mal por atrasar o lanche delas. — O bolo parece delicioso. Comam um pouco.

— Parece, né? — É Bella quem diz isso. — O Davis deixou aqui hoje de manhã porque a Adri disse ontem que era o favorito dela. Eu não esperava que famosos fossem tão bacanas, sabia?

Adriana a interrompe com um olhar firme, e Bella fecha a boca depressa. Eu vou para trás do biombo para colocar o vestido enquanto elas comem, fingindo que não vi nada daquela interação, mas saber que Winter se deu ao trabalho de trazer bolo para elas aluga um triplex enorme na minha cabeça.

Olhando para o espelho, eu nem tento esconder a animação. Estar vestida de Melina torna as coisas mais reais.

O vestido grandioso foi alargado e agora cabe perfeitamente, tanto no torso quanto nos braços. O corpete envolve minhas curvas bem justo na cintura, empurrando meus seios contra o decote de renda. O efeito é tão extraordinário que quase desejo poder usar algo assim o tempo todo. Quase, porque apesar de parecer luxuoso, o vestido não é dos mais confortáveis.

O próximo figurino que provo, o que vou usar na cena que fizemos no teste, é uma saia de lã cinza que vai até o tornozelo, combinada com uma camisa off-white sob um colete marrom-claro. O tecido é gasto, as cores estão esmaecendo como se tivessem tido dias melhores. Eu me pareço com alguém que não toma banho há muito tempo quando o visto. Acho que faz sentido, já que é para quando Melina foge de seu sequestrador.

— Eles vão ter que dar um jeito no seu cabelo — diz Bella, e eu, por reflexo, passo a mão para abaixar meus fios ondulados. — Não pode ficar bonito assim depois de sabe-se lá quanto tempo que Melina é mantida refém.

Lanço um sorriso tímido para ela.

— Esse foi um jeito bem estranho de elogiar meu cabelo, mas valeu.

Não sou boa em receber elogios. Era tão raro ouvir um quando era criança, acho que nunca aprendi como se faz. Sempre que era elogiada, vinha junto com uma crítica ao meu corpo e acabava fazendo mais mal do que bem.

Você tem um rosto tão bonito.

Se você perder só alguns quilinhos, vai ser a garota mais bonita.
Essa roupa te emagrece.
Queria ter sua confiança para usar roupas apertadas assim.
Você não parece gorda nas fotos.

Depois de um tempo, comecei a temer qualquer comentário sobre minha aparência, até mesmo os positivos.

Era parte do motivo de eu amar tanto atuar. Quando estava dentro da personagem, nenhum daqueles comentários eram sobre mim. E estando na pele de outra pessoa, eu podia apenas acreditar que as críticas não me afetavam em nada.

Quando Adriana e Bella finalmente me liberaram, depois de provar todos meus figurinos e os marcando para ajustar, já são quase cinco da tarde.

O elevador para no quarto andar, e estou tão cansada que mal percebo alguém entrando. É só quando meu nome é chamado que levanto a cabeça e encontro Graham me observando com atenção.

— Seja lá onde você estava agorinha — brinca ele, apontando o dedo para a minha testa —, é lá que quero ir também.

— Sendo honesta, estou tão cansada que não tenho nada na cabeça. Estava tudo em branco. No modo stand-by.

— Isso é uma pena. — Ele aperta o botão do térreo. Acho que sequer pensei em fazer isso. — Eu ia perguntar se você estava a fim de tomar um café ou comer algo doce. Talvez Sprinkled Dreams, aí podemos fazer as duas coisas.

Venho prometendo um encontro para ele desde que lhe dei meu número no aniversário de Olivia. Ele não chamou aquilo ali exatamente de encontro, mas acho que se eu fizer isso agora, pararia de me sentir mal por sempre dizer a ele que estou ocupada.

E é Sprinkled Dreams. Meu lugar favorito.

— Sprinkled Dreams me parece ótimo — digo.

Ele se anima como uma criança recebendo um presente.

— Sério? Incrível. Agora?

Toco na tela do meu celular e confiro o horário.

— Você já está liberado?

— Ah, não dá nada. — Ele dá de ombros, como se sair do trabalho mais cedo fosse algo que faz sempre.

Vamos até o parque pelo portão secreto dos funcionários que dá direto do lado da minha doceria favorita.

Nesta hora do dia, o lugar está quase vazio, exceto um cliente aqui e ali parando para reabastecer as energias depois de encarar um dia de diversão no parque.

Estamos na fila atrás de alguns adolescentes, Graham passa a mão sem parar pelo cabelo que já está bagunçado de um jeito passei-o-dia-todo--passando-a-mão-nele. Ele está vestindo uma camisa xadrez de manga curta, abotoada até a gola, e o estilo jogger dá um ar jovial às calças cáqui justas no tornozelo. Nos pés, tênis brancos encerram o look. Ele podia facilmente ter acabado de sair de uma revista de lifestyle da Califórnia.

Como sempre, pego um waffle de banana com doce de leite e falo para salpicarem canela em cima. Peço um frappuccino de baunilha para acompanhar. Graham escolhe um brownie low carb de pasta de amendoim e café preto, o que me faz conter uma zoação julgadora.

Nos sentamos em uma mesa fora, deixando o movimento dos turistas servir de pano de fundo para nossa conversa. Posso sentir que ele está nervoso, mas duvido que seja por estarmos juntos.

— Então — ele começa a falar, coçando sua barba inexistente —, na verdade, tem uma coisa que queria conversar com você.

— Ah, é?

Espero que não seja sobre ficarmos, porque essa não é uma conversa que estou animada para ter.

— Sim. É, eu... — Ele mexe na xícara do café algumas vezes. — Olha, quero que saiba que isso não é porque... quer dizer, a gente não...

— Graham — digo, tentando soar acolhedora. — Está tudo bem. O que quer me dizer?

— É, então, sei que isso... — Dessa vez sua voz soa mais firme enquanto ele gesticula entre nós dois. — Que isso não vai rolar. Tipo, está tudo certo. Entendi depois do terceiro convite que você recusou.

Droga.

— Desculpa.

— Não, não. Tudo certo. De verdade. Então, tipo… — Ele fala *tipo* a cada três palavras. Ele sempre soou tão imaturo assim? — Não quero que você ache que estou te contando isso porque estou com ciúmes ou algo do tipo, saca?

— Tudo bem…

— É sobre o Davis. Winter Davis.

Eu congelo, o garfo paira no meio do caminho até minha boca.

— Ele não é quem você pensa. Eu sei… — Ele repuxa os lábios, parecendo desconfortável em falar disso. — Sei que estão trabalhando juntos agora, mas, tipo, eu precisava te contar o que sei. Talvez… Sei lá, talvez você consiga manter certa distância. Só estou te contando porque, tipo, me preocupo com você, saca?

Ele tem toda minha atenção. Meu amado waffle está esquecido no prato. Eu sequer tinha conhecimento que Winter e Graham se conheciam, quem dirá que eles tinham uma história. Uma ruim, ao que parece.

— Éramos amigos na faculdade — diz ele. Eu não sabia que Winter tinha ido para a faculdade. Graham deve ter visto a surpresa no meu rosto porque ele explica: — É. Foi depois de *School Hallway*. Ele já estava longe do holofote por um tempo antes de começar. Enfim, a gente era colega de quarto. Superpróximos. Tipo, a gente não fazia nada um sem o outro. Escolhemos nossas disciplinas gerais juntos e tudo. Ele era, tipo, meu melhor amigo.

Ajusto minha postura. Seja lá o que ele está prestes a me dizer, não vai ser bom.

— Quando o pai do Davis morreu, eu fui para a casa dele junto com ele. Era o começo do nosso segundo ano. A gente era, tipo, supernovo. Eu o ajudei na semana do funeral. Fiquei ao seu lado quando ele enterrou o pai. Fiquei por lá mais uma semana só para ele não ficar sozinho. Foi, tipo, meio mês longe da faculdade, mas não me importei. Ele precisava de mim, então fiquei lá. Ele era tipo um irmão para mim. A gente era inseparável.

Naquele semestre, ele quase não passou nas disciplinas. Ele estava péssimo. Mas eu ajudei da forma que pude. Estudei com ele. Garanti que ele estava terminando as tarefas, indo às aulas. Eu não deixei que ele se afundasse. Ele estava...

Sua voz fraqueja, então ele para, se ajeitando na cadeira.

Não consigo imaginar o Winter que conheço passando por algo assim. É como duas imagens que tento sobrepor, mas elas não se encaixam. Winter parece sempre forte, é difícil imaginá-lo tão... vulnerável.

— Ele estava péssimo. O cara que você conheceu — diz Graham, respondendo meus comentários não verbalizados —, ele não é nada parecido com o cara que ele era naquela época. O cara que tive que tirar da sarjeta tantas vezes não teria chegado tão longe. Mas ele conseguiu. E conseguiu pisoteando a única pessoa que estendeu a mão para ele.

— Como assim?

— Davis estava se formando em cinema. Ele precisava escrever um longa-metragem para uma das aulas, mas não tinha forças para isso. Era uma das aulas obrigatórias, e se ele não escrevesse, não teria os pré-requisitos para um monte de outras disciplinas do último ano. Eu estava estudando para ser roteirista, então me ofereci para ajudar. Juntos, a gente escreveu o roteiro. O filme era baseado na nossa amizade. Pensa na peça *Matt and Ben*, mas no formato de longa. Um não conseguia escrever sem o outro, e a gente nem queria isso. Tipo, a gente se divertiu tanto escrevendo esse filme. Pela primeira vez em um ano, tive meu amigo de volta. Ele estava sorrindo de novo. Estava feliz. Tinha se reerguido, e eu estava feliz para caramba por ele. Me doía ver o jeito que ele estava antes. Mas fiquei tão ocupado ficando feliz por ele que não me dei conta que Davis estava planejando vender o filme sem mim. Sem me dar créditos. Ele nunca me consultou. Ele conversou pelas minhas costas com uns produtores que conhecia da época de *School Hallway*. Num piscar de olhos, vi o trabalho que investi naquele projeto se tornar nada.

— Meu Deus — arquejo. Eu ficaria furiosa se alguém fizesse algo assim comigo, ainda mais meu melhor amigo. Não consigo imaginar Cece me magoando dessa forma. — O que aconteceu?

— Nada. Eu não pude provar nada. Ele começou a pré-produção no começo deste ano, mas pelo que ouvi dizer, caiu por terra. Não sei se ele vai tentar de novo.

— Que filho da puta. — As palavras saem em português da minha boca antes que eu as impeça.

É uma reação natural, falar na minha língua materna quando sou tomada por sentimentos. Isso me fez receber um sorriso encabulado de Graham.

— De algum jeito, isso pareceu extremamente fofo e perigosamente agressivo ao mesmo tempo.

— Graham, isso foi muito péssimo. Eu sinto muito.

— Não precisa sentir nada. — Ele estica o braço e acaricia as costas da minha mão suavemente com o dedão. — Só tem um culpado e é o Davis.

Minha primeira impressão dele não estava errada.

Eu deveria ter confiado no meu instinto. Ele estava começando a me enganar. Estava começando a acreditar que eu tinha sido apressada demais em julgá-lo, mas agora sei que estive sempre certa. Winter não é uma pessoa boa. E ele não é só um babaca rude e esnobe.

O que ele fez com Graham é outro nível. É imperdoável. Ele roubou seu trabalho. Sua arte.

Eu queria gritar. Queria expurgar toda essa frustração de dentro de mim. Eu me sinto traída. Usada. Estúpida. Eu nunca deveria ter confiado nele.

10

Os ensaios começam no dia seguinte, e dizer que é constrangedor é eufemismo. Acho que não consigo olhar para Winter. Estou com medo de querer apertar sua garganta com as mãos. Ou brigar com ele por ser rude.

O elenco inteiro deveria se encontrar no prédio 441, mas o destino decidiu fazer uma brincadeirinha comigo, e eu acabo esbarrando nele logo no Portão do Xerife, a entrada dos funcionários na Trilha do Filme.

Eu não o vejo desde aquele dia na prova do figurino, e de alguma forma, tinha me esquecido do quanto ele é lindo. Acho que depois de ontem, eu esperava que ele tivesse a aparência de um vilão de desenho, então fico ainda mais brava por ele ainda ser assim tão bonito.

— Bom dia — diz ele, mas finjo não ouvir e continuo andando. Sinto ele seguindo logo atrás. — Bom dia — repete ele, mais alto.

Continuo andando, e Winter apressa o passo até estar caminhando ao meu lado. Ele se vira para me encarar, mas eu mantenho os olhos à frente.

— Bom dia, raio de sol.
— Não me chame assim.
— Quer dizer que você me ouviu.

Eu me viro tão depressa que meu cabelo chicoteia o rosto dele. Seu sorriso malicioso faz meu sangue ferver. Deus, como eu quero arrancar aquele sorrisinho da cara dele.

Quando chegamos ao ponto de encontro, não tem ninguém lá. Olho em volta, confusa.

— A gente deveria se encontrar aqui?

Winter está do meu lado, mas quando o encaro, ele está fingindo ler um folheto preso no painel de avisos da entrada.

— Winter — chamo sua atenção.

— Ah, agora você está falando comigo?

Reviro os olhos.

— Emily disse para a gente se encontrar aqui, não foi?

Ele olha o relógio.

— Foi, mas ela disse para nos encontrarmos aqui quinze para as nove. Você está atrasada.

— Não, ela disse nove e quinze.

Ele pega a longa conversa em texto com a assistente de produção e me mostra a última mensagem.

— Quinze para as nove.

— Porra. — Confiro a caixa de entrada do meu e-mail, porque, diferente dele, não tenho uma relação com a equipe a ponto de trocar mensagens com ela. De fato, bem ao lado da hora da reunião, está escrito quinze para as nove. — Porra.

— Isso não é muito profissional para o seu primeiro ensaio, não é mesmo?

— Olha quem fala. Você também não acabou de chegar?

— Eu só fui pegar meu celular no carro. Aparentemente, sou o único que tem o número da princesa Melina, e tínhamos que descobrir por que ela estava atrasada para o primeiro dia de ensaio.

— Porraaaa — digo mais uma vez.

Isso definitivamente não pega nada bem para mim. Começo a andar na direção da entrada dos funcionários, mas Winter segura meu pulso, me impedindo.

— Me solta. — Solto meu braço com um puxão. — Você já me atrasou o bastante. Aposto que nem ia falar nada, né? Só iria me fazer esperar aqui para passar uma imagem boa de si mesmo, e eu pareceria não profissional, inexperiente, amadora...

— Puta merda, eu estava brincando — diz Winter. — Eu também acabei de chegar. Se você vai passar uma imagem ruim, eu também vou.

— Eu não dou a mínima para sua imagem. — Não é verdade. Eu ligo sim. Eu quero muito que a imagem dele seja ruim. — Eu só quero ir me desculpar por ter me atrasado.

Ele abre a boca para responder, mas pensa melhor. Balançando a mão, ele se vira e anda na direção oposta.

Tanto faz.

Quando chego ao teatro, Winter já está lá, e eu não faço ideia de como. Mas não pergunto. E também não pergunto por que ele estava me esperando do lado de fora.

O elenco inteiro e a diretora estavam reunidos na sala de ensaio, e todos eles olham em nossa direção quando entramos. Eles claramente estavam no meio de algo. A interrupção rouba a atenção de todos, mas não é para mim que estão olhando. É para Winter.

Cada par de olhos no local imediatamente é atraído para ele, como mariposas para a chama. Até mesmo o ambiente muda. A única pessoa que não parece ser afetada pela presença de Winter é Cam, que sorri e acena para mim. Abro um sorriso tímido para ele em resposta.

— Voltem ao exercício, pessoal — ordena Emily antes de vir até nós. Lentamente, o grupo volta a conversar, e o silêncio da sala vai dando lugar a uma cacofonia de vozes. — O que aconteceu?

— Desculpe, Em. Achei que era para chegar nove e quinze, e disse isso para Luiza ontem. — Winter mente com tanta facilidade que demoro um segundo para entender o que ele está fazendo.

Winter está tomando a culpa por nós dois.

— Olha, Davis, sei como você se sente quanto a essa peça — sussurra ela, mas o tom brusco de sua voz faz com que ela soe como se estivesse gritando nos meus ouvidos. — Mas preciso que leve isso a sério.

— Eu vou — promete ele.

Ela olha para mim depois, e tudo que posso fazer é me desculpar rapidamente por me atrasar, o que ela aceita com facilidade, acreditando que a culpa é de Winter.

Emily parece muito mais acessível hoje do que no dia dos testes. Ela está usando um macacão de short, mangas fluidas e um rabo de cavalo bagunçado que a faz parecer casual e amigável.

Eu não tinha certeza como deveria me vestir para isto. Sei que teria que correr em minhas cenas, então escolhi colocar uma roupa confortável. O melhor que podia fazer sem ser shorts de academia era um par de calça pantacourt de algodão preta e uma regata na mesma cor.

Eu finalmente dou uma boa olhada no local e percebo que parece basicamente com o mesmo que usaram como sala de espera durante os testes um mês atrás, exceto que aquele era no térreo e este é no último andar. Com tapete cinza e mesas que parecem bem básicas, o lugar parece mais com uma sala de aula de faculdade barata do que com um teatro muito respeitado.

— Pessoal, obrigado a todos por fazerem os exercícios de aquecimento. — Emily chama a atenção de todos para si, parando na frente das mesas enfileiradas em forma de U. Winter e eu rapidamente nos sentamos nas duas últimas cadeiras vazias, que por acaso estão lado a lado. — Estou muito animada com este projeto, e tenho certeza de que temos o melhor elenco para isso bem aqui nessa sala. Os testes de vocês me surpreenderam, e vocês não estariam aqui se eu não acreditasse no talento de vocês. De cada um de vocês. Vamos começar. Vamos fazer uma leitura da peça, só para aquecer o motor, e depois vamos ter uma sessão de brainstorming para discutir o roteiro e como abordar cada uma das perspectivas dos personagens. Quero que saibam que estou aberta a opiniões. As sugestões de vocês são sempre bem-vindas.

Eu me arrisco a dar uma olhada na direção de Winter para ver o que ele acha de Emily aceitar ideias de atores tão *inexperientes* só para encontrá-lo já me encarando.

— Eu vou ler as instruções e a narração — explica Emily, pegando o roteiro diante dela. Faço o mesmo com o que está à minha frente. — Luiza, você começa.

Respiro fundo, olho para as páginas em minhas mãos, e me jogo completamente na vida de princesa Melina.

Ter um papel com apenas algumas cenas durante o primeiro ato significa que espero para caramba. Quando chega a hora de Arthur resgatar Melina lá pela metade da peça, não vejo a hora de voltar para o jogo.

Depois que volto, terminamos de ler tudo rápido demais, e então nos mandam para uma pausa antes de voltarmos para outra passagem de texto.

Eu não acho que terá lanche todos os dias no ensaio, mas como hoje é nosso primeiro dia, somos recebidos por um banquete assim que saímos da sala de ensaio.

Pego uma maçã e um cookie de gotas de chocolate e vou até a janela no fim do corredor, pulando o café mesmo que meu corpo esteja pedindo por um. Não vejo leite por ali, e já aprendi minha lição há muito tempo: não tentar beber café americano sem leite.

— Posso te fazer uma pergunta?

Levantando a cabeça, encontro Winter parando à minha frente. Seus olhos dançam entre mim e algo lá fora na janela. Ele parece desconfortável, mas não estou a fim de facilitar para ele. Apenas arqueio uma sobrancelha em resposta.

Ele aceita isso como um "sim". Winter abre a boca, mas chega sem dizer nada. Então ele respira fundo e tenta de novo:

— Eu... Você... — Ele passa a mão pelo cabelo. — Você pode sair daí?

— O quê?

Ele coloca as duas mãos nos meus ombros, como tinha feito alguns dias antes na sala de prova, e me afasta da janela.

— Que porra é essa, Winter?

Sacudo o ombro para afastar sua mão, tentando ignorar como minha pele responde depressa ao seu toque.

— Isto é vidro. — Ele aponta para a janela em que eu estava recostada. — E estamos alto para caralho. É cair e morrer.

— Não seja ridículo — argumento. — Eu caio, processo a Movieland e me torno bilionária.

Não sei de onde veio essa resposta. Winter e eu não somos amigos que compartilham piadas. Não somos amigos de nenhum tipo. Mas quando um sorriso sincero encurva seus lábios para cima, e tenho um vislumbre das covinhas de novo, sinto uma pontada no peito e uma sensação estranha na barriga.

— Qual era a pergunta, Winter?

Ele me encara, confuso. Ele claramente esqueceu por que se aproximou de mim.

— Certo. — Sua mão direita vai para sua nuca. — Você teve prova de figurino ontem, certo?

Assinto, mas não digo nada. Ele vai falar do vestido? Vai perguntar se conseguiram fechá-lo?

— Você se encontrou com Graham depois disso?

— O quê? — deixo escapar, pega de surpresa.

Não era por *aí* que esperava que essa conversa fosse.

— De onde você o conhece? — pergunta ele, como se fosse uma conversa totalmente normal. Um tópico que discutimos todos os dias.

— Ele trabalha aqui — digo como uma forma de tentar compreender aonde ele quer chegar, mas já posso sentir a raiva borbulhando no meu sangue.

Ele ia mesmo trazer o assunto à tona? Agora?

— Ele está trabalhando aqui?

Ele está nitidamente surpreso com essa informação, e me pergunto se ele está com medo de que seu segredinho seja descoberto com Graham estando por ali.

— Por quê? — Arqueio uma sobrancelha desafiadoramente.

— O que... Você... — Ele balança a cabeça, pensando melhor sobre o que dizer a seguir. — Como você o conheceu?

É praticamente a mesma coisa que ele já me perguntou, mas sei o que ele quer dizer.

— No bar — respondo, sincera. Então, uma lembrança surge em minha mente. O corpo de Winter pressionado contra o meu enquanto ele me impedia de cair. Eu rapidamente a afasto. — Você estava lá. No aniversário da Olivia.

— Foi isso que imaginei — explica ele. — Ele deve ter nos visto juntos.

— Por que a pergunta?

Não sei o que espero que ele diga. Não sei se estou esperando que ele prove que estou certa mentindo ou confessando. De qualquer forma, ele sairia com uma péssima imagem.

Mas ele é salvo por Emily nos chamando para voltar para a sala de ensaio.

O The Reel Pub está sempre lotado não importa qual dia da semana seja. Mesmo hoje, uma terça-feira, normalmente o dia menos lotado na Movieland, o bar está cheio. Membros da equipe são a maioria dos clientes, mas tem uma boa quantidade de turistas também. E hoje, o elenco do teatro se juntou à multidão.

Para celebrar nosso primeiro dia de ensaio, Cam decidiu reunir todo mundo para umas bebidas, e porque é o Cam, todos vão.

— A Julia já chegou? — ele me pergunta meia hora depois de chegarmos lá. — Eu pedi para ela vir, mas não sei...

É adorável, sério. O quanto ele está obviamente apaixonado.

— Ela vai vir, certeza — eu o consolo.

Conhecendo minha irmã, ela está em casa surtando por ter que abandonar os estudos, ou juntando coragem para vir até aqui.

Desde que comecei no departamento de teatro, com todas as papeladas, testes e provas, sinto que não a vejo muito. Ou a Olivia, falando nisso. As aulas de Julia ficam mais e mais difíceis todo mês, e ela afunda a cara nos livros do momento que chega em casa até ir para cama. As aulas de Olivia estão prestes a começar, mas ela já está pegando menos turnos na Movieland, e por não irmos mais no mesmo horário, também não saímos mais juntas.

Quando Julia chega ao The Reel Pub, com Olivia e Cece, sinto que não as vejo há semanas.

— Meu Deus! O que você está fazendo aqui? — Abraço minha melhor amiga, surpresa com sua presença.

Ela retribui meu abraço.

— Passei na sua casa, e elas estavam vindo para cá.

— Achei que você ia querer companhia. Como foi a primeira passagem de texto? — pergunta Julia, me abraçando quando Cece me solta.

O entusiasmo dela é tão sincero que sinto meu coração apertar no peito. Não importa o quanto ela esteja estudando, o quanto esteja focada em sua própria carreira, ela sempre arranja tempo para também se preocupar com todo mundo.

— Meio difícil de acreditar que está acontecendo de verdade — digo, mas paro por aí.

Não preciso contar como foi difícil atuar na frente de Winter. Eu sequer disse para ela o que descobri sobre ele, e essa não é uma conversa que quero ter em um bar.

Logo Julia sai para encontrar Cam, e Olivia vira para me perguntar se eu vi Graham.

— Não vi, mas não sei se ele sabe o que está rolando — digo. — Vou mandar mensagem para ele. Graham está sempre disposto a vir para cá.

Winter escolhe esse exato momento para chegar e para quando ouve o nome de Graham. Ele não consegue se conter. Olivia percebe o constrangimento entre nós dois e decide que não quer se envolver, então sai para encontrar os amigos que trabalham na entrada do parque, levando Cece junto.

— Agora você é amiga do Graham? — pergunta ele, parecendo irritado.

— E se eu for? — digo, zombando.

— Você... — Ele passa a mão pelo cabelo e coça a nuca. — Só toma cuidado com ele.

Exalo um riso pelo nariz. Um daqueles sons curtos e altos que vem bem lá de dentro. Ele inclina a cabeça para mim, mas eu não digo nada, porque se eu trouxer o assunto à tona, vou acabar falando mais do que deveria depois de prometer para Graham que guardaria seu segredo.

Colin, entre todas as pessoas, aparece para me salvar do silêncio crescente entre nós.

— Olivia me disse que você estava aqui com Davis.

Isso explica porque parece que ele correu até aqui. Acho que Winter arranjou um fã, e agora, uma distração me é útil. Mesmo sendo o Colin.

— Por que não pegamos uma mesa?

Rapidamente a mesa enche. Cece e minhas irmãs se juntam a nós, minha amiga sentando à minha esquerda, e Julia, bem na minha frente, com Cam à direita e Olivia do outro lado. Mas é mais do que isso. Quase todo o elenco veio atrás, alguns até escolheram ficar em pé em volta da mesa só para ficar perto de nós.

De Winter, percebo depressa.

Ele tem algo magnético que atrai as pessoas. Aposto que tem mais a ver com sua fama do que com a personalidade encantadora.

Porque ele definitivamente não tem uma.

Ele se torna um alvo em poucos minutos, com perguntas sendo lançadas para ele tão rápido que quase me sinto mal pelo cara.

— Como foi trabalhar com o Vin Diesel quando ele foi convidado especial na sua série?

— É verdade que a Victoria Justice devia ter atuado como seu interesse amoroso, mas ela recusou o papel?

— Você ficou com Ali Hoang?

— Não, nem fodendo — respondeu ele, tão rápido e enfaticamente que todas as perguntas pararam. — Ela era minha irmã na série. E ela é como uma irmã de verdade para mim.

— Foi mal. — Matthew se desculpa, ergue as mãos e mostra as palmas.

Ele na verdade não parece nada arrependido, mas é inteligente o suficiente para não se indispor com Winter.

— E você?

Demoro um tempo para perceber que a pergunta é direcionada para mim, mas levo um segundo para reconhecer a dona da voz aguda. É uma das meninas que fizeram o teste para Melina. Aquela que comentou sobre as contratações por diversidade.

O que ela está fazendo aqui?

— O que tem eu?

Todos os olhos saem de Winter para mim, inclusive os dele, e não gosto do peso da atenção. Parece diferente da que ofereceram para ele. Winter estava sendo admirado. Eu estou sendo avaliada.

— Onde trabalhou antes? Alguma coisa que podemos assistir?

— Se esteve na Movieland nos últimos seis meses, deve ter me visto na entrada.

Isso me faz receber alguns risos da plateia que cresce em volta de nossa mesa. Amigos que trabalham na entrada berram e aplaudem como se eu tivesse acabado de ganhar pontos para nosso time.

— Mas isso não é estranho? — insiste a garota. — Terem contratado alguém que não tem experiência nenhuma como protagonista? — Ela abaixa o olhar para o meu corpo, lentamente o subindo. — Me pergunto se tem algum outro motivo para terem te contratado.

— Tem — diz Winter ao meu lado, e eu me preparo para seu comentário, que não pode ser bom. Seus joelhos se movem quando ele vira para ela, e o breve contato é o bastante para fazer meu corpo arder. Me afasto, me recusando a aceitar o jeito que meu corpo reage a ele. — Eles a contrataram porque ela é uma boa atriz.

Meu queixo cai quando me viro para ele, mas Winter rapidamente coloca um dedo sob meu queixo e fecha minha boca.

— Que foi? — sussurra ele, só para que eu ouça. — É verdade.

— Então você vai ficar no país para sempre agora? Como isso funciona? — A pergunta vem de um cara com quem costumava trabalhar na entrada.

— Bem… — começo a responder, mas Olivia me interrompe.

— Claro. Estamos todas procurando por maridos para podermos ficar — diz ela, fazendo a piada com o rosto sério. — A Julia já tá na frente, mas todas nós vamos chegar lá um dia.

— Espera, vocês são todas brasileiras? — pergunta Colin para nós três.

— Somos irmãs — confirma Olivia. — E nossa mãe nos mandou para cá para nos casarmos por dinheiro, sabe?

— Ai, meu Deus. — Julia gentilmente bate no braço dela.

— Não sou contra a ideia — diz Cece ao meu lado. Me viro para ela. — O quê? Não é como se a gente nunca tivesse falado sobre isso. Você conhece várias pessoas da faculdade que fizeram isso.

— Eu me casaria com a Luiza se ela quisesse — diz Colin por impulso, e Winter vira a cabeça na direção dele, estreitando os olhos. Não sei ao certo se ele consegue ver algo à sua frente. — Pelo preço certo, claro.

— Isso não é ilegal? — pergunta Olivia.

— Assim como casar por um green card — rebate Colin.

— Não se você amar mesmo a pessoa. — O olhar de Olivia passa entre Julia e Cam, e ambos coram ao serem encarados. Seria adorável, se a situação toda não fosse ridícula.

— Essa não é a única forma de ficar — tento explicar, mas ninguém quer saber sobre pós-graduação ou visto patrocinado, e logo a conversa vai para o próximo assunto.

Ainda assim, de vez em quando, tenho a sensação de estar sendo observada, e quando olho na sua direção, encontro Winter me encarando, mas não gosto do que vejo. É como se seus olhos tivessem voltado a parecer uma névoa escura, e as chamas âmbar tivessem se acalentado.

Winter mal terminou sua cerveja quando se levanta, pega o boné de beisebol e o coloca, depois joga uma nota de cinquenta dólares na mesa. Ele olha para Cam para perguntar se o amigo está pronto para ir embora, mas está claro que Cam está tão confuso quanto eu com sua partida abrupta.

— Eu... Ah... Eu ia dar uma carona para Julia. — Os olhos de Cameron passam por nós como se pedisse ajuda, mas o olhar feroz de Winter nos impede de interferir.

— Ela pode pegar carona com as irmãs — resmunga Winter.

— Posso dar uma carona para todas elas — oferece Colin.

Não tenho a menor ideia de como a noite virou de ponta-cabeça de forma tão absurda, mas aparentemente Colin vai levar eu e minhas irmãs para casa. Quando Julia diz para Cam que está tudo bem, ele finalmente cede.

— Ótimo — grunhe Winter. — Então vamos.

— A gente vai dividir a conta — digo, porque nada disso faz sentido.

— Eu pago. — Winter não olha na minha direção ao dizer isso.

— Você não deveria. Vamos dividir. — Também me levanto.

— Eu disse que pago, Luiza.

Agora todos estão de pé, o clima alegre da noite arruinado por causa do rabugento irritante. As pessoas que estavam de pé em volta da mesa se espalharam, nos deixando lidar com o silêncio constrangedor enquanto saímos do bar, todo mundo bastante consciente de que tem alguma coisa acontecendo, mas sem saber o que é. Eu, por exemplo, não faço ideia do que aconteceu para azedar o humor do Winter.

Enquanto dizemos adeus, Cam se vira para dar um selinho rápido em Julia.

— Falo com você mais tarde, está bem?

— Está bem — concorda ela.

— Te amo, tchau.

Cam estaca. Os olhos de Julia se arregalam. Ele abre e fecha a boca. Então, Winter coloca a mão pesada em seu ombro, o chamando para irem embora, e Cam vai, sem dizer mais nada ou olhar para trás.

— Vocês já... — pergunta Cece, mas Julia balança a cabeça.

— Não, primeira vez.

Todas nós damos gritinhos de alegria por ela, nossos ânimos sendo elevados num piscar de olhos graças ao Cam.

— Quem está pronta para dar no pé? — pergunta Colin, e nem mesmo ele é capaz de arruinar nossa noite.

11

Depois do primeiro dia, os ensaios foram transferidos para o palco de verdade. Durante alguns dias, é fácil fingir que Winter e eu não estamos na mesma peça. Eu ensaio minha cena com Cameron algumas vezes, mas ainda não prosseguimos para mais cenas minhas, então não preciso trocar uma palavra com Winter.

E ele parece aceitar isso bem. Ele não olha para mim.

Na semana seguinte, para quando nossa primeira cena juntos estava agendada, eu finjo cara de corajosa. Preciso ser profissional. Meus sentimentos pessoais por Winter não podem ir comigo para o palco.

A não ser, é claro, se eu puder canalizá-los para os sentimentos de Melina. Quando ela luta com ele antes de reconhecer seu amigo há muito tempo perdido, coloco meu ódio na cena. Emily me interrompe no meio da cena.

— Luiza, querida, Melina está assustada, lembra? Não brava. Ela só está assustada e não reconhece Arthur. Vamos de tentar de novo.

Voltamos para o começo da cena. Winter corre atrás de mim no palco, onde, mais tarde, terá árvores, e eu fujo dele. Quando finalmente me alcança, eu luto com ele sem usar toda minha força.

Emily interrompe de novo.

— Agora você está se contendo.

Suspiro, frustrada. Eu preciso encontrar o ponto ideal. Não posso ficar brava demais, mas também não posso me refrear. Preciso encontrar uma forma de esquecer que é o Winter e vê-lo somente como Arthur. Não posso arriscar perder meu emprego por causa dele.

Ele já arruinou a carreira de Graham. Não vou deixar que também arruíne a minha.

Pela terceira vez, Emily nos interrompe, e posso ver sua frustração no limite de se transformar em irritação.

— Winter, você está se reencontrando com o amor da sua vida, pelo amor de Deus. Cadê aquela química que todos vimos no teste, pessoal? Tinha tanta tensão que dava para tocar, e agora vocês não estão me entregando nada.

Abaixo bem a cabeça, me sentindo como uma criança levando bronca. Odeio que ele afete minha atuação. Mas não sou a única, ele também está trabalhando mal. Também não está dando seu melhor. Emily está certa: precisamos encontrar uma forma de voltar ao que mostramos no teste de entrosamento.

Eu só não sei como fazer isso.

— Vamos dar uma pausa — grita Emily. — Voltamos em vinte.

Correndo para fora do palco, eu sequer paro e pego o café que trouxe de casa de onde o deixei na mesa de lanches nos bastidores. Eu saio do teatro e adentro Movieland o mais rápido que consigo. Preciso colocar a cabeça no lugar.

Queria poder ir até a entrada ver meus antigos colegas, mas só tenho vinte minutos. Em vez disso, sento no banco de pedra e observo enquanto as pessoas vêm e vão, parando para tirar fotos com o teatro.

Uma vez, eu fui como eles. Andando por aqui com meus olhos colados em cada detalhe que fazia o lugar ser mágico. Os postes iluminados que parecem ter saído direto de um desenho, as lojas que vendem objetos de filmes favoritos, dos brinquedos que fazem o coração acelerar, os shows ao vivo imersivos que colocam o espectador na ação. Tudo em Movieland é feito para satisfazer a promessa do slogan: *Luz, câmera, diversão: viva a experiência dos filmes em Movieland!*

Eu costumava ser maravilhada com esse lugar, mas em algum momento desses últimos meses, perdi o maravilhamento de vista.

Movieland se tornou meu local de trabalho, e a magia gradualmente desapareceu.

Não consigo pontuar o momento que parei de ficar encantada com tudo que o parque tem a oferecer, mas sentada neste banco, tento me lembrar da sensação de andar aqui pela primeira vez. Aquele sentimento de esperança e animação. O sentimento de não saber o que vem a seguir, mas esperar que seja algo incrível.

O brilho que eu tinha nos olhos quando vim aqui pela primeira vez provavelmente sumiu por volta da mesma época que comecei a duvidar que o futuro reservava algo bom para mim.

Meu alarme vibra no celular, e volto para dentro, pronta para fazer a cena dar certo, não importa quantos sentimentos eu tenha que fingir que não existem.

No dia seguinte, quando chego no ensaio, Winter é a primeira pessoa que vejo. Ele está parado na porta, como se estivesse fazendo guarda, mas assim que entro, ele se vira e encontra Cameron do outro lado da área dos bastidores.

Contudo, quando coloco meu café na mesa de lanches, percebo que ele está me observando. Meu corpo ainda reage a ele, como se não tivesse recebido o memorando de que nós o odiamos. A desconexão entre meu cérebro e meu corpo está mais clara do que nunca.

Ele e Cam parecem estar discutindo, mas quando olham na minha direção, desvio o olhar, fingindo não estar prestando atenção. Queria poder ouvir o que estão dizendo. Eu me pergunto se Cam sabe sobre o Graham, se ele está ciente de tudo que Winter aprontou.

Percebo que preciso conversar com Julia. Minha irmã precisa saber que o amigo do seu namorado é um mentiroso conspirador, que faz qualquer coisa para se dar bem. Até mesmo trair seu melhor amigo.

Emily nos chama para começar o ensaio, e fazemos uma passagem pela peça inteira. Quando chegamos na penúltima cena do primeiro ato, em que Melina foge do cativeiro e começa a correr pela floresta, eu não me contenho.

Meus cotovelos acidentalmente acertam Winter, e ele se curva de dor.

— Nem foi tão forte — reclamo, mas então vejo onde estão suas mãos, e o olhar de sofrimento dele.

— Você acertou meu pau — sibila ele, baixo o bastante para que só eu o escute.

— Não foi minha intenção — falo. Sei que deveria me desculpar, mas não consigo me forçar a fazer isso. Não foi de propósito, mas... bem, o universo claramente está mandando uma mensagem. — Acredite, tocar seu pau é a última coisa que eu iria querer.

Ele me encara, e por um breve momento, vejo surpresa em seu olhar. É um lampejo breve que eu não teria visto se não estivesse prestando atenção.

Tão breve quanto, ele fecha os olhos, jogando a cabeça para trás, enquanto aperta a base do nariz e respira fundo.

— Estamos bem para ir de novo? — pergunta Emily, impaciente.

Os olhos de Winter encontram os meus, e eles estão bem escuros. Acho que posso tê-lo irritado para valer dessa vez.

— Sinto muito — falo baixinho.

— Sente nada — responde ele, se afastando.

Quando se tem um emprego dos sonhos, você acredita que daria tudo por ele. Gosta de imaginar que quando tiver a chance, você não irá se restringir. Fará o que for preciso. Pelo menos é isso o que nos contam. Que sacrifícios têm que ser feitos. Que só aprendemos a valorizar as coisas quando damos algo em troca.

Perdi as contas de quantas vezes sonhei em me tornar uma atriz profissional remunerada. Eu queria isso desde que percebi que, quando atuava, podia sempre me sentir suficiente. Que entrar na pele de um personagem fazia eu me sentir mais confiante, como se fosse uma máscara, uma armadura. Não importava quem eu estivesse interpretando, eu podia dizer para mim mesma que elas eram o bastante. E pelo mais breve momento, por uma ou duas horas, eu sentia isso. Sentia que eu também era o bastante.

Independentemente das dificuldades pelas quais minhas personagens passavam, eu sempre garantia que elas se sentissem o suficiente. Eram bonitas o bastante. Eram espertas o bastante. Eram talentosas o bastante. Eram boas o bastante. Ao fazer isso, de alguma forma eu enganava meu cérebro, fazendo-o acreditar que, enquanto estivesse no papel delas, eu não precisava me preocupar em ser o bastante por mim mesma.

A sensação era sempre ótima.

Atuar é meu porto seguro. É o único momento na vida em que me sinto confortável de verdade. Posso ser minha versão mais real quando estou atuando como outra pessoa, porque nesses momentos sinto que sou o bastante.

E eu já sacrifiquei muito por essa carreira.

A admiração da minha mãe. A companhia do meu pai. Tive que renunciar a coisas inestimáveis quando decidi ir em busca dessa carreira em um país diferente, e gostaria de pensar que não deixaria mais nada ficar no caminho.

Não quando esse emprego é minha única chance de conseguir um visto. E conseguir o visto é a única coisa que vai me impedir de voltar para o Brasil e trabalhar na clínica dos meus pais.

Então, quando percebo que a animosidade entre mim e Winter está colocando meu sonho em risco, tudo que quero fazer é matá-lo. Ele não tem o direito de tirar isso de mim.

— Luiza, querida — Emily começa a falar depois de recomeçar a mesma cena pela terceira vez.

— Eu sei, eu sei. — Ela não precisa dizer que estou estragando a cena. Não consigo me concentrar. Não consigo me fazer superar minha aversão por Winter. — Desculpa.

Quando ela manda todos para casa ao encerrar, mas me pede para ficar um pouco, não consigo evitar sentir que acabou. Meu sonho foi encurtado. Não fui feita para isso. Não sou boa o bastante. Não tenho forças em mim para superar meus sentimentos pessoais e fingir que tudo está bem pelo bem do trabalho. Esse é o único sacrifício que não consigo fazer. Talvez Winter estivesse certo, e eu não seja profissional o bastante. Talvez eu não tenha merecido o papel no fim das contas.

Talvez minha mãe tivesse razão e essa coisa toda fosse um sonho distante demais para se tornar real. Talvez por isso ela tenha concordado com isso para começo de conversa, porque ela sabia que no fim, eu voltaria para o Brasil. Voltaria para a faculdade de medicina e para a clínica deles.

— Tem alguma coisa errada? Tem algo que eu posso fazer? — Nunca esperei que Emily fosse ser tão reconfortante.

No entanto, eu já fui acusada uma ou duas vezes de julgar as pessoas depressa demais. Eu esperava que Emily fosse do tipo de diretora que diz algo uma vez só. Ela já tinha chamado minha atenção por não demonstrar o entrosamento que ela esperava. Tive certeza de que ela me demitiria hoje depois de uma performance tão horrível. Eu não esperava que ela soasse tão... preocupada comigo.

— Não, não — tento tranquilizá-la, mas mesmo eu consigo perceber o quanto minha voz parece incerta. Tento de novo: — Está tudo bem. Tudo está ótimo. Prometo.

— Ei, olha — diz ela, segurando meu ombro direito e apertando suavemente. — Sei que tem muita pressão em você, tá?

Ela não sabe, mas assinto mesmo assim.

— Estou bem. Desculpa. — Minha voz parece distante. — Vou me sair melhor amanhã, prometo.

— Você sabia que eu nasci no Uruguai? — pergunta ela, e meus olhos se arregalam, surpresos.

Ela abre um sorriso carinhoso para mim. Um que não vejo ela compartilhar por aí.

— Não sabia.

— É, eu não... — Ela respira fundo. — Eu deveria falar mais sobre isso, mas todos nós temos nosso jeito de lidar com as coisas. Enfim, sei como é não saber se pode ou não ficar. Eu me lembro como me senti desamparada depois da faculdade. Não tinha muita coisa que eu podia fazer para mudar minha situação, mas tudo que pude, eu fiz com todo o coração. Dei tudo de mim. Dirigi cerca de cinquenta peças no ano que estava com meu OPT. A maioria eram trabalhos não remunerados. Sei que era um privilégio poder trabalhar de graça, mas peguei toda oportunidade que pude e me agarrei a elas. Ferozmente. Ninguém patrocinou meu visto depois de um ano. Não fiz conexões duradouras. Mas o que eu tinha era minha paixão. E o portfólio enorme que estava construindo. Por alguns anos, fiquei ilegalmente. Eu morria de medo de que a polícia de Imigração batesse na minha porta a qualquer momento, mas de alguma maneira eu ainda tinha esperança de que um dia mudaria minha situação.

— Como... — Não preciso terminar a pergunta.

— Eu adoraria dizer que foi uma indicação ao Prêmio Palmas que me fez receber um visto O-1B. Mas eu tentei. Assim que fui indicada, minha advogada entrou com o processo de petição por um visto, mas foi negado. Nessa altura, eu já estava noiva do meu hoje marido, então a gente só... decidiu casar mais cedo do que o esperado. Eu me tornei a sra. Eddings, e sou uma residente legal há seis anos. Mas veja, eu sei como é aterrorizante. E prometi nunca me esquecer pelo que passei.

Se seu discurso era para me motivar, não sei ao certo se está funcionando. Entendo o que ela está querendo, mas tudo que consigo pensar é que até mesmo um visto O-1B está fora do meu alcance. Esses só são dados para profissionais excepcionais que provem suas habilidades extraordinárias. Eu não tenho nada extraordinário para oferecer. E mesmo quando Emily tinha, ainda negaram o visto para ela.

Emily abre um sorriso astuto para mim, lendo minha mente com perfeição.

— Você criou uma relação boa e estável com esta empresa. Movieland já patrocinou vistos antes, Luiza. Tudo que temos que fazer é mostrar para eles que você é digna. Estou aqui para te ajudar a fazer isso, mas só posso ir até certo ponto. O resto é com você. Descanse e volte amanhã pronta para mostrar por que deveriam patrocinar seu visto.

Sou uma pessoa completamente diferente quando chego para o ensaio no dia seguinte.

Sinto cada um dos sentimentos de Melina quando ela é forçada a entrar em um casamento que não quer. Posso sentir seu medo quando ela caminha até o altar, e traduzo isso para meu corpo, cada olhar, cada movimento, tudo diz o mesmo: não é o futuro que quero para mim.

Quando Melina é sequestrada, há um único momento de surpresa. Ela está perplexa, assustada. No entanto, assim que percebe o que está acontecendo, o alívio a toma. Ela está se libertando do destino que não quer. E mesmo não sendo como imaginava, pelo menos agora teria a chance de escolher outra coisa para si mesma.

Eu entendo Melina como antes não conseguira.

Quando acabo minha parte, estou radiante de alegria, e deixo a cena sob aplausos admirados dos meus colegas de elenco. É animador. Emily está assentindo, aprovando, e neste momento, sinto que não há nada que não posso fazer.

Da coxia, assisto enquanto a primeira metade da peça se desdobra sem mim. Leon e o rei tentam montar um plano para resgatar Melina. Arthur descobre sobre o rapto através das fofocas da cidade e decide procurar Melina, o amor de sua vida, sozinho.

E é minha vez de novo. Entro no palco pela esquerda, ofegante quando Melina se liberta. Corro pela floresta, chegando sem problemas na minha marcação. Arthur chega até mim, e é aí que tudo muda.

Existem várias formas de fazer essa cena. Percebo que talvez o que vínhamos fazendo não está funcionando e decido improvisar um pouco, mudando o encontro. Então, quando as mãos fortes de Winter seguram meus braços para me impedir de fugir, eu não luto contra. Não me sacudo para me libertar.

Em vez disso, me encosto nele e solto um suspiro alto de alívio. Dou a Melina a esperança de encontrar alguém disposto a ajudá-la.

Não tinha certeza de como Winter reagiria. Ele podia congelar e não saber o que fazer. Ele podia seguir meus passos e improvisar o resto do diálogo. Aparentemente ele também podia me empurrar e me lançar um olhar fatal.

— O que você está fazendo? — dispara Winter.

Estamos tão perto que consigo ver as ruguinhas ao lado de seus olhos quando ele os estreita. Seu peito mostra a respiração pesada, mas não sei se é por causa da cena que ele tinha acabado de responder ou por me odiar.

— Na verdade, eu gostei disso — diz Emily de seu lugar do outro lado do palco. — Vamos tentar essa abordagem, porque acho que é o *clique* que estava faltando nesta cena. Então, em vez da Melina lutar contra você, ela vai se apoiar em você por ajuda. E Arthur pode ser um pouco...

— E se ela estiver aliviada por encontrar alguém? Não por ser Arthur, mas só porque é alguém que pode ajudar? — sugiro. — E aí ele se magoa quando percebe isso, porque pensou que ela tivesse o reconhecido. Ainda vamos ter o momento de não reconhecer quem é ele.

— Isso é perfeito. — Emily sorri para mim, e sinto meu peito se expandir de orgulho.

12

Não seria exagero dizer que nas próximas duas semanas meu total foco é a peça e fazê-la direito. Estamos lentamente avançando nos ensaios, e a única coisa que tenho em mente é a necessidade de arrasar em cada cena.

Se eu não der meu máximo nesse palco, não estou fazendo meu trabalho direito.

Isso significa que saio bem cedo de manhã e fico até tarde da noite. Mal tenho visto minhas irmãs desde que os ensaios começaram, mas tenho certeza de que elas compreendem. Isso é o que sempre quis, e agora que tenho minha chance, preciso trabalhar duro.

É um dia improvável de chuva no fim de agosto, céu cinza e nuvens pesadas deixando todo o povo de Los Angeles desconcertado. Juro, a primeira gota a cair do céu parece causar pânico em todos do sul da Califórnia. O trânsito fica dez vezes pior, se é que é possível. As pessoas ficam mal-humoradas. A única coisa boa de dias chuvosos no meio do verão é que a Movieland fica exponencialmente menos lotada.

E por causa da seca e dos incêndios florestais, claro. A chuva é importante por isso também.

Olivia me encontra no prédio 441 logo depois de bater o ponto para ir embora. Ela está a caminho do vestiário e eu, de umas das salas de ensaio no sexto andar. Estou tendo dificuldade com algumas falas que quero repassar, então fico um pouco mais tarde por isso.

— Ótimo, estava te procurando — diz ela, entrando no elevador atrás de mim.

— O que foi? — Olivia nunca procurou por mim desde que começou a trabalhar aqui.

— Os ensaios acabaram?

— Sim, mas eu…

Ela sequer me deixar terminar. Segurando a porta do terceiro andar, ela fala:

— Você vai ficar até tarde.

— É, preciso repassar algumas falas.

— Consegue chegar mais cedo hoje? A gente não te vê há um tempão.

— Eu sei, mas não consigo.

Eu olho para ela, que ainda segura a porta aberta. Quero dizer para minha irmã me deixar em paz, porque tenho coisas para fazer, mas não quero começar outra briga.

— Só hoje. Sei que você está trabalhando duro mesmo nessa peça e tudo mais, mas só hoje. Não vai doer encurtar o ensaio uma vez, né?

Passo a mão pelo rosto, impaciente.

— Olivia, isso se chama trabalhar duro. Todo dia importa. Quando você quiser muito uma coisa, vai entender. Pode ser que você não entenda, mas não posso só decidir não trabalhar sempre que tenho vontade.

As palavras saem antes que eu as impeça. O plano de não começar uma briga voa pela janela e cai morto no chão.

— Quer saber? Vai à merda, Luiza. Você não perde tempo em jogar pedra em mim, e você nem me conhece mais. Não me conhece há anos. Não sei que porra eu fiz para você, mas sei muito bem que não mereço o jeito que você tem me tratado. E mesmo se eu merecesse, a Julia não merece. E ela precisa de você. Ela está triste, e você nem percebeu. Sua irmã está magoada, mas acho que você está ocupada demais trabalhando para se importar.

Ela, enfim, solta a porta, que desliza até fechar enquanto eu observo Olivia indo embora.

Chego ao apartamento encharcada. Depois de tentar ensaiar por meia hora e falhar, finalmente desisto e decido ir para casa.

Não que eu não tenha acreditado em Olivia, mas ela tem uma inclinação para o drama. Não acho que Julia esteja mesmo passando por algo além de uma dificuldade com suas disciplinas, mas uma sensação pesada na barriga fica me incomodando até eu pegar o ônibus para casa.

A casa está em silêncio e escura. Quase parece que o cinza do lado de fora encontrou uma forma de entrar aqui. Além do chuveiro ligado, não tem sinal de vida ali dentro. Nem tenho certeza se Julia está em casa. E se eu só desperdicei algumas horas de ensaio por nada? Por um chilique que minha irmã caçula decidiu ter?

Mas então escuto o som suave de páginas virando, e sei que vou encontrar Julia enfiada nos livros no seu quarto.

Como era de esperar, coloco a cabeça para dentro, e ela está sentada à sua mesa, com uma mão segurando a cabeça e a outra passando pela página do livro.

— Oi.

Julia se sobressalta na cadeira.

— Ai, meu Deus! Você me assustou! Não sabia que estava em casa. Que horas são?

Ela imediatamente pega o celular para conferir a hora. Percebo que está surpresa por me ver em casa tão cedo.

— Vim mais cedo. Estudando?

— Sim, mas estou cansada.

— Dá uma pausa. Vamos comer alguma coisa.

— Você está molhada — pontua ela, só agora percebendo meu estado.

— Você viu como está lá fora? — Ela segue meu olhar para fora da janela. — Está muito cedo para jantar?

Ela dá de ombros.

— Quem tá na chuva...

Fico imediatamente preocupada. Se tem algo com o qual Julia não havia se adaptado desde que se mudou para cá, é jantar cedo. No Brasil, jantamos lá pelas oito ou nove horas da noite, mas tive alguns anos para me acostumar a jantar quando o sol ainda está no céu. Julia não. E o fato de ela não ter problema em jantar agora, quando nem são seis horas, levanta um sinal de alerta no meu cérebro.

— Você está bem? — pergunto assim que ela levanta para me seguir até meu quarto.

Tiro a roupa molhada antes de ir para a cozinha.

— Sim, por quê?

— Você aceitou jantar às seis.

Ela revira os olhos.

Começamos a preparar a refeição em um silêncio confortável. Panquecas brasileiras parecem com crepes, mas na maioria das vezes são feitas com recheio salgado. Estou fazendo a favorita de Julia: frango com catupiry, uma iguaria que só encontramos em lojas brasileiras. O cheiro de alho e cebola chiando ao fritar na panela é como um portal que nos transporta de volta à casa de nossa infância. Nosso pai não consegue fazer nada sem alho e cebola. Ele diz que a comida fica sem sabor. Nunca ousei discordar.

Olivia sai do banheiro secando o cabelo na toalha. Ela não diz nada, mas lança um olhar intencional antes de se trancar no quarto. Acho que está dando espaço para que eu e Julia conversemos sozinhas.

— Então — começo a falar, entregando o primeiro disco para que Julia recheie e enrole, como fazemos no Brasil. — Aconteceu alguma coisa?

— O Cam te contou? — Sua pergunta me pega de surpresa.

— Ele não me disse nada. O que está acontecendo?

— Eu... — ela tenta falar, mas sua voz falha. Sinto uma dor no peito por saber que o que ela está prestes a dizer não vai ser bom. — Lembra da noite que todos nós fomos para o The Reel Pub?

A noite em que ele disse que a amava.

— Bem, não. Deixa eu voltar. Lembra daquele fim de semana que passei na casa dele? Foi um pouco depois de San Diego. — Assinto, encorajando-a a continuar. — A gente... Bem, aconteceu. Nós transamos.

Os lábios dela começam a tremer. Meus ombros ficam tensos imediatamente.

— Ele te machucou?

— Quê? Não. — Ela balança a cabeça com veemência. — Ele foi... Foi bom. Perfeito. Ele foi muito delicado. Eu contei que nunca tinha feito isso, e ele foi muito paciente. — Há tanto amor em suas palavras, tanto afeto. — Não te contei porque queria que aquele momento fosse só nosso. Pelo menos por um tempo. Eu ia te contar em algum momento, claro. Mas por um instante, queria que ficasse entre mim e Cam.

— Claro — concordo.

Ela respira fundo algumas vezes e tenta falar de novo, mas as palavras seguintes ficam presas em sua garganta. Estico a mão para segurar a dela e aperto-a suavemente, lembrando-a que estou aqui com ela.

— Naquela noite no The Reel Pub, ele disse que me amava. Lembra? Ele estava saindo e deixou escapar. Isso me fez ficar acordada a noite inteira. Eu quis retribuir, mas queria que fosse pessoalmente. Pedi para ele me encontrar no dia seguinte, mas ele tinha ensaio o dia inteiro.

Busco em meu cérebro pelo cronograma de ensaios para confirmar, mas não consigo me lembrar. Essas últimas semanas foram um borrão.

— Não liguei muito para isso. Pelo menos, não na época. Mas aí ele começou a arranjar desculpas toda vez que o chamava para sair. E não estava me mandando mensagem como me mandava antes. Em algum momento, percebi que ele só respondia quando eu mandava mensagem. Ele nunca era o primeiro a mandar. Então decidi não mandar nada por um dia. — Ela dá de ombros. — Eu não... não estava fazendo algum jogo nem nada assim. Só queria ver se eu estava certa. E estava. Isso foi há uma semana, e ele não me manda mensagem desde então. Não temos conversado de nenhuma forma. Ele disse que me amava, e depois me deu um perdido. E eu não sei o que fiz de errado.

— Nada. — Eu a tranquilizo. — Você não fez nada de errado, Julia. Não é sua culpa Cam ter feito isso com você. Que ele não seja gentil o bastante para se despedir de um jeito apropriado. Que ele não seja corajoso o bastante para terminar as coisas se não quer mais te ver. Não é sua culpa.

— Não consigo evitar pensar que se eu... — Ela esconde o rosto nas mãos. — Se eu tivesse mais experiência, então talvez ele não tivesse...

— Não. — Eu arranco suas mãos do rosto e as seguro com firmeza entre as minhas. — Não faz isso. Você podia ser uma deusa do sexo, e ainda não seria esse o motivo. Cam ser um babaca não tem nada a ver com sexo. Esses caras... eles só vão e pegam o que querem. Não pensam em quem estão magoando no processo.

Uma sensação familiar de culpa começa a surgir. Eu sabia que Winter era uma pessoa ruim, e nunca contei para Julia. Talvez se ela soubesse sobre as companhias de Cam, tivesse sido mais cautelosa.

Talvez Olivia estivesse certa, no fim das contas. Eu estava ocupada demais tentando ser uma boa atriz e esqueci de ser uma boa irmã. Meu coração se espedaça dentro do peito. Por Julia e pelo que ela está lidando. Por Olivia e por como tenho a tratado mal. Por mim mesma e pela compreensão de que simplesmente nunca serei boa o bastante.

Se eu achava que trabalhar com Winter era difícil, não fazia ideia como seria desafiador trabalhar com a pessoa responsável por magoar minha irmã. Especialmente sabendo que ele estava escondendo isso de mim há um tempo.

Winter pelo menos não esconde o que é. Ele ostenta sua babaquice com orgulho. Cameron se esconde por trás da fachada de bom moço. Isso é infinitamente mais perigoso.

Se tivesse sido eu a ser magoada por ele, talvez eu não estivesse tão brava. No entanto, ele enganou a pessoa que menos merecia. A pessoa com quem mais me importo no mundo. Fico com dor de cabeça só de ter que olhar para a cara dele.

Contudo, não demonstro isso. Dou meu máximo para seguir com nossa cena como se nada estivesse errado. Se Cameron percebe que estou brava com ele, não diz nada. À medida que o ensaio prossegue, porém, não consigo parar de pensar na tristeza no olhar da minha irmã enquanto ela me dizia achar que tinha feito algo de errado.

Minha determinação em esconder meus sentimentos e mantê-los controlados para que não surgissem durante o ensaio falha no momento em que vejo uma das garotas de nosso elenco espalmando o peito de Winter ao rir de algo que ele disse durante nossa pausa.

Não faço ideia do que me possui. O sentimento vem bem lá do fundo, não consigo impedir. Uma mistura de indignação e raiva que faz meu corpo ferver. Uma sensação que racionalmente sei que não tem motivo para existir, e ainda assim, não consigo me livrar dela.

Não ajuda estarmos começando uma nova cena hoje, e isso sempre me deixa mais ansiosa. Estamos passando o momento em que Melina confronta Arthur depois de descobrir que ele é procurado por traição. Ainda não temos a rubrica, o plano que designa nossas posições no palco, para essa cena, então sei que provavelmente vamos ficar nela por um tempo.

É uma cena carregada de emoção, e somos só eu e Winter no palco. Melina se sente traída pela pessoa que ama e em quem achava que podia confiar, e estou tão imersa na raiva dela que acabo me deixando levar na primeira leitura do roteiro.

— Isso não está no roteiro — reclama Winter depois que termino um monólogo curto e improvisado sobre depositar confiança em mãos que não são dignas.

Ele está claramente irritado por eu ter mudado a cena de novo, mas estou particularmente orgulhosa do que inventei do nada.

— Não, mas acho que cabe no momento. Melina está irritada de verdade, certo?

— É, bem, ela não deveria estar. Ela está errada quanto a Arthur, porque prefere ficar brava a parar e escutar o que ele tem a dizer.

Viro meu corpo por completo para ele.

— Ele não contaria a verdade mesmo se ela perguntasse, e você sabe disso. Ele está escondendo isso há eras e só está bravo porque ela se recusa a aceitar.

— Ele não tem segredo nenhum! — Winter abre os braços e os deixa cair depressa, o barulho de suas mãos espalmando as pernas ecoa pelo teatro vazio.

— Não tem? — Rio, e o som reverbera pelo local. — Ele é procurado por traição à coroa e não acha importante mencionar isso para ela.

— Isso não tem nada a ver com ela. Ele quer ajudá-la, e ela não consegue aceitar isso. Ela não sabe deixar as pessoas se aproximarem.

Winter está a um passo de mim. Não sei como ou quando ficamos tão perto, mas posso sentir sua colônia. Uma fragrância refrescante e cítrica com aroma quente intenso e notas amadeiradas. É intoxicante.

Tem que ser isso. Sua colônia deve estar confundindo meu cérebro. É a única explicação de por que acho que não estamos conversando mais sobre Melina e Arthur.

— Luiza, querida. — Emily rompe o silêncio. — Sou grata pela intensidade, mas acho que podemos dar uma diminuída. Só segue o roteiro nesta.

— Tudo bem — concordo, assentindo por precaução.

— Ótimo — resmunga Winter.

— Ótimo — disparo como resposta.

13

— Davis, coloque o braço em volta da Luiza. Abrace ela como se estivesse tentando roubá-la de Cam.

Respiro fundo, esperando pelo peso do braço de Winter no meu corpo. Estamos no estúdio tirando fotos promocionais há uma hora, e a fotógrafa continua dando ordens para nós. O tempo inteiro, Winter tem me tratado como se eu fosse uma boneca de porcelana, apenas com toques suaves, como se eu pudesse quebrar a qualquer momento.

Queria que meu corpo não fosse tão atraído por ele. Queria que esse campo magnético ao nosso redor não estivesse de ponta-cabeça. Há pouco tempo eu podia sentir que ele nos repelia, e agora parece nos atrair. Estou ciente de cada um de seus movimentos, tão ciente que posso sentir como ele está se restringindo.

Ele não quer ficar perto demais. Ele não quer me tocar.

Minha mente vai para a pequena discussão que tivemos alguns dias atrás, quando parecia que estávamos falando de nós mesmos e não de nossos personagens. Isso fez com que ele se afastasse assim? Eu sei os *meus* motivos para estar brava com ele, mas, de uma forma estúpida, não gosto de como ele também parece estar bravo comigo.

É a primeira vez que nós três estamos com o figurino completo. O vestido de casamento foi perfeitamente ajustado ao meu corpo, envolvendo minhas curvas de todas as formas certas, o corpete empurrando meus seios para cima para criar a ilusão de que são maiores do que realmente são. As mangas largas dão um ar etéreo à aparência, criando fluidez e movimento com o veludo cor de champanhe.

Cameron está com o figurino completo de príncipe. O traje completo está impecável nele, justo nos lugares certos para mostrar seu físico atraente. A qualidade perolada do tecido pesado se contrasta com sua linda pele marrom, a imagem perfeita para contrabalancear Winter.

Não importa a aparência de Cam, é Winter que me deixa sem fôlego. Ele está usando um dos figurinos que ainda não tinha visto, um colete pesado de lã cinza que passa de seus quadris, amarrado em sua cintura por um laço verde-escuro. Sua calça também é cinza, em um tom mais escuro do que o colete, e a camisa que está usando por baixo é off-white.

Ele tem aparência de alguém que está prestes a levar a princesa para longe e fazê-la se esquecer que um dia quis se casar com um príncipe para começo de conversa.

— Perfeito — diz a fotógrafa. — Acho que temos tudo que precisamos de vocês três. Só precisamos de uns cliques da Luiza sozinha, e aí alguns da Luiza com Davis.

A fotógrafa me coloca na posição que quer. De primeira, fico encarando a câmera, depois ela me pede para virar e olhar por cima do ombro. Continuo mudando de pose, seguindo suas orientações, torcendo para que possamos terminar isso rápido.

O lugar está repleto de pessoas, e todas estão olhando para mim. Estou com o figurino completo de noiva, com o cabelo e a maquiagem feita. Eu deveria sentir a confiança que sempre está lá quando estou caracterizada, mas de alguma forma não sinto. Estou insegura. Não consigo evitar me perguntar o que todos estão pensando. Essa pose me deixa feia? O vestido está legal? Eu pareço o suficiente com uma princesa?

Dou uma olhada nas prévias quando terminamos, e suspiro aliviada ao ver que as fotos estão maravilhosas. Em cada uma delas, eu pareço uma princesa. Pela primeira vez, sinto como se eu fosse a estrela desta peça. Sinto arrepios só de pensar em minhas fotos no material promocional.

Isso está mesmo acontecendo.

Então, só resta eu e Winter.

De repente, todos desaparecem. Por mais que pareça irônico, o estúdio parece menor com apenas nós dois aqui. As luzes estão muito fortes. A temperatura, muito alta. Eu me sinto presa sabendo que a fotógrafa está prestes a nos pedir para fazer poses de casal apaixonado.

Saio para me trocar e colocar meu segundo figurino, o que uso na cena em que Melina e Arthur se encontram na floresta, tirando um tempo para me acalmar. É mais fácil respirar quando não estou no mesmo local que ele. Quando sua colônia não está misturada no ar que respiro.

Winter também se trocou, o que percebo um segundo tarde demais, quando volto para o estúdio. Ele está vestindo as calças que provava naquele dia em que conheci Adriana. A camisa branca que ele veste é muito fina, quase não cobre nada, seu torso está quase nu para todos verem. É compreensível não quererem que ele usasse um escudo ou elmo na sessão de fotos. Para que esconder um corpo impecável como esse atrás de metal?

— Vamos fazer uns clipes curtos como fizemos com Cameron — anuncia a fotógrafa, assentindo para o cinegrafista ao seu lado. — Então vamos começar com as fotos.

— Estarei pronto em cinco minutos — diz o cinegrafista. — Comam algo ou tomem café. Vocês vão ficar aqui o dia inteiro.

Winter e eu nos olhamos, um esperando que o outro se mova primeiro. Finalmente, eu suspiro e caminho até a pequena mesa posta no fundo da sala com alguns cookies, bolachas, frutas, água e café. Eu me xingo por ter esquecido de trazer o meu de casa.

Pego um cookie e uma garrafa de água e saio do caminho para que Winter também consiga escolher. Quando vê o que peguei, ele arqueia uma sobrancelha.

— O café daqui não é bom o bastante para você, raio de sol? — É a primeira coisa que ele fala para mim desde nossa briga.

Estreito os olhos ao encará-lo.

— Não consigo beber café preto. Trago o meu porque coloco leite junto — digo, percebendo depois que não devo nenhuma explicação para ele. — E não é da sua conta o que eu bebo ou não.

O cinegrafista nos chama para começar a sessão pouco tempo depois de eu terminar meu cookie.

Os clipes curtos é algo novo que o parque está fazendo este ano. Com o crescimento de redes sociais baseadas em vídeo, eles perceberam que podiam tirar vantagem disso para promover a peça. Os clipes não revelam muito da trama, são apenas teasers feitos para deixar o público curioso com a peça.

Eles praticamente nos fizeram passar a cena inteira juntos, nos pedindo para repetir alguns movimentos, olhar nos olhos um do outro, parar no meio de um movimento. É um trabalho tão repetitivo e mecânico, que quase esqueço que é Winter contracenando comigo. Por alguns minutos, estou imune à sua presença.

Quando o cinegrafista diz que já tem material o suficiente, a fotógrafa intervém de novo para as fotos. Ela coloca nós dois bem no lugar onde tem a melhor iluminação e nos vira de frente um para o outro.

— Quero umas fotos de vocês dois só se encarando — explica ela, com a mão no meu ombro esquerdo e a outra no direito de Winter.

Respirando fundo, eu ergo a cabeça e nossos olhares se encontram. A respiração dele vacila por um segundo antes de voltar para seu controle. Engulo uma repentina onda de sentimentos. Não interagimos nada fora dos ensaios, e de repente, tenho que olhar em seus olhos e fingir que estou apaixonada por ele. Mais uma vez, meu corpo traíra vai contra meu cérebro e reage a ele de uma forma que faz com que eu me odeie. No entanto, não sou a única sofrendo com isso. Consigo ver no jeito que a mandíbula dele está contraída que Winter também não está gostando disso.

— Davis — chama a fotógrafa. — Consegue olhar para ela como se a amasse, não como se quisesse fugir dela?

Ouço a assistente dela rir entredentes, mas não vejo graça. Já estou desconfortável do jeito que está, sabendo que ele preferiria estar em qualquer outro lugar que não aqui comigo. Especialmente porque, agora, estando só nós dois, parados tão perto um do outro, sua colônia inundando meus sentidos, que até esqueço por que o odeio tanto.

— Desculpa — diz ele, pigarreando. — Eu estava distraído.

Da mesma forma que facilmente faz quando ensaiamos, Winter liga um interruptor em seu cérebro, e de repente, os olhos que me encaram são de uma alma gêmea que finalmente se reuniu com sua outra metade. Ele é Arthur. Contudo, quando ergue a mão e a coloca sob meu queixo, erguendo-o suavemente, e minhas próprias mãos se movem por conta própria, repousando em seu peitoral firme, é difícil lembrar que é Melina que está o tocando e não Luiza.

— Ótimo. — A voz da fotógrafa interrompe o silêncio, me arrancando do feitiço que os olhos de Winter lançaram sobre mim.

De repente, seus olhos ficam duros de novo, a aparência amorosa e de desejo desaparecem de seu rosto.

Queria poder ligar e desligar meus sentimentos fácil assim. Talvez seja isso que grandes atores façam.

Eu estou saindo do camarim quando começo a ouvir vozes ecoando pelo corredor do estúdio. Estamos em um prédio diferente hoje, uma cabine alugada de produção no lote da frente, onde os grandes estúdios se espalham e os atores vem e vão o tempo inteiro.

Nunca me senti tão importante como hoje, mostrando meu crachá na entrada e passando ao lado da protagonista de um dos programas de TV favoritos de Olivia. Bem, ela estava de carro enquanto eu vim andando, mesmo assim chegamos na mesma hora, no mesmo lugar.

A cabine de produção cinza em que estamos consiste em dois estúdios fotográficos, uma cozinha, quatro pequenos camarins, e uma entrada de espera. Não é pequeno o bastante para duas produções acontecerem ao mesmo tempo, mas não é grande o suficiente para que eu não consiga ouvir o que está sendo dito no estúdio quando a porta está aberta.

— Davis é tão mais bonito pessoalmente — diz uma voz aguda. Faço uma careta, uma parte de mim se recusa a reconhecer que concordo com a pessoa. — E estava esperando que ele fosse um babaca, mas ele é tão legal.

— Eu sei — outra voz responde. Essa parece ter um sotaque mais carregado. — E você não vai acreditar no que eu ouvi — diz ela, bastante animada pela fofoca que está prestes a compartilhar.

Uma pequena parte de mim se sente mal por ouvir escondido, mas sou curiosa demais para me importar.

— O quê?

— Aparentemente — continua a voz com sotaque —, Winter meio que salvou o Cam de uma golpista. Não me falaram o nome, mas ouvi que era alguém que estava com ele por interesse, sabe? Aí, tipo, o Winter contou isso para ele. Abriu os olhos de Cam. Aparentemente, eles são, tipo, superpróximos. Não sabia que eles eram amigos assim. Enfim, Cam terminou com a menina, então ele está na pista de novo.

Não ouço nada depois do gritinho de alegria que elas compartilham pela novidade. Meu sangue congela nas veias. Não preciso de um nome para saber de quem elas estão falando.

É culpa do Winter o Cam ter dado um pé na Julia. É culpa dele a minha irmã estar magoada como nunca a vi antes. O coração dela está partido porque Winter é uma merdinha com problemas de confiança.

Sinto meu coração batendo no pescoço. Estou vendo tudo em vermelho. Se pudesse, eu encontraria Winter agora mesmo e... e... Não tenho certeza do que faria porque não posso machucá-lo fisicamente, não com ele sendo bem mais alto do que eu e muito mais forte, mas irei fazê-lo se arrepender do dia em que cruzou meu caminho.

14

— Como foi a sessão de fotos? — Emily pergunta quando Winter e eu chegamos para o ensaio no dia seguinte.

Nenhum de nós diz nada, e ela nos encara com um ponto de interrogação pairando sobre a cabeça.

— Foi legal — respondo finalmente, e isso parece tranquilizá-la.

Coloco minha máscara e estou determinada a não deixar Winter arruinar essa experiência para mim mais do que ele já arruinou. Se eu conseguir só manter distância e me lembrar que somos Melina e Arthur e não eu e Winter, acho que vou ficar bem.

O problema é que não fico.

Porque Melina está se sentindo traída, magoada, e diferente de Winter, eu tenho dificuldade para caralho de separar meus sentimentos dos dela. Esse meu corpo estúpido não consegue discernir quando estou atuando de quando não estou. Sinto cada emoção profundamente, e meu corpo parece sem energia no meio da cena.

Eu culpo a exaustão pelo que acontece a seguir. Quando Arthur tenta convencer Melina que ele não é o vilão que ela pensa, a voz de Winter fica tão suave, seus olhos tão carinhosos e convidativos, que uma lágrima escorre por minha bochecha, e ele a pega com o dedão.

— Sei que você está assustada — diz Winter, com olhos penetrantes. — Mas isto — ele finge arrancar a máscara que não está usando —, eu precisei colocar isto para me proteger. Para proteger meu... Eu não... — Sua voz vacila neste momento, e meus lábios começam a tremer quando as emoções de Melina me dominam. É demais. Tudo isso é demais. — Nunca pensei que fosse te encontrar, Luiza.

Nós dois demoramos uma fração de segundo para perceber o erro dele. Seus olhos se arregalam, e ele olha para qualquer lugar que não seja eu. Fecho meus olhos, incapaz de confiar em mim mesma, mas as lágrimas não param de cair.

— Vamos fazer uma pausa. Dez minutos — avisa Emily, rompendo o silêncio desconfortável que recaiu sobre a sala. Hoje sou só eu, Winter e a equipe aqui, e sou grata por ninguém mais testemunhar minha crise.

Eu quase saio correndo de lá. Preciso de ar. Preciso ir para longe dele. Daqueles sentimentos confusos. Da forma que meu corpo reage a ele mesmo quando tudo que quero é odiá-lo pelo que ele fez. Ao Graham. À Julia.

A mim.

Pela forma rápida que ele me julgou mesmo antes de me conhecer. Por colocar insegurança em mim, como se eu precisasse de mais. Pela forma que ele está tornando meu trabalho infinitamente mais difícil.

Preciso de distância, mas essa é a única coisa que não consigo, porque Winter me segue até lá fora.

— O que aconteceu? — pergunta ele atrás de mim.

Eu não me viro.

— Nada.

— Ei.

— Não.

Eu não sei se fico aliviada ou decepcionada quando ouço a porta fechar depois que Winter volta para dentro, me deixando sozinha para processar esse tsunami de sentimentos. Exceto que dez minutos não é nem de perto o bastante, e quando volto, tudo que consigo fazer é fingir coragem e me colocar de novo na mente de Melina.

Voltamos a cena. Winter me chama de Melina desta vez, mas quando digo minha fala, quando Melina diz para Arthur que não consegue perdoar sua mentira, por esconder algo tão importante depois de ela confiar nele, preciso me esforçar muito mais para as palavras não saírem vazias.

— Melina, por favor — implora ele. — Por favor, acredite em mim. Eu nunca te machucaria. Você precisa acreditar em mim. Me diga que sabe que eu nunca te machucaria. — Suas palavras parecem um soco no estômago. — Sou eu. Sou seu melhor amigo. Eu nunca faria isso com você. Sou eu, Melina. Por favor, me enxergue.

Sua voz baixa e suave falha na última frase junto com algo que surge em seus olhos. Como um elástico que foi puxado demais. Em um segundo, ele está derramando o coração ali; no segundo seguinte, ele recua para trás de uma armadura mais espessa do que a de Arthur.

— Tudo o que fiz foi por você. — Ele termina sua fala, mas as palavras saem sem nenhuma emoção, como se ele já tivesse gastado tudo o que tinha.

É uma mudança tão repentina que fico sobressaltada. Isso me paralisa. Tento evocar alguma emoção, uma gota que seja, mas não encontro nada. É como se estivesse segurando um espelho diante de um buraco negro, esperando que refletisse luz. Eu não consigo retribuir um sentimento que não estou recebendo em cena.

É um momento tão emocionalmente pesado na peça, e quando Emily a encerra, eu sei que ficou sem graça. Sei que ela não está feliz antes mesmo de me virar e ver a expressão em seu rosto quando ela entra no palco.

— Vocês têm muito em jogo aqui — diz ela, com os olhos passando de mim para Winter. — Os dois. E vocês sabem disso.

Assentimos, compreendendo. Quero saber o que está em jogo para Winter, mas não ouso perguntar. Eu sei o que está em jogo para mim, e isso é o bastante.

— Eu contratei vocês porque são os melhores para os papéis. Vocês foram os melhores juntos. O teste de entrosamento foi excepcional, algo que raramente vemos em produções deste tamanho. Nem posso começar a falar para vocês quantas vezes tive que trabalhar com protagonistas que tinham menos química do que Sandra Bullock e Bradley Cooper em *Maluca paixão*. O que vocês dois me mostraram... — Ela dá um passo na nossa direção. — Foi mágico. E quero ver isso de novo. Não quero outro ensaio como esse. Não quero terminar essa peça sem acreditar que vocês estão perdidamente apaixonados. Ninguém quer sair da Movieland sem presenciar um felizes para sempre, e vocês são responsáveis por dar isso para o público. Eu não me importo com o que precisem fazer para retomar a química, só façam.

Não há espaço para dúvidas. Ela não está pedindo que façamos isso. Ela está nos mandando fazer. E o "senão" está subentendido.

Volto para casa me sentindo horrível e odiando Winter por colocar nós dois nesta situação. Se ele não fosse uma pessoa péssima, não teríamos problema em contracenar, mas tinha que ser ele. Eu tinha que receber a porra do pior parceiro de cena no meu primeiro trabalho grande. Na minha única chance na carreira dos meus sonhos.

Voltar andando para casa embaixo do sol é minha forma de relaxar. Eu moro a mais ou menos uma hora da Movieland andando, e muitas vezes, quando trabalhava na entrada, eu ia a pé em vez de pegar o ônibus.

Burbank é uma cidade legal para morar. Perto o suficiente de LA para chegar a Hollywood em apenas alguns minutos, mas longe o bastante para o trânsito não ser insano. Enquanto caminho por uma rua calma, passando por casas de estilo Tudor, espanhol e colonial, tento arranjar uma solução para o problema que tenho em mãos.

Não importa quais sejam meus sentimentos por Winter. Não vou deixar que ele destrua meu sonho. Eu só preciso encontrar uma forma para que a gente consiga lidar com nosso ódio um pelo outro enquanto estivermos no palco. É isso o que faria um bom profissional.

Eu me lembro da conversa que tive com Emily. Da história que ela me contou sobre sua jornada desde o Uruguai. Todas as pedras que teve que pular para chegar onde está hoje, e não consigo evitar me comparar com ela.

O que tenho para apresentar como de fato sendo meu? Além de uma coleção de rejeições e um emprego na entrada do parque, passei oito dos doze meses que tenho aqui sem conquistar nada, e agora que finalmente tenho uma chance, uma das boas, estou basicamente desperdiçando-a por causa de um cara.

Minha mãe estava certa quando disse que eu não podia fazer isso? Ela sempre esteve certa? Eu não vou mesmo conseguir?

O que vai acontecer quando as coisas ficarem difíceis, Luiza? Quando perceber que o que você quer não vai cair no seu colo? Que precisa trabalhar duro para conseguir? Vai desistir como está fazendo com o curso de medicina?

Foi isso o que fiz com o curso de medicina? Será que me convenci que estava desistindo porque não era o que eu amava quando na realidade era porque não queria trabalhar duro?

Não, eu sei que isso não é verdade. Sei que meu futuro nunca foi na clínica dos meus pais. Sei que é só a minha mente me pregando uma peça.

Só que é difícil me convencer quando tenho que trabalhar o mais duro que já trabalhei por algo que quero de verdade, e parece que não consigo ter forças para isso. Talvez se eu fosse boa o bastante, teria arranjado uma solução a esta altura, mas quando entro no apartamento depois de uma caminhada de uma hora, não estou mais perto de resolver o problema com Winter do que estava quando saí da Movieland.

Nenhuma das minhas irmãs está em casa quando chego. As duas estão em aula. A faculdade da Olivia finalmente começou, e agora ela só pega turnos aos fins de semana na Movieland. Estou sozinha pelas próximas horas, então decido ir dar um mergulho na piscina do prédio, que ninguém nunca usa.

Só espero que a água ajude minha criatividade a fluir melhor.

Colocando meu biquíni, me envolvo na saída de praia colorida que comprei em uma viagem para Recife anos antes e encho minha garrafa de água para levar junto. É a primeira semana de setembro, mas o calor ainda não diminuiu.

Eu estou tão distraída que pulo quando ouço uma batida na porta. Além de Cece, ninguém nunca aparece sem avisar, então presumo que é ela e vou até a porta sem pensar em conferir antes de abrir.

Então, recebo minha segunda surpresa em poucos minutos.

Winter está parado do outro lado, com os olhos arregalados, como se ele também estivesse surpreso em estar ali. Como se tivesse piscado e ido parar na minha porta.

— Puta que pariu — sussurra ele, bugando. Depois se vira.

— Mas que porra é essa? O que você está fazendo aqui?

— Coloca uma roupa antes de atender a porta — vocifera ele.

Eu olho para baixo, para o meu corpo, só agora me lembrando que não estou usando nada além de um biquíni, com a saída de praia presa de forma frouxa em volta da minha cintura.

— É um biquíni, Winter. Aposto que já viu um desses antes.

— Eu sei que é um biquíni — grunhe ele.

— Então só está sendo babaca porque não consegue evitar? — Ele não responde. — O que você quer? O que está fazendo aqui?

— Quero conversar — responde ele, olhando para a palmeira à sua frente.

A última coisa que quero agora é conversar com Winter, mas ele está aqui, e o alerta de Emily surge em minha mente. Temos que consertar isso. Se não fui capaz de encontrar uma solução sozinha, talvez possamos pensar juntos.

— Entra — digo, relutante.

— Você já se vestiu?

— Está falando sério?

— Não posso falar com você enquanto está usando isso — resmunga ele. Cubro a barriga com os braços, mas os solto rapidamente, me recusando a ficar ainda mais insegura por causa dele do que já estou. — É distrativo. — Sua voz soa estrangulada quando ele diz isso.

Vou para o meu quarto pisando forte e pego a primeira coisa que consigo encontrar. Um par de shorts de academia e uma camiseta larga do Guns 'n' Roses que ganhei de um colega da faculdade alguns meses atrás. Acontece de ser um cropped alguns centímetros abaixo dos meus seios, não cobre muita pele.

— Pronto — digo quando volto. — Pode entrar agora.

Ele lentamente se vira, com uma expressão de dor no rosto. Quando vê minha barriga ainda exposta, ele me encara com raiva.

— Eu coloquei a porra de uma roupa. Agora fala.

Winter está desconfortável. Isso é claro como água. Ele está imóvel, sem saber se se compromete com o que veio fazer ou se corre para o corredor. Por fim, ele entra no apartamento.

— Sobre o que quer conversar? — pergunto, fechando a porta e me virando para ele.

De repente, fico muito consciente do fato de que Winter Davis está parado na minha sala de estar.

— Você sabe. — Sua voz baixa fica ainda mais rouca agora, a frustração que ele claramente está reprimindo escapa com as palavras.

Esse som reverbera por todo meu corpo, mandando faíscas para lugares que têm sido negligenciados há tempo demais. A sensação repousa pesadamente na minha barriga.

— Não sei — minto.

Nos encaramos em silêncio. Em desafio. É o jogo de ver quem pisca primeiro mais intenso que já joguei. Winter dá um passo à frente, os olhos nunca saindo dos meus. Me sinto presa entre ele e a porta.

Engulo em seco. É só o que posso fazer para me impedir de afastar o olhar.

— Vamos ao que você precisa fazer — começa ele, mas eu o interrompo.

— Nope. — Falo forçando um estalo com os lábios. — Você não vai jogar essa em cima de mim. Você sabe muito bem que *você* errou hoje. — Dou um passo à frente, colocando o dedo no peito dele.

— Não fui só eu. Você não conseguia lembrar suas falas. Estava distraída.

— Eu lembrei delas logo. Você que desligou todas suas emoções. Estava tão cansado de tudo que simplesmente não conseguiu chegar ao fim.

— Você não faz ideia do que está falando, raio de sol.

— Eu disse para não me chamar assim, *Davis* — digo, mesmo tendo meio que sentido falta daquele apelido irritante. Se não estivesse tão perto dele, eu não teria percebido a forma que ele se encolhe quando uso seu sobrenome. Não posso negar que isso deixa um gosto amargo na boca, mas valeu a pena se o irritou. — E você sabe que eu tenho razão.

— Não tem.

— Me diz que você não desistiu no meio daquela última cena. Me diz que você não se desconectou. Eu consegui ver nos seus olhos. Não joga isso em mim quando é você que sempre se sente mais superior do que tudo isso. Sei que você odeia que antes eu era uma mera funcionária do parque. Sei que você despreza a política da Movieland de contratar pessoas da equipe para oportunidades que podem nunca conseguir de outra maneira. Sei que você nunca me considerou uma atriz boa o bastante para interpretar Melina. Sei que você odeia a ideia de contracenar com alguém que não é famoso como você porque...

Não consigo terminar a frase. Winter cola os lábios dele aos meus. Não sei quando ou como, mas a distância entre nós desaparece. Seus lábios encontram os meus com facilidade. Estou paralisada. Com medo de me mexer, porque se eu o fizer, ele pode se afastar, e não consigo pensar em nada que eu queira menos do que isso no momento.

Seus lábios são macios. E quentes. Têm um suave gosto de canela e menta, e eles lançam ondas de eletricidade por minhas veias. Meu corpo inteiro de repente parece despertar. Como se eu pudesse sentir cada uma das minhas terminações nervosas. Nossas bocas são as únicas partes se tocando, e ainda assim, sinto cada pedaço de Winter na minha pele.

Ele finalmente percebe minha falta de reação e começa a se afastar. Instantaneamente, jogo os braços em volta de seu pescoço, puxando-o de volta para perto de mim. Sinto como se estivesse nadando em águas profundas e finalmente encontrasse uma forma de subir à superfície.

Me recuso a ir para baixo de novo. Seu beijo é o ar que não sabia que necessitava.

Sinto o peso do braço dele enlaçando minha cintura, seu antebraço tornando a pele exposta da minha lombar mais quente quando ele nos direciona para trás, fazendo minhas costas colidirem contra a porta. Nossos corpos estão colados agora, todas minhas curvas macias pressionadas no seu corpo firme. As mãos dele sobem para segurar meu rosto, e eu suspiro em seus lábios, cedendo ao toque.

Ele grunhe como resposta, um som primitivo que vem do fundo da garganta e é seguido pelo movimento de sua língua, que traça um caminho pela junção dos meus lábios, pedindo para entrar. Eu abro a boca, ele desliza a língua para dentro, e eu sinto fogos de artifício explodirem no peito.

Se eu pensei que o gosto dos lábios de Winter era bom, sua língua é um néctar divino. Ele é doce, ávido, cuidadoso, voraz. Tudo o que quero é que ele me tenha. Sua língua explora a minha com uma mistura de urgência quente e úmida e desejo terno. Eu me permito me perder nele, no movimento deliberado de sua língua, na jornada exploradora de sua mão nas minhas costas, traçando as curvas do meu corpo.

Quando chega ao limite do meu cropped, ele hesita. E isso é o suficiente para que meu cérebro se atualize do que está acontecendo. Aquele breve momento de hesitação me arranca da névoa mental, a realidade me dá um tapa na cara. Eu o empurro para longe, com as mãos espalmadas com firmeza no peito dele.

— Mas que porra?

Eu meio que espero que Winter se vire e vá embora sem dizer nada. Seria a cara dele fazer isso. Vir aqui, virar minha vida de ponta-cabeça, depois ir embora como se não tivesse feito nada. Como se não devesse explicação alguma.

Em vez disso, ele me olha nos olhos.

— Merda. Desculpa.

E ele me desarma com essa palavrinha.

— Desculpa? — repito de volta para ele, dez vezes mais alto. — Desculpa? *O que* foi isso?

Ele dá uns bons cinco passos para longe de mim como se precisasse de espaço para clarear a cabeça e ser capaz de falar. Percebo que também precisava disso, posso finalmente respirar fundo sem o corpo dele colado ao meu.

— Eu... — ele começa a falar, mas sua voz está rouca, como se sua garganta tivesse de repente virado uma lixa. — Você está certa. Eu me desconectei. Eu desisti no meio daquela cena.

— Por quê? Por que me odeia tanto que sente a necessidade de se conter dessa forma?

— Acha que eu me contenho porque te *odeio*? Eu me contenho porque não confio em mim mesmo quando estou perto de você, raio de sol.

Tem algo diferente na forma que o apelido sai de sua boca agora. Pela primeira vez soa como um termo carinhoso.

— O... o quê?

— Eu não confio em mim mesmo perto de você, e preciso me conter porque não sei se vou ser capaz de controlar meus sentimentos se eu ceder.

— Ceder?

— Ceder à essa atração. A esse magnetismo que você tem sobre mim. Falei para mim mesmo desde o começo que não deixaria que isso acontecesse, mas aconteceu, e não sei o que fazer. Toda vez que estou perto de você preciso lutar contra a vontade de te tocar. De te beijar. Eu ando morrendo de medo de quando chegarmos na cena final, e de provar o gosto da sua boca e...

—- Então você decidiu provar de antemão? Para tirar essa pedra do caminho? — Sinto uma dor no peito como nunca senti antes.

—- Quê? Não. Não é... —- Ele dá alguns passos à frente, diminuindo a distância que eu havia colocado entre nós. —- Eu não queria me sentir assim. Acredite. Eu tentei não sentir isso. Você é o tipo de pessoa com quem jurei nunca me envolver de novo...

— O tipo de pessoa? — pergunto. — Do tipo que não é famosa?

— Sim — responde ele. É como um soco no estômago. — Sei dos problemas que isso pode causar. Conheço os riscos. Mas não consigo evitar. Não consigo evitar me sentir assim por você.

— Se sentir assim por mim? — As palavras saem envolvidas em sarcasmo. — Apesar de todos os motivos de você não me querer. É isso o que está dizendo?

— Contra toda minha razão — confirma ele. — Eu te quero. Eu te quero tanto que estou com medo de ficar perto de você. Você faz eu me sentir como se não tivesse controle sobre meus próprios sentimentos, e... — Ele leva a mão ao meu rosto, o dedo indicador tracejando minha mandíbula com um toque suave. — E eu estou com medo disso. Estou com medo do quanto te quero, mas não consigo mais esconder meus sentimentos. E eu... eu quero ficar com você. Não por causa da peça. Nem porque a Emily mandou a gente consertar nossa química, mas porque eu te quero.

Minha pele está queimando com seu toque, e não consigo pensar direito. Sua mão cai ao lado do corpo quando dou um passo para trás e o fim do contato é suficiente para clarear meus pensamentos.

Winter acha que me quer. Ele acha que sente algo por mim.

Ele perdeu a cabeça.

— Você vai dizer alguma coisa? — implora ele.

— Alguma coisa? — zombo. — Winter, o que espera que eu diga? Você vem na minha casa me dizer que não estou fazendo meu trabalho direito. Aí você me beija do nada. Você me *beijou* — repito mais para mim mesma do que para ele. — Então você me fala que tem muitos motivos para não me querer, inclusive eu não ser famosa, e ainda assim, acha que eu preciso dizer algo? O que exatamente espera que eu diga? Achou que eu ficaria lisonjeada com isso? Que eu agarraria a oportunidade de... estar com você? Apesar de ser "contra sua razão"?

— Eu não...

— Eu não consigo pensar em um motivo sequer para querer ficar com você. Nem um. Mas consigo pensar em vários para não ficar. E mesmo se você não tivesse vindo aqui e dito todas essas atrocidades para mim, acha mesmo que iria querer ficar com alguém que foi a causa do coração partido da minha irmã?

— Isso não foi...

— Vai negar? — pergunto, interrompendo-o de novo. — Vai mesmo me falar que não convenceu o Cameron a terminar com ela?

— Convenci — admite ele. — Eu falei para ele fazer isso.

— Por quê? — grito.

De todas as coisas que ele me disse hoje, essa é a que me deixa mais irritada.

— Você sabe por quê. Todos sabem sobre a caça ao marido. Não podia deixar meu amigo ser usado desse jeito. Ele sentia algo por ela. Ele a amava, e ela estava o usando.

— A Julia disse que estava com ele por causa do green card? Foi ela que disse isso?

— Você sabe que foi a Olivia.

— Exatamente. Você deu o benefício da dúvida para Julia, ou só tomou sua decisão depressa? Você a julgou antes de dar a chance para que ela dissesse o lado dela da história, como você adora fazer?

— Eu...

— E o Graham? Também tem uma desculpa pela forma que arruinou a vida dele? Por que tirou a melhor oportunidade que ele já teve?

— Você não sabe do que está falando — sibila ele, os olhos escuros de raiva. — Você me acusa de julgar depressa demais, e ainda assim, faz o mesmo. O que quer que ele tenha dito, você acreditou na palavra dele e nunca perguntou o meu lado da história. Você decidiu no que acreditar baseado em como se sente a respeito de mim.

— Eu tenho motivos para me sentir assim. Desde que te conheci, você não fez nada além de demonstrar seu desdém por mim e por onde eu trabalho. Você julgou minha falta de experiência e igualou a falta de talento sem ao menos ver minha atuação. Você tem sido arrogante e esnobe, e espera que eu...

— Esqueça que eu vim aqui — dispara ele. — Esqueça que isso um dia aconteceu. Eu não deveria ter vindo. Eu não deveria ter pensado que você estaria disposta a superar a primeira impressão que teve de mim e ver... — Ele se vira e vai até a porta. — Apenas esqueça.

Ele sai do apartamento e fecha a porta atrás de si, me deixando com o gosto de seus lábios ainda vivo nos meus, e com o desafio impossível de esquecer de tudo isso.

15

Quando Olivia e Julia chegam em casa, estou no meu quarto. Digo que estou com dor de cabeça, e elas me deixam quieta. Nunca escondi nada de Julia, mas ainda estou tentando processar tudo que aconteceu, e sinto que preciso fazer isso sozinha antes de compartilhar com ela.

As palavras de Winter ficam se repetindo na minha cabeça.

Você me acusa de julgar depressa demais, e ainda assim, faz o mesmo.

Elas se parecem tanto com o que Olivia me disse uma vez. Até Julia disse algo sobre isso antes, quando perguntou se eu não tinha julgado Winter muito rápido.

Mas ele provou que eu estava certa, não? Minha primeira impressão dele estava certa desde o começo.

Então por que não consigo afastar a sensação de que talvez exista mais coisa nele do que estou me permitindo ver? Por que continuo ouvindo a mágoa em sua voz quando ele me disse para esquecer que esteve aqui? E por que não consigo evitar sentir o gosto de seus lábios nos meus?

Apenas algumas horas antes, nosso maior problema era trabalhar a nossa química, e agora parece que temos uma questão muito, muito maior para resolver. Como eu vou para o ensaio amanhã e agir como se nada tivesse acontecido? Como se não soubesse o sabor de sua língua ao invadir meus lábios? Como se não soubesse como é a sensação de suas mãos na minha pele, urgentes e implacáveis?

Considero dizer que estou doente.

Devo estar mesmo. Se estou tendo esses pensamentos sobre Winter, definitivamente não estou bem.

Por um longo tempo, minha mente não para quieta, faz hora extra até que a exaustão tome conta, me colocando em um sono profundo e sem sonhos.

Horas depois, quando a luz gentil do sol da manhã inunda meu quarto com uma cor dourada, eu acordo, e por um segundo, é como se nada tivesse acontecido. Então tudo retorna como uma onda, e as lembranças me arrebatam com força.

Até o momento que chego no Palace Theater, não tenho certeza se vou entrar. Uma parte de mim ainda considera a possibilidade de fugir. Dizer que estou doente. Arranjar qualquer desculpa para não ter que encarar Winter hoje.

Mas o universo claramente não está do meu lado. Enquanto ando de um lado para o outro na frente da porta, tentando decidir o que fazer, Emily chega.

— Luiza, que bom que te encontrei aqui. — Ela está com um sorriso no rosto que me pega desprevenida. Eu meio que esperava que ela ainda estivesse brava comigo e com Winter pelo ensaio desastroso de ontem.

— Não vamos ensaiar hoje.

Suspiro, aliviada. Talvez o universo esteja sim do meu lado.

— Ah, tudo bem.

— Eu estava pensando sobre ontem, e talvez a culpa também seja minha. Eu não deveria ter pulado as dinâmicas para quebrar o gelo que costumo fazer com o elenco, e talvez seja isso que falte para você e Winter realmente se acertarem.

— Ah — digo de novo.

— Chamei o elenco inteiro, e vamos voltar para o começo hoje. Vamos fazer nossas dinâmicas de quebrar o gelo para colocar vocês em melhor forma.

O exercício que Emily propõe é bem simples. Ela nos leva para a sala onde fizemos nossa passagem de texto, mas agora cada mesa está entre duas cadeiras que se encaram. Em pares, devemos nos revezar para fazer perguntas um para o outro. Vale tudo, mas se não quisermos responder certa pergunta, tudo que precisamos fazer é levantar e procurar por um novo parceiro. Dessa forma, ninguém precisa compartilhar nada que não se sinta confortável, e tem uma chance maior de todos se conhecerem melhor.

Winter me escolhe para começar, e não sei qual é seu plano. Depois de ontem, esperava que ele me evitasse, mas em vez disso está sentado à minha frente, pronto para começar o exercício como se nada tivesse acontecido.

Esqueça que isso um dia aconteceu.

Suas palavras ecoam na minha mente. Talvez seja esse o plano dele. Fingir que não disse todas aquelas coisas de ontem. Ignorar o fato de que seu beijo pode ter arruinado qualquer outro beijo para mim. Fazer parecer que ele nunca havia dito que queria ficar comigo. Talvez se fingirmos por tempo suficiente, podemos em algum momento esquecer de verdade. Eu decido que vale pelo menos a tentativa.

As perguntas começam bem inocentes. Idade: ele, vinte e nove; eu, vinte e seis. Sua cor favorita: verde-floresta. Minha bebida favorita do Starbucks: mocha branco. Primeira peça grande que ele assistiu: o revival de *Oklahoma!* na Broadway. Minha disciplina favorita na escola: gramática. Uma comida que ele odeia: milho. Minha disciplina favorita de verdade na escola: gramática, de verdade. Colega de trabalho favorito em *School Hallway*: Ali Hoang e Henry Borison, que interpretavam seus irmãos. Minha música favorita para cantar no karaokê.

— Quem disse que eu gosto de karaokê?

Ele arqueia uma sobrancelha de um jeito astuto.

— "Torn", da Natalia Imbruglia — cedo. — Qual seu papel dos sonhos?

— Não tenho.

Ele ergue a mão para apertar o queixo enquanto pensa na próxima pergunta, mas eu o interrompo antes que ele abra a boca:

— Isso não é uma resposta. Está se esquivando — acuso.

— É uma resposta. Uma honesta. Qual é o seu? — ele devolve a pergunta.

— Uma Vingadora.

— Sério? — Não há julgamento em sua voz, apenas curiosidade genuína.

Sorrio contra minha vontade.

— Não. Quero fazer parte de um filme que seja adaptação de um livro. Tem certa adrenalina em saber que existem fãs apaixonados esperando empolgados pelo filme.

— Isso não te assusta? A expectativa que eles podem ter?

— Minha vez. — Eu o lembro. — Se não tem um papel dos sonhos, tem algum que odiaria fazer?

— Eu nunca faria outra série infantil como *School Hallway* — diz ele com sinceridade, a resposta prontinha. Ele se inclina para frente, colocando os cotovelos a mesa. A distância entre nós é significantemente menor enquanto eu fico mais agitada. — Você assistiu *School Hallway*?

— Você é mesmo muito convencido, né? — zombo. — Não, Winter, eu não assisti.

Sua pergunta me lembra de algo que queria perguntar há um longo tempo.

— Por que todo mundo te chama de Davis?

— Porque é meu nome. — Lanço um olhar mordaz para ele. Winter suspira. — Eu tinha sete anos quando comecei em *School Hallway*, e as crianças podem ser bem malvadas nessa idade. Tiravam sarro de mim porque meu nome era a palavra "inverno" em inglês. Cansei dos trocadilhos e das piadas, então comecei a usar o Davis. Assim que o diretor e os produtores executivos começaram a me chamar assim, todos fizeram o mesmo. Tenho sido Davis desde então. Pelo menos em público.

Abro a boca para perguntar por que ele se apresentou como Winter para mim, mas ele meneia a cabeça.

— Minha vez. O que te fez se mudar para os Estados Unidos?

— Queria estudar atuação.

É uma resposta curta, mas é tudo o que ele vai receber. Ele me encara, sabendo que tem mais coisa aí, mas não insiste.

— Por que me escolheu para este exercício? — Minha pergunta pega nós dois de surpresa.

Falar sobre isso parece perigosamente próximo de conversar sobre ontem, e nenhum de nós dois parece ansioso para isso.

— Emily nos disse para formar duplas. Não ouviu?

— Eu ouvi muito bem, mas você não precisava fazer dupla comigo. Sério, por que eu?

— Porque eu precisava — argumenta ele. — Ela disse que queria que conhecêssemos melhor com quem contracenamos. Você sabe muito bem que ela inventou essa coisa toda por nossa causa. — Ele se inclina para frente de novo, sustentando meu olhar. Aquela chama âmbar dançando em seus olhos e me queimando. — Mesmo que não precisasse. E se eu só quisesse mesmo?

Sinto como se estivesse andando em uma corda bamba. Uma brisa suave poderia ameaçar meu equilíbrio. Eu não deveria ter feito essa pergunta. Eu não deveria ter aberto essa porta. Seria fácil demais acabarmos conversando sobre ontem, e nossos planos de esquecer tudo se consumiria em chamas.

— Minha vez — diz ele, ajeitando a postura na cadeira de novo. Eu me preparo, mas então ele faz uma curva brusca, mudando completamente de assunto. — O que te fez querer ser atriz?

— Eu, ah… — A pergunta me pega tão desprevenida que gaguejo. Ele não me apressa. Não demonstra impaciência. Só espera. Não sei ao certo o que dizer, então cuspo a resposta mais medíocre. — Eu gosto de atuar.

Até eu mesma sei que estou me esquivando, então, quando Winter inclina a cabeça para o lado, eu sustento seu olhar.

— É uma resposta. Uma honesta. — Uso suas palavras de antes, mesmo que elas não sejam cem por cento verdade.

Ele respira fundo, passando a mão pelo cabelo.

— Está bem, sua vez.

— O que *te* fez querer ser ator? — devolvo a pergunta.

— Eu não queria. — Ele confessa tão depressa que não sei ao certo se ele quis mesmo dizer isso.

Até ele mesmo parece surpreso com as palavras que saem de sua boca. Winter coça a barba por fazer, depois descansa as mãos nas pernas.

— Eu me lembro de fazer peças na casa dos meus pais — continua ele, com o olhar perdido em uma lembrança distante. — Eu pegava minha irmã e nós montávamos um espetáculo para eles bem ali na sala. Eu era o mais velho, mas sempre deixei ela ser a principal. De alguma forma, eu sempre acabava sendo o carteiro, quem puxava sua carroça invisível, ou seu filho.

Um pequeno sorriso aparece em seu rosto com a memória.

— Eu amava atuar, interpretar pessoas diferentes, imaginar vidas diferentes, tanto que quando meu pai perguntou se eu queria tentar isso em um lugar especial com algumas câmeras em volta, eu achei que tinha encontrado o bilhete dourado de *A fantástica fábrica de chocolate*.

Eu o observo perfeitamente imóvel. O clima mudou entre nós. Não ouso dizer nada. Parece que estamos sob um feitiço que pode romper se eu me mexer um tantinho sequer, e por algum motivo que não consigo explicar, a última coisa que quero é que isso se interrompa. Sua história é estranhamente parecida com a minha. Quase consigo me ver brincando do mesmo jeito com Olivia na sala dos meus pais.

— Um ano depois, *School Hallway* estreou, e eu me tornei um ator profissional.

Quero que ele continue. Vejo que tem mais coisa nessa história, mas ele para, e eu não insisto. Nos últimos dez minutos, descobri mais sobre ele do que no tempo inteiro que nos conhecemos.

Não sei ao certo o que dizer a seguir, então apenas assinto. Quero saber mais. Quero perguntar se ele gostava. Quero perguntar o que quis dizer quando falou que não queria ser ator. Quero perguntar se ele se arrepende. No meio de tudo isso, esqueci de ter medo de que o assunto de ontem surgisse.

— O que fez você querer ser atriz de verdade? — pergunta ele de novo, mas dessa vez me sinto compelida a ser mais honesta.

— Eu gostava de atuar — digo de novo. Ele me lança um olhar, mas abro um sorriso tímido. — Eu... — Ajeito a postura na cadeira e pigarreio. — Sabe essas peças que costumava fazer com sua irmã? Eu fazia o mesmo com a minha.

— Julia? — pergunta ele.

Meneio a cabeça.

— Olivia.

Acho que é a primeira vez que abro essa porta. A lembrança de mim e Olivia brincando na sala do apartamento dos nossos pais estivera enfiada num canto esquecido da minha mente.

Nossas diferenças nos últimos anos gritavam tão alto, que eu tinha me esquecido que ela um dia foi minha parceira de crime. As duas irmãs mais novas em uma casa cheia de caos.

— Ela tinha cinco anos, e eu, dez. Ela tentava fazer a mesma coisa que sua irmã, mas eu não deixava. — Um sorriso cheio de culpa curva meus lábios com a lembrança.

Olivia sempre me pedia para deixá-la ser a princesa, mas eu sempre negava. Eu usava alguma lógica equivocada para explicar para ela por que eu precisava interpretar a princesa naquele dia, e no próximo eu fazia a mesma coisa. Ela era nova demais para perceber minhas baboseiras.

— Mas eu a deixava inventar as histórias. Ela era ótima contando histórias — brinco.

Então o sorriso some do meu rosto quando me lembro do envelope verde e a conversa que tivemos. Olivia sempre amou criar histórias, não amou? Eu estava ocupada demais ficando irritada com ela e esqueci de prestar atenção?

— Luiza? — Winter diz meu nome com tanta delicadeza, é como um carinho acolhedor.

Balanço a cabeça. Penso em Olivia mais tarde.

— Eu nunca... — tento dizer, mas as palavras ficam presas no nó que repentinamente se forma na minha garganta. Começo de novo: — Eu sempre fui muito tímida. Na escola, eu vivia nas sombras das minhas irmãs mais velhas. Sempre fiquei na minha. Quando fui para o primeiro ano do ensino médio, nossa professora de literatura nos deu uma tarefa que durou o semestre inteiro. A gente tinha que fazer um curta contando a história de um livro. Meu grupo pegou *O filho eterno*. Ainda me lembro muito bem do livro. Acho que ela estava certa ao dizer que contar a história era a melhor forma de nunca esquecer. Enfim, eu interpretei a mãe. Eu não atuava desde as peças que eu e Olivia montávamos quando éramos crianças. Tinha me esquecido do quanto me divertia com isso, mas foi diferente naquele momento. Quando estava fazendo a mãe, tive a sensação de que... — Falho em encontrar as palavras certas para descrever.

— De que finalmente podia sair da sombra de suas irmãs? — sugere Winter.

Seus olhos estão suaves, carinhosos, aquela chama âmbar parecendo mais com uma fogueira acolhedora em um dia frio do que com um incêndio. Nós dois nos inclinamos para frente sobre a mesa sem perceber, com a voz baixa para que só nós ouvíssemos.

— Isso — respondo baixinho, me agarrando à ajuda que ele me lançou. Tem mais coisa nisso, mas já compartilhei demais. Ele assente, compreendendo. — Depois disso, me juntei ao grupo de teatro da cidade e me apaixonei perdidamente.

— Você sempre soube que queria seguir carreira?

Arqueio uma sobrancelha.

— É minha vez de fazer pergunta.

— Certo.

Ele parece ter esquecido que estamos no meio de um exercício no ensaio. Por um momento, eu também me esqueci. Tudo parecia uma conversa normal. Até que foi... bom conversar com Winter.

— Você já conhecia a Emily?

— Sim. — Ele não elabora, e eu não tenho tempo para pedir mais informação. — Você não me conhecia mesmo antes? Nem tinha ouvido falar de mim?

— Odeio furar sua bolha, Winter, mas não. Eu não era presidente do seu fã clube. Nem sabia que você existia, e... — Paro de falar antes de terminar, felizmente percebendo o que ia dizer antes de o fazer.

— E? — instiga ele, mas meneio a cabeça. — Fala. Garanto que eu aguento.

Ele lança um olhar sugestivo para mim, e eu facilmente preencho o silêncio do que ele não está dizendo. Depois de ontem, ele pode aguentar qualquer coisa que eu diga.

— Depois de tudo o que você disse para mim quando nos conhecemos, eu meio que queria nunca ter sequer te conhecido.

Ele se contrai.

— Isso ainda é algo que você quer? — Quando nossos olhares se encontram, tenho um vislumbre da vulnerabilidade que vi ontem. — Nunca ter me conhecido?

— Ainda estou decidindo. — Dou a única resposta honesta que posso oferecer antes de perceber que não era sua vez de perguntar.

16

Nem eu nem Winter conversamos com outro membro do elenco. Passamos o tempo inteiro fazendo perguntas um para o outro, e de alguma forma, conseguimos evitar o assunto desconfortável. Quando Emily dispensa todos depois de sei lá quanto tempo, solto um suspiro, aliviada.

Conseguimos passar um dia inteiro sem brigar. Isso é motivo para comemorar.

— Luiza. — Winter chama antes que eu chegue ao Portão do Xerife. Talvez eu tenha comemorado cedo demais. — Posso falar com você?

Finjo conferir meu celular.

— Desculpa. Eu... Se eu não pegar o ônibus agora, só passa daqui a uma hora.

— Posso te dar uma carona — oferece ele, e eu me xingo por arranjar uma desculpa tão besta. — Vai ser rápido. Eu só... Sobre ontem, tem uma coisa...

— Aqui não — interrompo. Seja lá o que ele quer dizer, é melhor não termos essa conversa onde qualquer um pode passar e ouvir. — Podemos conversar na minha casa.

Ele hesita por um breve momento, depois assente.

Apenas quando entro pela porta do apartamento percebo o motivo da hesitação. Sou rapidamente tomada por lembranças de ontem.

— Quer beber alguma coisa? — pergunto, tentando dissipar a energia tensa que me deixa desconfortável.

— Não, tudo bem — diz ele, mas a rouquidão de sua voz demonstra outra coisa.

Aponto para o sofá com a cabeça, e nós dois vamos até lá, sentando cada um em uma ponta.

— Preciso me desculpar — começa ele, curvando o corpo para frente, com os cotovelos repousando sobre os joelhos enquanto os olhos viram para mim. — Quero me desculpar. — Ele se corrige.

Espero em silêncio até que ele continue.

— Pelo que fiz com Julia e Cameron. — Sua perna sobe e desce, e sinto uma vontade repentina de tocar seu joelho para acalmá-lo. Contudo, não o faço. Fico bem onde estou e espero ele continuar. — Desculpa. Eu não deveria ter dito nada para o Cam. Eu não devia sequer ter pensado que Julia seria capaz de algo assim. Você estava certa. Olivia fez um comentário, e eu tirei as minhas conclusões. Erradas. Me desculpe.

Ele passa a mão pelo cabelo, e eu acompanho o movimento. Quando seu olhar encontra o meu, tem uma sombra de dor por trás de sua determinação.

— Aconteceu algo parecido comigo uma vez — diz ele, encarando o carpete. — Alguém que ficou comigo só por causa do meu status. Da minha fama. Ela ameaçou falar com a imprensa. Disse que arruinaria minha vida. — Ele respira fundo. — E ela podia ter feito isso. Quando sua irmã disse que todas vocês estavam procurando por maridos, eu...

— A Olivia estava *brincando* — digo para ele.

— Eu sei. Agora eu sei. Eu só não consegui pensar direito. Naquele momento, só consegui ver essa garota e o que ela fez comigo. E não podia deixar isso acontecer com o Cam também. Não quando ele está começando a carreira. Só quis protegê-lo.

— Você partiu o coração da minha irmã quando fez isso.

— Me desculpe. Eu… Eu achei que os sentimentos dela não eram tão fortes. Não achei que ela ficaria magoada.

O negócio é que eu acredito nele. Acredito que ele não pensou nas consequências de seus atos para além de si mesmo e as pessoas que *ele* ama, mas isso só me prova que ele não consegue pensar em ninguém.

— Não é para mim que você deveria pedir desculpa — digo.

— Eu sei — confirma ele. — Vou conversar com Julia e Cam. Vou contar para eles que cometi um erro. Vou levar toda a culpa. Só precisava conversar com você primeiro.

— Por quê?

— Porque você é mais importante — diz ele simplesmente, como se suas palavras não fossem uma flecha direto no meu coração.

— E o Graham? — pergunto, observando-o com cuidado.

Posso compreender que ele tenha feito algo por amor e preocupação por seu amigo. Mas o que ele fez com Graham não tem desculpa, e não vou acreditar que ele se arrependeu de verdade de seus atos se não tomar responsabilidade por trair seu amigo também.

— O que ele te falou? — rebate ele, desviando da pergunta.

— Tudo. — Me viro para encará-lo por completo, deixando a perna esquerda repousando sobre a almofada do sofá, cruzada sob minha coxa direita. — Sobre a amizade de vocês. E seu pai. Como você estava perdido depois do funeral. Como ele te ajudou a passar por isso e com o roteiro para sua aula. E como você vendeu o filme sobre a amizade de vocês sem dar créditos a ele.

Ele me ouve sem interromper, com os olhos ficando mais sérios à medida que eu falo.

Ele permanece em silêncio, recolhendo seus pensamentos.

— Como você pôde fazer isso? — pergunto.

— Graham tem… — Winter respira fundo e pigarreia. — Vai me deixar contar a história? A história de verdade?

Procuro algum sinal de mentira em seu rosto, mas os olhos dele não me oferecem nada além da verdade. Assinto, encorajando-o a me contar sua versão da história.

— Conheci Graham no primeiro ano do ensino médio. Fizemos geologia juntos, e nenhum de nós queria estar lá. Era no laboratório, às oito da manhã, e a gente odiava. Nada como raiva de uma aula para conectar dois calouros na faculdade. Logo nos tornamos amigos. Eu estava tentando passar despercebido. Pedi para todos meus professores me chamarem de Brian, meu segundo nome, mas não demorou muito para as pessoas perceberem quem eu era. Eu só queria que minha experiência na faculdade fosse normal. Eu estava longe do holofote há tempo suficiente para conseguir isso, mas assim que o rumor se espalhou, todos quiseram conhecer Winter Davis. Só descobri bem depois que foi Graham que contou para todo mundo quem eu era.

Uma lembrança surge na minha mente. Winter me pedindo para não o chamar pelo nome completo em público quando estávamos bem na frente do teatro. Na época, achei que ele estava apenas sendo irritante, mas agora me pergunto se ele estava apenas tentando fazer o mesmo que na faculdade. Passar despercebido. Não ser notado em um lugar lotado.

— Ele não mentiu sobre meu pai. Ele morreu mesmo no nosso segundo ano, e Graham ficou do meu lado o tempo inteiro. Mas quando voltamos, eu não estava perdido como ele te contou. Foi ele que me arrastou para a sarjeta. Ficava dizendo que eu tinha que sair. Que precisava ir em festas para seguir em frente. Como se uma garrafa de cerveja fosse a receita para superar o luto. Chegou ao ponto de estarmos faltando a mais aulas do que indo. E eu tinha uma namorada na época.

— A que…

Ele assente, confirmando.

— Essa mesma. A que me ameaçou. Ela começou a dizer que eu não era mais o cara por quem ela se apaixonou. E ela estava certa. Eu não era. Eu tinha ficado perdido. Mas não foi isso que ela quis dizer. Ela estava brava por eu não estar proporcionando a influência que ela buscava.

Ela ameaçou falar com imprensa. Ela tinha fotos. Vídeos. — Ele ergue as mãos como se estivesse lendo as próximas palavras no ar: — "Ex--ator mirim fica bêbado e leva bomba na faculdade." — Ele me encara para garantir que estou acompanhando. Dou uma rápida balançada de cabeça. — Isso é matéria de capa. Foi um aviso para mim. Fiquei sóbrio. Voltei a focar na faculdade. Chegamos ao terceiro ano, mas foi por pouco. Eu sabia que não podíamos continuar assim. Eu estava me formando em cinema. Ele estava estudando para ser roteirista. Eu decidi fazer uma aula de escrita com ele para ajudá-lo a ficar nos trilhos. Nós nunca escrevemos o roteiro juntos. Eu escrevi sozinho. Não era baseado na nossa amizade, como ele te fez acreditar. Era a história da minha relação com meu pai. Era sobre um menino que tinha ressentimento pelo pai por tudo que ele o fez passar. Por carregar o peso de sustentar a família inteira desde os sete anos. Por não ter uma infância como todas as outras crianças. Graham não acrescentou nem uma vírgula naquele roteiro. Meu erro foi mostrar para ele. Eu o deixei ler depois de entregar, e aí ele me roubou.

Winter balança a cabeça, com o corpo inteiro tenso enquanto re-lembra o que deve ter sido o ano mais difícil de sua vida. Ele parece derrotado, como se não pudesse acreditar em como foi burro. Como se se culpasse por mostrar o roteiro para Graham.

— *Ele* te roubou?

Ele assente. Então pega o celular e mostra para mim.

— Aqui está o e-mail que mandei para meu professor com o roteiro, se não acredita em mim.

Meneio a cabeça.

— Eu acredito.

Sabe lá Deus o porquê, mas eu acredito nele.

Sinto meu coração apertado quando ouço a mágoa em sua voz. Winter pode ser esnobe e arrogante, mesmo assim não merecia isso. Ninguém merece. Minha arte é meu corpo, é quem eu sou. Como eu me sentiria se alguém tivesse simplesmente tomado isso de mim e alegado ser o dono?

— Isso é horrível — sussurro.

Depois de um minuto de um silêncio pesado, ele pigarreia.

— Eu... Eu preciso ir. Só queria que você soubesse. Eu precisava te contar.

— Obrigada por me contar — digo quando ele já está saindo pela porta.

17

Contar para Julia sobre a interferência de Winter é uma decisão com a qual me debato no fim de semana inteiro. Não tenho certeza se fará bem saber o motivo quando o resultado continua o mesmo. Seu coração ainda está partido.

Por fim, percebo que essa não é uma decisão que eu deva tomar. Mesmo querendo protegê-la e impedir que ela se magoe de novo, preciso confiar que ela sabe o que é melhor para si mesma. Dar toda a informação para que ela possa decidir o que quer fazer com isso.

Na tarde de domingo, depois de nos entupirmos de estrogonofe de frango, e de eu observar Julia fazer o terceiro bolo da semana, sei que não posso mais prolongar isso.

Fazer bolo é um sinal evidente de sofrimento. Embora eu seja a cozinheira das irmãs, ela é a confeiteira. E ela costuma fazer isso quando está estressada. Muito.

— Ju? — digo suavemente enquanto ela senta no sofá para esperar o timer do forno disparar.

Eu não a vi tocar em seus livros a semana inteira, e isso, até mais do que fazer bolo, me preocupa.

— Hum?

— Quero conversar com você — começo a dizer, esperando que ela perceba meu tom sério. Quando isso não acontece, eu continuo: — Tem uma coisa que preciso te contar.

Isso chama sua atenção. Ela ajeita a postura e me encara.

— Está tudo bem com a peça?

— Sim — digo, mesmo não tendo certeza se isso é verdade.

Não vejo Winter desde sexta-feira, quando ele saiu de nosso apartamento depois de jogar uma bomba e me deixar para lidar com as consequências. Não sei como vai ser o ensaio amanhã, mas tudo que posso esperar é que tenhamos consertado a animosidade entre nós, que deixou Emily tão frustrada.

— Então o que é? — pergunta Julia, me trazendo de volta para o problema do momento.

— É sobre o Cam.

Para olhos destreinados, pode parecer que ela não reagiu ao nome do cara que partiu seu coração. No entanto, eu conheço minha irmã melhor do que a mim mesma. O tremor sutil no seu lábio, o jeito que seus olhos perdem o brilho — vejo todas as pequenas evidências do quanto a machuca ouvir o nome dele.

— O que tem ele? — Ela finge um desinteresse que não convence nenhuma de nós.

Respirando fundo, eu conto tudo o que Winter me contou ontem. Não dou os detalhes sobre a ex dele, mas explico que ele tinha um histórico que o fez se preocupar com as intenções dela com Cam. Que ele tinha percebido o erro que havia cometido. Que não foi Cam que partiu seu coração no fim das contas.

— Só que foi sim — ela me corrige. — Mesmo se foi pelo que Winter fez, Luli, foi o Cam que decidiu acreditar nele. Foi ele que decidiu não me perguntar e agir com base em uma informação equivocada. Se ele me amasse como dizia… — Sua voz vacila e trava na palavra com A. — Ele não teria feito o que fez comigo.

— Eu entendo, e não acho que você esteja errada. — Seguro sua mão e a aperto suavemente. Preciso que ela saiba que estou do seu lado, não importa o que aconteça. — Mas também sei que você está magoada, e que gosta dele mesmo não querendo. — Os olhos dela ficam marejados. — Então eu precisava te contar. O que você vai fazer com essa informação depende de você, mas eu vou apoiar qualquer decisão que você tomar. — Olho profundamente para ela garantindo que Julia veja a verdade no que digo. — É só que... não quero que você se arrependa de nada. Ou que deixe o orgulho ficar no caminho de algo bom. Quando voltar para o Brasil no fim ano, quero que você saiba que fez tudo que quis. Que viveu esta experiência por completo.

— Obrigada — diz ela, simplesmente, como se essa pequena palavra resumisse todos os seus sentimentos.

Na segunda-feira, fico nervosa ao ir para o teatro. Parece que é o primeiro dia de novo. Não tenho certeza do que esperar. Não sei como vou reagir assim que ver Winter. E não faço a menor ideia do que ele vai fazer quando eu chegar.

Meu receio se prova infundado quando chego no bastidor e o Winter não está em lugar nenhum.

— Não temos ensaio hoje? — pergunto para Emily quando percebo tudo silencioso.

— Temos, temos — me tranquiliza ela. — Vamos fazer a cena em que Melina e Arthur se reúnem de novo, hoje é só você e Winter. Ele me avisou que ia chegar um pouco tarde, mas logo deve estar aí.

Perfeito. Então eu estava certa em ficar nervosa no fim das contas.

Eu sento no canto do teatro com o roteiro em mãos, tentando me concentrar nas palavras diante de mim, mas sem sucesso. Minha mente não descansa, e eu foco toda minha energia em não demonstrar isso. Acho que até exagero — me sento tão imóvel que Mia, a diretora de palco, me pergunta se estou bem quando passa por mim ao ir até seu lugar.

Winter chega alguns minutos depois, ofegante quando se desculpa, como se tivesse corrido até aqui. Quando me levanto e viro para ele, acho que posso ter feito o movimento depressa demais e o sangue não consegue chegar ao meu cérebro. Isso talvez explique por que de repente sinto minha cabeça leve. Porque vê-lo, com o que aprendi que era seu uniforme diário, de jeans surrado e camiseta branca me deixa sem fôlego.

Ele está igual à última vez que o vi, e ainda assim, completamente diferente.

Tem algo de tranquilo em seus ombros e seus passos são suaves como não eram antes. Como se ele estivesse carregando um peso por um longo tempo e finalmente tivesse se livrado disso. Até seus olhos parecem brilhar mais. O castanho-escuro da íris dele parece mais convidativo do que assustador.

Percebo que, neste momento, se me perdesse em seu olhar, eu não iria querer voltar.

— Estão prontos? — pergunta Emily, e o rompimento abrupto do silêncio me arranca do transe esquisito em que eu estava.

Nós dois assentimos, e a diretora de palco nos mostra nossa posição inicial.

Arrasamos na primeira tentativa da cena. Dou a Melina toda angústia de ser traída pela pessoa que ama, acrescentando um pouco de esperança de que ele ainda possa ser quem ela conhecia. Em vez de fazê-la ter apenas raiva dele, ela sente a traição, mas também a tristeza por ele ter jogado o relacionamento deles fora por ganhos políticos. E Winter...

Winter despeja o coração em Arthur. Quando ele suplica para que Melina acredite nele, consigo ouvir o desespero em cada uma de suas palavras. Quando ele pede para que eu olhe para ele, para enxergá-lo, tenho dificuldade de me lembrar de que somos Melina e Arthur. Ele é bom. Muito bom.

— Tudo que fiz foi por você. — Ele termina sua fala com uma súplica sussurrada. Então, acrescenta: — Sempre foi você.

Prendo a respiração.

Emily e Mia aplaudem com tanto entusiasmo que parece que tem uma plateia nos assistindo. O barulho reverbera ao redor do local vazio.

— Isso! — berra Emily, tirando o corpo da cadeira para nos aplaudir de pé. — Isso, isso, isso. — Mia ri ao seu lado. As duas parecem ter acabado de ver uma apresentação digna de um Tony. — Foi exatamente por isso que escalamos vocês. Essa é a química que vimos no teste, e só quero ver isso daqui em diante. Vocês dois. — Ela fecha a mão em punho e leva até a boca, incapaz de se conter. — Vocês dois vão levar o público à loucura. Eu sei que sim.

Compartilhamos um olhar, e pela primeira vez, vejo um brilho no dele. Alegria por fazer isso. Como se ele finalmente estivesse aqui comigo no palco. Até agora, uma versão moderada de Winter tinha vindo aos ensaios, mas agora é ele de verdade. Com toda sua força e poder.

E o jeito que ele me encara, é como se estivesse me vendo pela primeira vez. Como se tivesse empurrado a cortina atrás da qual se escondia, e agora não só eu posso o ver, mas ele também pode me ver.

Mordo meu lábio enquanto meu coração dispara no peito. Sou tomada por uma onda de sentimentos. Contudo, desta vez, em vez de lutar contra, eu escolho me deixar levar e deixo que ela se quebre contra mim, me deleitando com o momento.

— Vocês merecem uma pausa depois dessa performance de arrepiar — diz Emily. — Dez minutos.

Eu não esperava que tivesse lanche hoje, sendo só eu e Winter ensaiando, mas quando vamos para os bastidores, a mesa está sim lá, com café, bolacha e barras de cereais. O banquete enorme do primeiro dia foi coisa de um dia só, mas ainda estou surpresa por servirem sequer alguma coisa hoje.

Meu café de casa está exatamente onde o deixei quando cheguei, na ponta extrema da mesa, mas percebo que hoje tem uma garrafa térmica a mais que o normal. Diante dela está escrito: *leite*.

— Ai, meu Deus — solto um grito agudo. — Já era hora.

— O quê? — pergunta Winter alguns passos longe.

— Eles finalmente colocaram leite aqui — explico, segurando minha própria xícara. — Não preciso mais trazer café de casa.

— Ah — diz ele, mas o jeito que o som sai de sua boca me faz inclinar a cabeça.

Quando seus lábios se retorcem numa velocidade que poderia ser perdida se piscasse, eu arqueio uma sobrancelha.

— O quê? — pergunta ele, com inocência.

— Nada. — Minha voz morre enquanto meneio a cabeça. — Só acho engraçado que eles tenham colocado leite aqui do nada.

— É?

— Uhum.

Um sorriso malicioso brinca em seus lábios.

— Talvez alguém tenha pedido.

— Talvez — concordo. — Me pergunto quem.

— Não foi você? — pergunta ele, fingindo estar surpreso. — Se não estou enganado, você é a única que não bebe o café daqui. E acho que me lembro de você me contando que era porque não tinha leite, mesmo eu ainda suspeitando que seja porque você é uma esnobe quando o assunto é café.

— Você lembra de bastante coisa para alguém que nem toma café.

— Quem disse que eu não tomo?

— A única vez que vi você com uma xícara de café na mão foi em San Diego, e só porque era madrugada e você precisava ficar acordado.

— Você anda prestando atenção em mim, raio de sol?

— Não — digo depressa, percebendo como aquilo soou. — Eu...

Sou salva por Emily nos chamando de volta para o palco.

— Claro, claro — provoca ele bem atrás de mim. — Não se preocupe. Eu estou lisonjeado.

Eu me viro para revirar os olhos, mas ele apenas sorri para mim. Eu saio pisando com força, garantindo que ele não consiga ver quando meus próprios lábios se curvam em um sorriso sem minha permissão.

18

O DIA MAIS ESPERADO PARA TODO FUNCIONÁRIO DA MOVIELAND chega no fim de setembro, e uma parte minha se sente triste por não vivenciar isso com meus antigos colegas da entrada do parque.

Estou feliz onde estou, claro. Ser parte do elenco, parte do departamento de teatro, era todo o motivo de eu ter me inscrito para um emprego no parque. No entanto, agora que a pré-estreia da Noite do Terror chegou, percebo que por meses achei que ainda estaria trabalhando na entrada quando este dia chegasse.

Me sinto profundamente triste por isso quando deveria estar feliz por ter meu emprego dos sonhos.

— Só porque você sente falta de lá, não significa que não ame onde está agora — diz Julia quando conto para ela meus sentimentos conflituosos. — Vocês falaram muito de como era uma noite só dos funcionários, então é normal que se sinta nostálgica agora que chegou.

— Eu me sinto ingrata — confesso.

— Não deveria. — Ela aperta meu ombro quando termina meu cabelo. Ela fez uma trança embutida que está até jeitosinha. — Pronto, acabei.

— Obrigada.

Olivia corre para o sofá para pegar o lugar na minha frente.

— Minha vez — diz ela, soltando o cabelo e o balançando. — Você faz, Luli. — Olivia olha para Julia, que finge estar ofendida. — Desculpa, Ju. Você é péssima nisso.

Cece chega não muito depois disso, e assim que vê o meu cabelo e o de Olivia, ela grunhe.

— Droga, eu ia pedir para você trançar meu cabelo.

— Eu por acaso tenho cara de cabeleireira? — pergunto, olhando para as três. Todas elas dão de ombro ao mesmo tempo. Reviro os olhos. — Posso fazer uma trança boxeadora em você. Vem cá.

— Acho que nunca estive tão feliz por você ter conseguido um emprego na Movieland em janeiro — grita ela, sacudindo o corpo inteiro junto.

Cece está sentada no chão entre minhas pernas enquanto trabalho em seu cabelo azul.

— Você vai me fazer errar — alerto.

— Desculpa. — Ela abaixa a cabeça, como se gritar não fosse o bastante. Eu puxo suavemente seu cabelo. — Ai. Desculpa. Vou ficar parada. Mas vai rápido. Eu quero ir logo.

☆

Esta noite o parque só abre para os funcionários e seus amigos, então quando chegamos lá, a energia é visivelmente diferente. Tem menos perambulação descontrolada e mais caminhadas intencionais. Todos sabem aonde estão indo. Todos sabem o que os espera. E estão animados com isso. Certamente a sensação é diferente do que a de vir ao parque como visitante.

Antes dos portões se abrirem, a administradora do parque sobe em um palanque improvisado e se dirige a nós. O barulho alto desaparece lentamente, um rumor baixo de animação continua entre a multidão.

Eu rapidamente desligo a voz dela, deixando-a servir de plano de fundo enquanto minha mente vaga por questões que não deveria. *O Winter vai vir? Eu o verei esta noite?*

Como se meus pensamentos tivessem o invocado, sinto sua presença atrás de mim, e meu coração dá uma cambalhota dentro do peito. Não preciso me virar para saber quem está ali. Meu corpo sabe. É tão dolorosamente consciente de sua presença que arrepios percorrem meu corpo.

Não conversamos desde o ensaio de ontem. Passamos a cena incontáveis vezes, e cada vez era melhor do que a última. Emily nos deu orientações, pequenas mudanças para tentar aqui e ali, mas no geral foi de longe nosso melhor ensaio até aqui.

Estávamos sintonizados um com o outro de uma forma que nunca estivemos antes.

— Oi. — A voz de Julia perpassa o ar.

Eu me viro e a vejo dando um pequeno aceno para Cam, que ele retribui com um sorriso eletrizante que podia iluminar o parque inteiro. Vejo Winter os observando, uma sombra de culpa atravessa seu olhar.

— Oi — responde Cam, e fico surpresa de ouvir tantas emoções escondidas em uma palavra de duas letras.

Me pergunto se eles conversaram. Se Julia deu a chance de ele se desculpar por seus erros. Os corpos deles dizem tudo o que a boca não fala. Está claro para todos verem que há algo entre eles, mas não quero forçá-la a nada.

Olivia vem para o meu lado e sussurra ao meu ouvido:

— Você sabe que me dói dizer isso, mas acho que você estava certa.

— Do que você está falando?

— Winter. O que ele fez com os dois... — A voz dela morre. — Você estava certa. Ele é uma pessoa horrível.

— De onde tirou isso? — Me viro para questioná-la.

— Só... — Ela gesticula para dispersar o assunto. — Deixa para lá. Você viu o Graham? Pensei que ele estaria aqui.

Um alarme dispara em minha mente. Sua mudança repentina de opinião sobre Winter e o interesse em Graham não podem estar desconectados, mas antes que eu possa perguntar algo, a multidão se rompe em aplausos quando a administradora abre o portão principal para nos deixar entrar no parque.

Demora exatamente três segundos para que eu grite ao levar um susto. Um zumbi sai correndo de um esconderijo em um arbusto, vindo direto até mim. Todos riem, e depois que meus batimentos cardíacos diminuem, eu rio também.

Eu deveria saber que não curtiria esse lugar. Mas não, eu tinha que pensar que, já que todos acham divertido, eu também acharia. Eu não gosto nem de filmes de terror.

Perdi a conta de quantas vezes pulei de susto antes de chegarmos ao primeiro labirinto. Em algum momento depois do Reel Road, antes de sequer chegarmos ao Palace Theater, eu desisto de continuar com o grupo e mando eles seguirem sem mim por enquanto.

Sinto que meu coração vai sair pela boca toda vez que um monstro me assusta. Racionalmente, eu sei que eles não podem me machucar. São atores e não podem me tocar. Mas tenta dizer isso para o meu corpo.

Contando até dez, eu espero minha respiração normalizar antes de ajeitar minha postura. Minhas mãos estão sobre os joelhos depois de eu quase correr de um cara mascarado segurando uma motosserra. Quando me levanto, procuro por meu grupo na multidão, sabendo que eles não devem estar muito longe.

Uma rápida olhada pelo lugar, e eu encontro o cabelo azul de Cece. Cam caminha ao lado de Julia, sem tocar nela, mas pronto para oferecer um espaço seguro se ela precisar, e posso ver na forma que o corpo dela está levemente inclinado na direção dele que ela quer se aproximar. Olivia e Cece estão bem atrás deles, com os braços entrelaçados, buscando conforto uma na outra enquanto seus olhos observam cada detalhe da cena apocalíptica ao redor. Sorrio mesmo sem querer. Uma sensação acolhedora cobre meu coração ao ver minha irmã e minha melhor amiga se tornando próximas.

Percebo que Winter não está com eles.

Olho em volta e o encontro um pouco atrás do grupo. Ele vira a cabeça, com os olhos sob a aba do boné de beisebol procurando algo, e nossos olhares se encontram. Ele logo desvia o olhar, como se eu tivesse o pego fazendo algo que não deveria.

Enquanto me apresso para alcançar meus amigos, me dou conta de algo. Ele estava procurando por mim. Ficou para trás para garantir que eu não me perdesse.

— Luiza, bora! — grita Cece para mim. — A fila já está enorme.

Estou apenas alguns passos atrás deles, Winter caminha ao meu lado. Ele se inclina na minha direção, e desta vez, os arrepios que surgem por todo meu corpo não tem nada a ver com medo.

— Você não precisa ir ao labirinto se não quiser, raio de sol.

Viro os olhos para ele, com uma sensação de desafio me dominando.

— Se está muito assustado para entrar, pode ficar de fora, Winter. — Balanço a cabeça na direção do banco onde algumas pessoas esperam pelos amigos que foram corajosos o bastante para entrar no labirinto, então encaro a fila e anuncio: — Mas eu vou.

Winter balança a cabeça. Arqueio uma sobrancelha, o desafiando, mas ele apenas dá de ombros e me segue até a fila.

— Você que sabe.

Rápido demais, entramos no labirinto. Eu não tive tempo para me preparar mentalmente. É tudo muito realista para o meu gosto, tenho a sensação de que algo horrível está prestes a acontecer.

Sinto que acabamos de entrar em um sonho de *A origem*. É tudo tão metalinguístico que fico confusa.

Estamos dentro de um set de filmagem, com três paredes erguidas e sem a quarta, substituída por uma fileira de câmeras antigas e por luzes que piscam. O set é feito para parecer um antigo quarto de hotel, as manchas de sangue estão por todo lado: no chão, na cama e nas paredes. A cena de um massacre.

É quando percebo as manchas de sangue nas câmeras que um calafrio percorre minha espinha. Esqueço que estou em um labirinto e quero correr para o mais longe possível, quando meu cérebro percebe o que estou vendo. O massacre não foi parte do filme sendo filmado. Ele aconteceu com a equipe. Enquanto a gravação acontecia.

Isso é falso. Tudo isso é falso. Preciso ficar me lembrando. Não tinha equipe nenhuma. Aquele não era um set de filmagem de verdade.

Estou tentando me lembrar que nada disso é real de novo e de novo quando um grito ensurdecedor e o barulho de vidro estilhaçando me sobressaltam e cubro os ouvidos. Um segundo depois, um corpo cai sobre a cama. E eu pulo mais alto do que achei que era possível, com uma mão subindo para cobrir meus olhos, e a outra procurando algo em volta para me segurar. Seguro a pessoa mais próxima e sinto um monte de músculos sob meu toque.

Quando finalmente me controlo e paro de gritar, abro os olhos e encontro Winter mordendo os lábios, tentando se segurar para não rir de mim.

Eu solto seu braço e aliso o amassado inexistente do meu cropped de moletom.

Fico contente por não ter dado ouvidos à Olivia quando ela sugeriu que eu usasse um vestido hoje. Não sei quantas pessoas já teriam visto minha calcinha depois de pular tanto de susto. O jeans pantalona que escolhi se provou a melhor opção para essa experiência.

Vamos para sala seguinte, e reconheço que é um camarim. A única luz vem de algumas lâmpadas que ainda funcionam em volta do espelho. Tem maquiagem espalhada para todo lado, uma peruca esquecida no chão, artigos de toalete saindo de um saco rasgado na cadeira.

De repente, a luz apaga, e ficamos em completa escuridão. Não sou a única a gritar desta vez.

Quando a luz acende de novo, tem a porra de um palhaço parado atrás de nós, nos encarando pelo espelho, com um sorriso diabólico no rosto.

O barulho que sai da minha boca não é humano.

Desta vez, não uso apenas uma mão para me segurar em alguém. Eu uso os dois braços para apertar quem está parado ao meu lado, que acontece de ser Winter de novo, claro. Eu o solto quando tenho certeza de que não estou tendo um ataque cardíaco.

Desta vez, ele não contém o riso.

Tento me preparar mentalmente antes de ir para a próxima sala. *Não vou me assustar. Sou uma mulher adulta. Não uma menininha medrosa.*

Repetindo isso de novo e de novo em minha mente, eu sigo o grupo para o próximo cenário. Agora estamos no meio de uma cerimônia de premiação. Atores se fazendo de mortos estão em volta de uma mesa posta com prataria chique, taças de cristal e flores que devem ter sido lindas um dia. Agora estão tão mortas quanto os convidados, com pétalas sobre a toalha de mesa de linho.

A música tocando por cima é quase fantasmagórica. O som de estática se interrompe com um ritmo aqui e ali, mas ao contrário das primeiras duas salas, esta não foi montada para parecer ter sido abandonada anos antes. Não. Esta parece uma festa que acabou de acontecer. E cujo fim se deve a algo horrível.

Um holofote surge no palco, lançando um brilho misterioso sobre o microfone sozinho parado ali. Como tinha acontecido no camarim, somos jogados numa escuridão apenas por alguns segundos antes do holofote piscar e voltar a iluminar o local, e uma mulher com aparência de morta fica bem sob ele, com a mão ensanguentada envolvendo o microfone.

Ela abre a boca e solta um riso que gradualmente evolui para um riso histérico.

— Eu te disse que esse troféu era meu — grita ela do palco, puxando uma estatueta parecida com um Oscar de trás de seu corpo frágil.

Assim que ela diz sua fala, a sala inteira se levanta dos mortos, gritando e correndo na direção do palco, com os olhos presos nela, uma sede de vingança na expressão.

Me dou um tapinha nas costas por não ficar com medo. Tudo bem, por não ficar com *tanto* medo. Acho que estou melhorando nisso de sobreviver ao labirinto.

Seguimos para a próxima sala. Uma cabine de edição. Tem telas de computador mostrando um software de edição, como se tivessem sido abandonadas no meio de um trabalho. Diante de tudo, uma TV mostra a filmagem bruta do que deveria ser o filme no qual estão trabalhando.

Fico observando a cena, tentando compreender o que está acontecendo. Há alguns médicos trabalhando meticulosamente em uma cirurgia, debruçados sobre um peito aberto. Três enfermeiras estão junto com eles, entregando os instrumentos e ajudando.

Então, de repente, a atriz que está de costas para a câmera para. Os outros continuam encarando-a, perguntando o que está havendo, por que ela parou.

Lentamente, ela ergue um bisturi. Todos recuam, com os olhos colados nela. A cabeça da médica dá uma volta impossível de trezentos e sessenta graus, e a câmera pega um lampejo de seus olhos pretos, um segundo antes do mundo vir abaixo, e ela começar a esfaquear seus colegas. Ela deixa a enfermeira ao seu lado por último, enfiando o instrumento bem em sua jugular. Quando o arranca, o sangue esguicha, obstruindo a visão da câmera. Ao mesmo tempo, uma borrifada líquida sai da parede como se o sangue estivesse bem ali com a gente na cabine. Todos nós gritamos e nos viramos para ir embora, só para encontrar a médica assassina bloqueando a porta, com o bisturi em mãos.

— Quem precisa de uma cirurgia? — pergunta ela, com uma voz doentia.

Minhas mãos voam para o braço de Winter de novo, e viro meu rosto para escondê-lo atrás dele. Uma porta dupla se abre do lado oposto de onde entramos, e o grupo começa a correr nessa direção.

Quando tento soltar o braço dele, ele estende a mão, que fica parecendo enorme na minha. Eu o encaro, mas ele não diz nada, apenas mantém minha mão ali, me deixando usá-lo como apoio.

Caminho pelo resto do labirinto colada ao seu lado. Quando chegamos à última sala, meu corpo está cansado de tanta tensão. Todos meus músculos estão rígidos, meu ombro está quase nas orelhas. Não acho que pode piorar, até que a última apresentação ameaça fazer minha alma sair do corpo.

As portas enfim se abrem para a lojinha de lembranças, e as luzes fazem meus olhos doerem depois de tanto tempo no escuro. O barulho das pessoas conversando e rindo sobre a experiência no labirinto é música para os meus ouvidos.

— Ai, Deus, tem fotos! — Olivia percebe as pessoas reunidas em volta de um balcão para conferir as imagens que foram tiradas dentro do labirinto. — Vamos encontrar as nossas.

Nos amontoamos em um dos computadores, esperando para nos vermos na tela.

— Ali a gente! — ela aponta, nos reconhecendo em uma das quatro fotos que aparecem ao mesmo tempo.

Ela clica na foto, e a imagem preenche a tela inteira.

Nós seis estamos em condições diferentes de desespero.

Cece e Olivia estão pulando, de boca aberta e olhos fechados. Seus torsos se curvam na direção uma da outra. Julia está escondendo o rosto na curva do braço de Cam, com as mãos cobrindo os olhos, enquanto ele envolve um braço na cintura dela, com a mão direita estendida para frente como se fosse impedir o perigo de chegar até eles. O rosto dele está congelado em uma expressão hilária de medo.

Então tem eu e Winter no fundo. O braço direito dele está segurando minha cintura com força, minha mão esquerda apertando as costas de sua camiseta como se minha vida dependesse disso. Estou com o rosto escondido em seu peito, o que não me lembro nadinha de ter feito. Contudo, o mais surpreendente é que ele não está nada assustado. Winter não podia estar mais confortável no meio daquele cenário assustador para caramba. Em vez disso, ele está olhando para mim, como se nada estivesse acontecendo ao nosso redor. Seus olhos estão focados em mim, usando-o como porto seguro para me esconder. E sob a aba do seu boné de beisebol, consigo ver seus lábios curvados em um sorriso convencido.

— Olha só para vocês. — Cece ri, cutucando minhas costelas e balançando a cabeça na direção da foto. Então ela arqueja. Alto. — Ai, meu Deus. Sabe o que acabei de perceber? Vocês na verdade ficariam muito bem juntos se não se odiassem.

Rio baixo tentando esconder a forma que meu coração para por um segundo ao pensar em mim e Winter como um casal. Quando me viro, ele está bem atrás de mim. Cece olha para nós dois, então me lança um olhar arrependido e dispara para longe.

— A gente se odeia, é? — Winter lança um olhar astuto para mim.

— Eu... eu não converso com ela tem um tempo.

— Hum. — Ele finge ponderar minha resposta. — Mas concordo com ela, sabe? — Eu o encaro, confusa. — Ficamos bem mesmo juntos.

Se isso tivesse acontecido apenas algumas semanas atrás, eu teria odiado ter Winter decidindo se juntar a nós para um lanche tarde da noite depois de sair da Noite do Terror. Agora, porém, não consigo negar a leveza no meu peito. A forma que minha pulsação acelera e meu interior vibra ao pensar em passar mais tempo com ele.

Quem poderia imaginar que a companhia de Winter um dia me causaria tanta alegria?

Nós seis andamos pela Trilha do Filme procurando por um restaurante que não tenha funcionários do parque caindo pelas portas. Parece que todo mundo teve a mesma ideia que nós, e a caminhada é mais amontoada do que costuma ser a esta hora da noite.

— Eu nunca tinha percebido — começa Cam. Suas mãos estão no bolso da calça, com os ombros arqueados em uma postura que eu começo a reconhecer como própria dele. Os olhos dele passam pelo nosso redor, analisando as vitrines, as fachadas que parecem desenhadas, as janelas das lojas que podiam muito bem fazer parte de um filme de animação.

— A Trilha do Filme me lembra muito a Horton Plaza.

Julia o encara, o olhar dela segue o dele e depois volta para Cam.

— Lembra mesmo — concorda ela, e eles compartilham um sorriso.

— O que é isso? — Cece exterioriza a pergunta que eu também quero fazer.

— Um lugar em San Diego — responde Cam, mas seus olhos estão presos em Julia, que o encara com uma expressão sonhadora no rosto.

A garota pode negar o quanto quiser, mas não tem a menor chance de ela não estar morrendo de vontade de perdoá-lo.

Acabamos pegando uma mesa no La Serenata, uma trattoria italiana inspirada pelo filme de Movieland, ganhador do Oscar, *Sussurros de Roma*. Ao entrarmos, imediatamente somos transportados à Roma dos anos 1960 com toda sua elegância e opulência. Os tons de verde-escuro e ouro suntuoso espalhados pelo restaurante criam um ambiente acolhedor e íntimo, enquanto fotos em preto e branco de Roma adornando as paredes mostram as cenas mais icônicas do filme.

Tudo neste lugar é projetado para fazer você esquecer que está no meio de um parque temático ao norte de Los Angeles. Do jazz tocando suavemente ao fundo à área do bar reminiscente dos bares mais exclusivos da Itália, e as cadeiras estofadas por tecidos luxuosos, tudo parece elegante.

Fazemos nossos pedidos depois de um minuto caótico de discussão sobre quantos pratos deveríamos pedir, e então Cece rompe o silêncio ao fazer a última piada que deveria fazer perto da gente.

— Caramba — diz ela por impulso. — Este lugar é chique. Eu deveria vir mais aqui, e talvez finalmente conseguiria meu green card.

Acontece uma clara mudança no clima. O silêncio toma um tom diferente depois que ela para de falar.

— Ela está brincando — eu intervenho antes que o constrangimento aumente.

Cece não entende, porém, e insiste:

— Só um pouco. Eu definitivamente faria isso.

— Você deveria falar com o Colin — sugere Olivia, alheia como sempre. — Ele disse que casaria com a Luiza. Se ela não aceitar a oferta, aposto que ele se casaria com você.

— Cece não namora homens — lembro minha irmã.

— Não preciso sentir atração por ele para me casar. Seria puramente transacional. — Ela dá de ombros como se estivesse falando sobre comprar uma camiseta que não cabe direito, e não sobre casar com alguém que sequer é do gênero que ela sente atração.

Eu vasculho meu cérebro procurando algo para dizer. Qualquer coisa para mudar de assunto. Já consigo sentir o desconforto de Julia, e Cam parece que preferia estar em qualquer outro lugar do que no meio daquela conversa. A ferida ainda é recente demais para jogar sal em cima.

— Então, Olivia. — Winter vem ao resgate. — Suas aulas começaram? O que está estudando?

Minha irmã fica visivelmente irritada com a pergunta. Se é pela mudança repentina de assunto ou porque é Winter perguntando, não tenho certeza.

— Roteiro — diz ela.

Eu sabia. Claro que eu sabia. Tivemos toda uma briga por conta disso. Ainda assim, logo que ouço a resposta, reajo como se tivesse acabado de descobrir.

— Nem vem — diz Olivia quando vê a expressão em meu rosto.

Winter observa a reação, com a curiosidade fazendo suas sobrancelhas se juntarem.

— Eu não sabia disso. Eu também escrevo — diz ele, e agora viro em sua direção. Isso é novidade. Ele nunca disse que tinha voltado a escrever depois do que acontecera com Graham. — Bom, faz um tempo que não escrevo, mas ultimamente tenho sentido inspiração para voltar.

Ele olha para mim ao dizer essa última parte, e meu coração acelera sob a intensidade desse olhar.

Engulo em seco e preciso me virar para conseguir reunir meu bom senso.

Quando vejo Olivia do meu outro lado, quase consigo sentir o cabo de guerra acontecendo dentro de sua cabeça. Ela não quer dar atenção para ele, mas ao mesmo tempo está morrendo de vontade de conversar sobre escrita. Eu me pergunto se ela tem alguém com quem conversar sobre isso. Uma parte do meu coração se parte ao pensar que ela não tem ninguém com quem compartilhar seus sonhos.

A culpa causa uma erosão dentro de mim, e faço um lembrete mental para prestar mais atenção nela.

— É, eu... — Ela hesita, mas por fim a vontade de falar sobre algo que ama vence. — Na real, eu submeti um roteiro ao Pena de Ouro — confessa ela baixinho.

O envelope verde. Eu tinha perguntado sobre isso para ela, mas nunca chegamos na parte que ela me contava sobre aquilo, porque comecei a brigar antes que ela pudesse.

— Olivia. — Eu falo seu nome em um sussurro suave, repleto de admiração.

— Eu entrei na pré-seleção de indicados. — Ela soa tão orgulhosa de si mesma. Tão feliz por sua conquista.

À minha frente, Julia compartilha um sorriso com ela, e de novo me pego me perguntando por que sou a única que não sabia disso. Mas sei a resposta sem ter que perguntar.

— Isso é incrível — diz Winter, com sinceridade.

— Parabéns — falo ao mesmo tempo. — Meu Deus, Olivia, isso é maravilhoso. Estou tão orgulhosa de você.

Eu a abraço com força, mas acho que vejo um brilho de choro em seus olhos causado por minhas palavras.

Mais tarde naquela noite, quando estamos em casa, prontas para dormir, eu viro para ela e a abraço mais uma vez.

— Estou mesmo muito orgulhosa de você. Sabe disso, né?

— Obrigada, Luli. — Ela retribui o abraço, e suas palavras seguintes saem abafadas porque seu rosto está no meu ombro. — Você não sabe o quanto isso significa para mim.

Suspiro, me sentindo a pior irmã do mundo. Segurando seu braço, eu a afasto o suficiente para encará-la.

— Não queria que você sentisse que precisa esconder as coisas de mim. Queria que tivesse me contado sobre sua graduação.

— Sabia que você não iria gostar. Eu… não queria te decepcionar.

— Eu não… — Preciso engolir a repentina onda de emoção que fica presa na minha garganta. — Você nunca vai me decepcionar. Nós só… temos abordagens diferentes, só isso. Nem sempre vou entender suas escolhas, mas isso não significa que estou decepcionada com você. Acho… — Respiro fundo. — Acho que às vezes queria ter a coragem que você tem para fazer as coisas do "jeitinho da Olivia".

— Um jeito complicado e imprevisível?

— Criativo e eficaz — afirmo, e o sorriso que ela abre para mim conserta uma das pequenas fraturas do meu coração. — Então, desde quando você quer escrever?

— Hum, desde que a gente costumava criar histórias para apresentar para os nossos pais — responde ela, como se fosse óbvio.

Julia se junta a nós não muito tempo depois de nos aconchegarmos no sofá, revisitando nossas lembranças nostálgicas. Pela primeira vez em anos, minhas irmãs e eu ficamos acordadas, conversando e fofocando até o sol nascer no horizonte, nos avisando que já passou muito da hora de dormir.

19

— Isso pede uma comemoração — diz Cam depois que os aplausos diminuem.

Acabamos de terminar o último ensaio completo antes de começarmos os entediantes ensaios técnicos na semana que vem.

É a última chance de nos divertirmos por um longo tempo. Todos nós sabemos que as próximas semanas serão chatas. O processo técnico é tão enfadonho, que está para nascer um ator que não tem pavor desta parte da produção. Vários momentos imóveis e sem fazer nada esperam por nós.

Então não é surpresa quando todos aceitam o convite, e logo estamos de volta em nosso bar favorito na Trilha do Filme.

Depois de ir tantas vezes ao The Reel Pub nos últimos meses, estou começando a achar que os garçons já conseguem me reconhecer, mas só vou me preocupar quando começarem a perguntar se quero o de sempre. Já que isso não acontece, estou tranquila.

— Você convidou a Julia? — pergunto a Cam depois que ele traz cerveja e três copos para nossa mesa.

— Não sabia se deveria — confessa ele, subindo e descendo os ombros.

— Deveria — afirmo.

Ele abre uma expressão esperançosa para mim, e eu apenas assinto para confirmar. Ele se afasta para ligar para ela, me deixando sozinha com Winter.

Nós não tivemos muitas oportunidades de ficar sozinhos. Não desde a última vez, quando ele estava em minha casa, me contando sua história. Me fazendo perceber que eu estava errada ao tê-lo julgado tão depressa.

— Olha só para você, dando uma de cúpido — brinca ele.

— Só estou tentando ajeitar sua bagunça — rebato, provocando, mas assim que digo isso, percebo que não deveria ter falado. O corpo dele fica tenso, e ele abaixa a cabeça. — Ei, eu estou brincando. Desculpa.

— Mas não mentiu.

— Não, não menti. — Eu o cutuco para mostrar que não estou falando sério. Quando ele não responde, eu acrescento: — Eu não deveria ter feito piada.

— É bom que tenha feito — diz ele, virando o banco para me encarar.

Seu corpo inteiro está virado para mim, e eu me vejo virando para encará-lo também, com as pernas encontrando com facilidade um lugar entre as dele já que ele usa meu banco para apoiar os pés, me mantendo presa.

— É?

O começo de um sorriso malicioso surge em seus lábios quando ele me encara de uma forma tão intensa que sinto bem dentro de mim. O peso repentino de seu olhar sobre mim causa uma agitação entre minhas pernas.

— Enquanto estiver fazendo piadas, provavelmente não me odeia mais tanto assim.

— Acho que não poderia te odiar nem se eu quisesse — confesso em um sussurro.

Seu sorriso se abre por completo, com os olhos cintilando na minha direção, e então, de uma só vez, eles mudam, escurecendo, se tornando intensos. Seu olhar recai em meus lábios, e preciso me conter para que meu corpo inteiro não trema. Lentamente, bem devagar mesmo, ele se inclina para frente. Ergue a mão para colocar uma mecha do meu cabelo atrás da orelha, e ela permanece ali, roçando minha mandíbula em um carinho suave.

Seus olhos continuam recaindo em meus lábios como se não pudessem mais resistir, assim como um rio não consegue fazer sua corrente parar de fluir.

A qualquer momento ele vai me beijar. Já posso sentir o sabor de canela dos seus lábios. O sabor que não consegui esquecer desde o dia que ele apareceu no meu apartamento. Porém, tanta coisa mudou desde aquele momento. Eu me pergunto se seu beijo vai ter um gosto diferente. Se vou ser capaz de beijá-lo apenas uma vez e não desejar mais.

Ele parece ler em minha expressão que quero isso tanto quanto ele.

Contudo, no momento em que ele coloca a mão no meu quadril para se apoiar ao se inclinar para perto, me lembro de onde estamos.

Espalmando a mão em seu peito, eu o interrompo, e ele imediatamente recua.

— Desculpa — gagueja ele.

— Não se desculpe — digo, porque a última coisa que quero é que ele pense que não estamos na mesma página. Que não quero isso tanto quanto ele. — É só... Aqui não.

Ele olha em volta como se apenas agora percebesse onde estamos. Então assente.

— É. Claro.

A forma que ele precisa ajeitar a calça com uma expressão dolorosa no rosto ao se virar noventa graus no banco, encarando a pequena mesa, não me passa despercebida.

Odeio interromper o contato. Odeio o quanto minha pele sente falta da sua proximidade. Não penso antes de agir, minha mão repousa sobre sua perna inquieta antes que eu possa me conter. Ele não perde tempo. Sua mão cobre a minha em um segundo, como se quisesse me prender ali, sem dar a chance de eu o largar. Que é exatamente como me sinto agora. Sem chance de largar esse sentimento. Me sinto impotente contra ele, e nem sei ao certo se quero resistir.

Quando Cam volta para nossa mesa, Winter suaviza o toque em minha mão, me dando a chance de afastá-la se eu quiser, mas não o faço. Não consigo. Preciso tocá-lo como uma planta precisa do sol. É inevitável. Ele reprime um sorriso quando percebe que não me movi.

— Então? — pergunto para Cam, tentando ignorar como meu corpo inteiro está ciente de Winter ao meu lado. Como cada centímetro da minha pele parece ser atraído para ele, querendo encurtar a distância entre nós. — Falou com ela?

— Ela está vindo. — Ele abre um sorriso enorme.

Eu deveria saber que isso ia acontecer e, ainda assim, não estou preparada quando acontece.

É tarde demais quando me lembro que o carro de Cam só tem dois lugares, e não posso pegar uma carona para casa com ele e Julia. Mesmo se pudesse, não iria. Não quando ela confessou para mim que ele tinha a chamado para ir à casa dele e ela queria ir. Preferia morrer do que ser empata-foda da minha irmã.

Então cá estou eu, parada diante do carro de Winter enquanto ele abre a porta para mim. Aquele cheiro intenso de couro, madeira e canela invade meus sentidos no momento que subo no banco do passageiro. Em vez de fechar a porta, ele a mantém aberta enquanto me encara.

— O quê? — pergunto, repentinamente insegura.

Puxo a bainha do meu vestido para baixo na minha coxa, mas isso não muda muita coisa. A maior parte da minha perna está exposta e Winter não esconde que é exatamente por ali que seus olhos vagam.

— Eu só gosto de te ver no meu carro — confessa ele, o tom sensual de sua voz faz todo meu corpo ferver.

Quando a porta fecha, aproveito os segundos que ele demora para dar a volta no carro e entrar para tentar me acalmar. Meu coração bate tão forte que fico com medo das minhas costelas arrebentarem.

A tensão dentro do carro é palpável. O silêncio é pesado entre nós, e quando Winter coloca o braço atrás do meu banco para dar ré e sair da vaga do estacionamento, preciso me conter para não pular em cima dele bem ali.

O tecido de sua camiseta está repuxado no peitoral largo, e seu perfume flutua no ar, com o peso de seus olhos em mim. Tudo isso é demais para mim.

Pigarreio.

— Então — falo.

— Então — repete ele, com um sorriso de lado surgindo em seus lábios.

Pense, ordeno para meu cérebro. *Pense*. Encontre algo sobre o que conversar. Qualquer assunto que alivie a tensão.

— Me conte sobre sua escrita — falo impulsivamente.

Ele ri.

— Quer falar sobre minha escrita?

— Sim.

Escrita parece um assunto seguro o bastante.

— O que quer saber? — Ele passa seu crachá de funcionário no portão e olha para mim enquanto espera a cancela levantar.

— Você vai fazer alguma coisa com o roteiro que escreveu? Aquele sobre seu pai?

Eu conscientemente escolho não mencionar o roubo de Graham. Se ele percebe isso, não demonstra.

— Não, acho que não.

Essa resposta me decepciona.

— Queria poder ler.

O roteiro parece uma janela até Winter. Uma chance de conhecê-lo um pouco mais, para além da barreira que parece sempre ter ao seu redor.

— Queria? — Ele soa surpreso com minha confissão. — Por quê?

Porque te conhecer parece essencial para minha sobrevivência. Porque sinto essa forte necessidade de encontrar a peça perdida que forma o quebra-cabeça que é você. Porque não acho que consigo seguir vivendo sabendo que você existe no mundo e tem uma parte sua, qualquer uma, que eu ainda não descobri. Porque acho que se você me deixar ler isso, vai deixar que eu me aproxime. Porque acho que você tem medo disso, e se permitir que eu me aproxime, nunca vou querer ir embora.

— Para eu ter algo para vender para os repórteres quando vierem perguntar fofoca sua — digo, em vez do que penso.

Ele ri, um riso alto e de corpo inteiro que reverbera pelo carro, e sei que estou irrevogavelmente amaldiçoada quando a primeira coisa que penso é que quero ouvir mais essa risada. Que quero sempre ser quem faz ele rir assim. Que se eu puder ouvir o som de seu riso para sempre, posso nunca mais ter um dia ruim na vida.

Porra.

Eu gosto de Winter Davis.

— Você tem sorte de ser tão bonitinha — diz ele, alheio à tomada de consciência revolucionária que acabei de ter. — Se eu não gostasse tanto de você, te largaria aqui mesmo só por dizer isso.

— Você não faria isso — solto como gracejo, com o cérebro focado demais em não parar de funcionar ao registrar o que ele acabou de falar.

— É, você está certa — assume ele. — Eu nunca não gostaria de você. Não tem a menor chance disso um dia acontecer.

— Winter. — Seu nome soa como uma alerta.

— Raio de sol.

De repente, a tensão volta até mais forte do que antes. Se eu sequer olhasse para ele, poderia entrar em combustão. O som daquele apelido em seus lábios é como uma dose de desejo entrando direto na minha corrente sanguínea, levada pelo meu corpo inteiro.

— Você não pode dizer coisas assim — digo sem um pingo de determinação em minha voz traíra.

— Quer que eu minta para você? — Ele mexe a sobrancelha numa provocação.

Não sei o que eu quero. Quero ele pare de dizer coisas como aquelas. Quero que ele nunca pare de dizer coisas como aquelas. Quero que ele me diga que também sente isso. Quero que ele finja que nada disso está acontecendo.

Esconder tudo isso parece a solução mais fácil, mas, por razões que não compreendo, não quero o fácil agora.

— Vai me deixar ler? O roteiro.

— Claro. — Ele responde tão depressa que não tenho tempo de recuar.

— Agora? Vai me deixar ler agora?

— Agora? — pergunta ele, olhando para mim rapidamente antes de voltar a encarar a estrada.

Estamos na rodovia interestadual 5, e em alguns quilômetros, ele vai pegar a saída para me levar em casa. Mas não quero isso. Balanço a cabeça, assentindo.

Eu não sabia que era possível chegar em Brentwood tão rápido, mas logo estamos passando pelo Getty Center e entrando na próxima saída. Winter dirige pelas estradas sinuosas morro acima com a familiaridade de alguém que mora aqui há muito tempo.

Quando ele finalmente estaciona na entrada de pedras de acesso à garagem, não sei o quanto subimos, mas percebo que as casas se tornaram mais privadas e espaçadas.

A de Winter é uma das poucas casas que não estão escondidas por muros altos e cercas vivas. Em vez disso, o quintal da frente é amplo e aberto, expondo uma visão nítida da sua linda casa térrea de pedras. A construção parece ter saído direto de um conto de fadas.

— Essa é sua casa? — A pergunta é ridícula, mas preciso garantir.

— Não posso levar o crédito pela escolha. Se dependesse de mim, estaria no apartamento que morei na primeira vez que me mudei para LA, mas gosto daqui.

Ele abre a porta e meu queixo cai. A área com conceito aberto é tão grande, que acho que meu apartamento inteiro cabe aqui. No canto mais distante, uma lareira diante de um sofá branco em forma de L dá uma cara aconchegante para o lugar, equilibrando com o pé-direito alto.

— Esse lugar é lindo.

— De novo, não posso levar o crédito. — Ele coloca a mão na minha lombar, me levando para dentro e fazendo minha pele arder. — A maior parte da decoração foi escolhida ou pela Ali ou pela minha mãe.

— Ali? — Já tinha ouvido esse nome, mas não me lembro quem é.

— Ali Hoang — explica ele. — Ela é como uma irmã para mim. Fez minha irmã adotiva em *School Hallway*.

Uma lembrança surge na minha mente. Matthew perguntando se ele já tinha ficado com ela. Winter ficou irritado com a insinuação, e eu entendo por quê. Se ela é como uma irmã, ele deve ser bem protetor com ela. Como eu sou com as minhas irmãs.

— Ela tem muito bom gosto.

Ele sorri, satisfeito por eu aprovar sua casa. Ele me deixa no sofá e vai até a cozinha do outro lado do cômodo.

— Quer beber alguma coisa? Água? Vinho? Cerveja?

Já tínhamos bebido um pouco no The Reel, mas um pouco de vinho cairia bem agora.

— Pode ser vinho.

— Tinto ou branco? — pergunta ele.

Que tipo de cara tem tantas opções para oferecer?

— Branco — respondo, sabendo que não posso confiar em mim mesma com vinho tinto em um sofá tão luxuoso e branco.

Winter volta com duas taças de vinho gelado, me entrega uma e deixa a outra na mesinha de centro de madeira de reflorestamento que está na frente do sofá.

— Fica à vontade. Eu já volto — diz ele, desaparecendo em um corredor próximo.

Observando o lugar, começo a perceber que provavelmente tem muita coisa que não sei sobre Winter. Essa é a casa de alguém que tem uma quantidade de dinheiro com a qual não estou acostumada. E não é como se minha família não fosse bem de vida. Meus pais são médicos, e eles têm a própria clínica. Dinheiro nunca foi problema quando eu estava crescendo, ou eles não teriam como nos mandar para estudar aqui. Mas isso... isso é um nível diferente de grana.

Winter volta antes que eu possa começar a viajar. Antes que minha mente decida me convencer de que não deveria estar aqui. De que somos muito diferentes. De que ele nunca vai querer ter de verdade algo comigo.

207

De que não sou o bastante para Winter.

Ele senta no sofá ao meu lado e me entrega uma pilha de papéis presos por um elástico. O roteiro. Eu o observo com cuidado, como se fosse um bem valioso. Como se fosse um artefato de museu que deveria ser manuseado com delicadeza.

Sinto que estou segurando um pedaço de Winter em minhas mãos.

— Tem certeza de que está tudo bem eu ler?

— Na verdade, não — diz ele, e eu paro de tirar o elástico. — Mas ainda quero que você leia.

— Quem mais leu?

Ele engole em seco. Com força. Passando a mão pela barba por fazer, ele se ajeita no sofá, virando para mim com uma perna dobrada em cima da outra.

— Minha mãe, minha irmã, Ali, Henry e alguns executivos.

Assinto, entendo a magnitude da permissão de entrar em um grupo tão seleto. Ele só mostrou isso para sua família e melhores amigos. E agora a mim. Com cuidado, coloco a taça de vinho na mesa, me recosto no sofá e começo a ler.

☆

— Isso… — começo a dizer, mas não sei se tenho palavras para descrever o que estou sentindo.

Esse roteiro é lindo. É pungente e comovente; partiu meu coração e o juntou de novo no fim.

— É uma droga? — pergunta ele com um riso falso.

— Não. Winter, é incrível. — Eu coloco com cuidado as páginas na mesinha de centro e me viro para ele. — Tudo… Tudo isso aconteceu com você?

— Não, tudo não. — Ele continua me observando, me analisando, como se esperasse que eu mudasse de ideia. — Muitas coisas aconteceram, mas eu dramatizei bastante. Mudei lugares, pessoas. É vagamente inspirado na minha vida, mas não é autobiográfico.

— Foi difícil? Escrever tudo isso? Colocar no papel?

Não consigo imaginar a força que deve ser preciso para transformar em arte momentos que causaram tanta dor. Transformar algo que te machucou tanto em algo tão lindo.

— Foi mais difícil mostrar para minha mãe depois que terminei. Eu na verdade só mostrei para ela ano passado. Achei que ela ia odiar. Achei que ela ia ter raiva de como representei meu pai.

Eu compreendo por que ele acharia isso. O pai no roteiro é um homem sem coração. Alguém que se importa mais com dinheiro e status do que com sua própria família. As coisas que ele fez o filho passar são inimagináveis. O fato de essas coisas terem acontecido com Winter, mesmo tendo sido alteradas, parte meu coração.

Por anos ele não teve o controle da própria vida. Consigo ver os paralelos mesmo sem que ele evidencie para mim. Ele queria sair de *School Hallway* assim que se juntou à série, mas o pai o fez ficar. Teve um projeto que ele fez parte, provavelmente um filme, que nunca quis fazer, mas não teve escolha. Ele era um mero peão nos planos do pai de se tornar rico e importante através do filho.

— O que ela disse? — pergunto, com medo da resposta.

Ele sorri.

— Ela se desculpou. Chorou muito. Depois seguiu se desculpando por ter deixado ele fazer tudo que fez. Mas eu não a culpo. Nunca culpei. Tínhamos uma vida simples. Ela nunca trabalhou, sempre dependeu do meu pai. Ele era o típico homem que sentia a necessidade de prover a família. — Ele solta um riso irônico. — Pelo menos até conseguir que o filho fizesse isso por ele.

— Sinto muito — digo, chegando mais perto para segurar sua mão. Eu a aperto suavemente, e ele acaricia as costas da minha mão com o dedão. — Sinto muito que ele tenha feito isso com você.

— Está tudo bem.

— Não está. Ele era seu pai. Ele deveria te proteger, não te machucar.

— É — concorda ele, sem convicção, com os olhos focados no movimento do próprio dedo por minha pele. — Pelo menos ele não conseguiu fazer o mesmo com minha irmã. Eu não deixei.

— Ele tentou?

Sinto o ódio crescendo dentro de mim. Nunca pensei que sentiria tanta raiva de um homem morto.

— Uma vez. Ele a levou a uma agência, mas eu disse que me demitiria se ele a fizesse assinar com um agente. — Ele estremece com a lembrança. — Não era um risco que ele estava disposto a correr. Não quando eu já estava trazendo tanto dinheiro para casa.

— E a sua irmã? Ela não quis ser atriz?

Seus olhos mudam, a escuridão dando lugar a uma suavidade que raramente vejo ali.

— Ela nunca quis ter nada a ver com isso. Ela agora é bióloga em Seattle. Às vezes eu a visito, e ela só sabe tirar sarro de mim por estar em Hollywood. Ela finge que não leva meu emprego a sério, e eu finjo que não sei que ela está mentindo.

Eu sorrio, imaginando-o batendo boca com a irmã. Eu os imagino crescendo juntos, ele o irmão mais velho protetor, ela a irmã caçula travessa.

— O que ela achou do roteiro?

— Acho que foi a primeira vez que ela disse que estava orgulhosa de mim. — Posso ouvir em sua voz o quanto isso significou para ele. Como a aprovação de sua irmã foi importante.

— Não acho que você pode desperdiçar isso, Winter — digo, e ele lança um olhar questionador para mim. — Você precisa fazer esse filme acontecer.

— Obrigado — diz ele, suavemente.

— Pelo quê?

— Por me lembrar que não sou uma droga no que faço — brinca ele.

— Winter. — Eu reviro os olhos, mas então percebo uma sombra de vulnerabilidade em seus olhos e que ele não está brincando. — Você é mesmo muito bom no que faz. Está de brincadeira? Você é o melhor ator com quem já trabalhei. — Ergo a mão para impedi-lo antes que ele possa dizer algo. — Não ouse dizer que eu não tenho muita experiência. Eu fiz vários testes. E vários filmes de estudantes.

Ele ri.

— Eu não ia dizer nada — argumenta ele, com as mãos erguidas.

— É, claro que não.

— Não, mas de verdade. — Ele fica sério de novo. — Não sei se quero continuar atuando. Na verdade, se tivesse me perguntado alguns meses atrás, eu teria dito que com certeza não queria. Mas eu quero fazer filmes. Quero escrever e dirigir. Colocar meu trabalho no mundo. Você... Você me fez lembrar por que eu quero isso.

Tem tanta coisa para destrinchar do que ele disse, nem sei por onde começar.

— O que mudou de alguns meses para cá?

— Você — diz ele, simplesmente, como se essa resposta não virasse meu mundo de ponta-cabeça. — Você fez eu me apaixonar de novo por atuar.

— Posso te perguntar uma coisa?

Ele assente, com os olhos abaixados, seguindo o movimento de sua mão, que tinha deixado a minha e agora estava lentamente acariciando minha coxa. Para cima e para baixo. Para cima e para baixo.

Foca. Preciso me concentrar para conseguir fazer a pergunta:

— Por que está fazendo essa peça? Você podia estar fazendo o projeto que quisesse. Por que no parque?

Ele parece um pouco constrangido agora, balançando a cabeça de um lado para o outro.

— Eu fiz um acordo com a Emily. — Ele levanta a cabeça, e consigo ver um brilho de alegria em seus olhos. — Ela conhece o diretor que eu quero trazer para o filme. Eu pedi para ela me apresentar a ele, mas a Em é uma negociadora difícil. Ela tinha acabado de ser contratada para essa peça e queria fazer seu nome na Movieland e garantir que tivesse sempre a casa cheia, então ela ofereceu me apresentar para o diretor em troca de que fizesse a peça.

— Ah — solto um gritinho, com uma cena voltando em minha mente. — No dia do teste, eu ouvi uma conversa que você teve com ela... — Ele ergue as sobrancelhas. — Não tenho orgulho disso, mas te ouvi se gabando de encher todos os lugares.

— Bem — diz ele, alongando a sílaba com um sorriso presunçoso se esticando no rosto. — Eu não estava mentindo.

— Ai, meu Deus — digo. — Você é tão convencido.

Ele ri, e eu penso como este momento bem aqui vai ser uma das minhas lembranças favoritas de LA quando eu tiver que voltar para o Brasil.

A ideia de voltar para o Brasil de repente recai sobre mim com tanta força que tenho dificuldade de encher os pulmões com oxigênio. Tento respirar, mas cada inspiração parece em vão.

Não vejo Winter se aproximando antes que suas mãos estejam segurando meu rosto, os olhos penetrantes em mim.

— O que foi? — Sua voz está apavorada, seus olhos apreensivos.

Em apenas alguns meses, posso ir embora. Tem uma boa chance de que o próximo Natal seja o meu último nos Estados Unidos. Tenho apenas três meses de visto, e nenhuma perspectiva de conseguir um patrocínio. Movieland sequer mencionou a possibilidade de patrocinar meu visto de trabalho, e cada dia que passa, sinto que essa chance fica menor e menor.

As palavras que disse para Julia alguns meses atrás voltam em um lampejo para mim.

Pega esses meses que tem aqui e viva cada uma das experiências que já quis. Seja livre. Viva a vida ao máximo.

Eu acabo com a distância entre nós e colo meus lábios aos dele.

20

Winter é cauteloso a princípio. Seus lábios são gentis nos meus, me saboreando com calma e paciência. Mas eu não estou nem calma nem paciente. Preciso de mais. E depressa. Me sinto como uma bomba-relógio sem tempo.

Abrindo os lábios, eu o convido e ele não hesita. Winter explora minha boca minuciosamente, um grunhido primitivo escapa dele quando minha língua encontra a sua em uma dança selvagem.

Em um movimento apressado, eu passo uma das pernas por cima dele, me sentando em seu colo e causando um atrito gratificante e excitante bem onde eu precisava. Winter reage erguendo quase que involuntariamente o quadril, e um gemido suave escapa dos meus lábios, mas ele está bem ali, pronto para devorá-lo. Quando suas mãos agarram minha bunda para me puxar para mais perto, quero derreter nele. Fazer parte de seu corpo. Sinto como se não pudesse ficar perto o bastante.

— Não consigo ficar perto o suficiente de você. — Winter ecoa meus pensamentos, suas palavras me atingindo como uma dose de prazer.

De algum jeito, as palavras encontram uma forma de chegar ao peito, e sinto meu coração crescendo. Percebo quanta sinceridade ele imprimiu nelas. Vejo em seus olhos.

Eu respondo da única forma que consigo agora, envolvendo os braços apertado em seu pescoço e o beijando com tudo de mim.

Um instante estou em seu colo, no seguinte estou de costas no sofá, com Winter pairando sobre mim. Ele aprofunda o beijo, o delicioso sabor de canela e menta consome cada um dos meus pensamentos.

Então, tão depressa quanto começou, tudo para.

Winter se afasta e senta, com a respiração ofegante e pesada, o peito subindo e descendo e a evidência óbvia de seu desejo marcando sua calça jeans.

— Eu… — ele começa a falar, mas sua voz soa rouca, grave. Ele pigarreia e tenta de novo: — A gente não devia.

Eu me sento.

— Por quê?

— Não… Não olha assim para mim. — Ele segura meu rosto, mas o gesto parece um prêmio de consolação que não quero. Ele deixa as mãos caírem quando me afasto. — Lembra… lembra o que eu te disse na sua casa?

— O… o quê? — Não faço ideia do que ele está falando.

— Naquela primeira vez. Você me acusou de me reprimir. Lembra o que eu te contei?

— Que não confia em si mesmo perto de mim?

— Isso não mudou. Na verdade, apenas piorou. Se a gente continuar assim… — Suas palavras saem fracas, como se precisasse se forçar a dizer. Ele passa a mão pelo cabelo já bagunçado. Enfim, diz: — Você me faz perder o controle.

— Então perca. Por mim, pode jogar o controle pela janela.

— Raio de sol. — Ele tenta me alertar.

— Do que você tem tanto medo? — pergunto em um sussurro, diminuindo a distância entre nós de novo.

— Eu tenho medo — diz ele, mas sua respiração falha quando coloco a mão em seu peito, traçando um caminho até seu ombro e depois descendo por seu braço. Coloco sua mão em minha cintura, e ele não a tira dali. — Eu tenho medo de que se a gente fizer isso, eu nunca consiga parar de te querer. Já estou viciado em você, raio de sol. Todo santo dia, eu conto as horas até poder estar contigo. Estar no palco, atuando com você, é o ponto alto do meu dia, mas se a gente estivesse trabalhando na porra de um telemarketing, ou fazendo manutenção na Movieland, ou, Deus nos livre, preenchendo papeladas, qualquer coisa, eu podia fazer qualquer coisa e ainda seria a melhor parte do meu dia se estivesse com você.

O jeito que meu coração reage a suas palavras não pode ser saudável. Ele bate tão rápido dentro do peito, fico sinceramente preocupada que possa ter algo de errado comigo. Meu cérebro está confuso, meu corpo inteiro se arrepia enquanto o friozinho na minha barriga se agita de uma só vez.

Por motivos que não compreendo, só consigo dizer uma coisa.

— E fazer outra série infantil que nem *School Highway*? — pergunto, me referindo a sua resposta de meses atrás, quando perguntei sobre um papel que ele havia odiado ter feito.

Ele ri.

— É *School Hallway*, raio de sol. — Sua mão desliza por minha perna, acariciando minha coxa com movimentos suaves. — E você me pegou. Isso eu não faria com você.

— Não faria?

Ele balança a cabeça.

— Essas séries… Elas são para ver com a família toda. — Ele leva a mão livre para o meu rosto, e seu polegar acaricia minha bochecha, arrancando um gemido suave de meus lábios. Ele engole em seco antes de continuar. — E não tem nada de classificação livre nas coisas que quero fazer com você agora.

— Não? — pergunto, minha respiração repentinamente parecida com a dele, enquanto Winter sobe a outra mão para o meu cabelo, agarrando-o com força. Ele grunhe quando eu solto um arquejo, e o som agressivo injeta desejo em minhas veias, o espaço entre minhas pernas pulsa, cheio de vontade. — O que quer fazer comigo?

Seu polegar paira sobre meu lábio, sem encostar, deixando a sombra do toque e a promessa do que viria quando ele segue para minha mandíbula, depois sobe até bem atrás da minha orelha. Ele brinca com meu lóbulo enquanto a outra mão massageia minha nuca antes de puxá-la gentilmente, inclinando minha cabeça para trás. Minhas mãos exploram o tecido de sua camiseta branca sem que eu perceba. Ele reage ao meu toque vindo para mais perto de mim, nossas pernas lutando por espaço enquanto invadimos o espaço um do outro.

— Para começar — provoca ele, levando a mão livre ao meu pescoço, roçando o polegar suavemente por cima do meu lábio já sensível —, quero te beijar até você esquecer qualquer outro beijo que já deu.

Ele aproxima os lábios dos meus sem tocá-los. Estou perto de implodir com toda essa provocação.

— Winter — gemo alto.

Meu corpo inteiro está em chamas, e ele pode acabar com isso, mas quer me ver queimar. Eu agarro sua camiseta e o puxo para perto, no entanto, ele afasta o rosto.

— O quê? — pergunta ele, fingindo inocência. — Você quer alguma coisa?

Se eu quero alguma coisa? Eu quero que ele me tome para si. Bem aqui e agora. Quero que ele me beije com insensatez, da forma que prometeu, e não quero que ele pare por aí. Quero arrancar suas roupas. Quero tocar cada pedaço de sua pele com minha boca e que ele faça o mesmo comigo.

— Raio de sol? — ele me chama, com aquele sorriso presunçoso no rosto estupidamente lindo de novo. — Me diz no que está pensando.

Meneio a cabeça. Não posso.

— Você estava pensando em alguma coisa. Sei que estava. Me conta. — Sua voz rouca e impositora não ajuda em nada a aliviar o desejo que sinto entre as pernas. — O que fez seu coração acelerar? — Ele substitui o dedo por um suave beijo no ponto onde sente minha pulsação. — Posso sentir seu coração acelerado. — Seus dedos habilidosos abrem o zíper na frente do meu vestido, os nós de seus dedos pairam sobre a pele sensível que não está coberta pelo meu sutiã de renda. Um pequeno gemido escapa de mim quando ele continua abaixando o zíper, expondo minha barriga. Seus olhos ficam ávidos com a visão. — Me conta — ordena ele, e eu ouço em sua voz como ele está perdendo sua batalha interna por controle. — O que você imaginou que deixou seu mamilo duro assim?

Quando sua mão segura meio seio, com o polegar roçando por cima do meu bico rígido, sei que estou perdida.

— Isso — arquejo. — Estava pensando nisso.

— Preciso de mais palavras do que isso. — Seus lábios traçam meu pescoço. Seus dedos deslizam as alças finas do meu vestido pelos ombros, dando acesso a minha pele despida. — Me diga o que quer. Seja o que for, raio de sol, eu te dou. Só me diz de uma vez porque eu estou morrendo aqui.

Minha mão desliza por seu peito até a frente da sua calça jeans para conferir o quanto ele está morrendo, e...

Meu Deus.

Fico com água na boca quando coloco a mão por cima do jeans. Ele é grande e duro, e grunhe quando esfrego o local suavemente.

— Não — me repreende ele, parando minha mão. — Já está sendo duro aguentar sem isso.

— Com certeza está duro — provoco.

Meu riso é interrompido por uma arfada quando Winter envolve o braço em minha cintura e inverte nossa postura, para que eu fique deitada de costas de novo, e seu corpo, sobre o meu. Ele sustenta o próprio peso apenas com um braço.

— Cadê a risada? — Ele se move sobre mim, o volume de seu jeans criando um atrito maravilhoso entre minhas pernas. — Não estava achando graça, raio de sol?

Um gemido suave escapa de mim quando seu quadril se pressiona contra o meu de novo. Ele tira o braço debaixo de mim, prendendo meus dois braços com sua mão grande e os segurando sobre minha cabeça.

— Não me entenda mal — diz ele, pontuando cada palavra com um beijo no meu pescoço. — Eu amo sua risada. Teve tantos momentos que eu teria feito qualquer coisa só para te ouvir rindo e saber que era por minha causa, mas agora, tem outros sons que prefiro ouvir saindo dessa boca.

— Sabe — falo, percebendo como seus olhos escureceram, como ele parece a um passo de perder o controle que tem tentado tanto manter. Gosto do poder que tenho sobre ele. — Isso. — Aponto com a cabeça para onde ele segura minhas mãos. — Isso me lembra muito nosso teste de entro...

— Nem me lembra. Aquilo foi uma tortura do caralho — grunhe ele, movendo o quadril de novo. Winter solta meus pulsos e segura meu rosto, me forçando a encará-lo. — Te ter presa embaixo de mim daquele jeito... Raio de sol, eu odeio dizer isso, mas eu meio que desejei que você não fosse escalada.

— Babaca — reclamo, empurrando-o para longe de mentirinha.

— Fique com as mãos para cima — ordena ele, a voz voltando a soar sensual e impositora. Ele agarra meus dois punhos e os coloca sobre minha cabeça de novo. — Não mexa.

— Mandão. — Abro um sorriso malicioso para ele.

Seus dedos deslizam por meu braço em um toque suave, deixando arrepios por onde passam. Preciso que suas mãos continuem descendo e descendo. Preciso de seu toque mais do que preciso de ar no momento.

— Winter — arfo.

— O quê?

Ele continua mexendo o braço para baixo, traçando a lateral direita do meu corpo. Ele para no elástico da minha calcinha e volta para minha barriga até meu sutiã de renda, que não ajuda em nada a cobrir meus bicos ressaltados.

— Por favor.

Não tenho receio de implorar. Ele passa o polegar por cima da renda, e eu arqueio as costas, indo em direção ao toque. Quando ameaço mexer os braços, ele sacode a cabeça, estalando a língua nos dentes e me mantendo presa com o olhar. Eu paro, bufando, frustrada.

— Me fala — diz ele, passando o braço por baixo do meu torso de novo — o que — continua ele, me puxando para cima. Mantenho as costas arqueadas para ele — você precisa. — Ele abre meu sutiã rapidamente.

Sua mão nunca deixa minha pele. Ele espalma minhas costas como se tentasse cobrir a maior parte que consegue. Quando lentamente traz a mão para frente, ele a passa por baixo do elástico do meu sutiã, que agora está solto, alcançando meu seio e apalpando-o como se fosse um bem valioso.

— Eu preciso... — tento falar, mas perco o fôlego quando ele abaixa a cabeça até meu peito esquerdo, chupando meu mamilo.

Sua língua circula o bico sensível, degustando-o como se fosse sua sobremesa favorita.

— Hum? — pergunta ele, comigo enchendo sua boca. Sinto a vibração em minha pele, balançando meu interior. Ele chupa mais uma vez, morde, depois deposita um beijo antes de soltar. Seus olhos encontram os meus. — O que estava dizendo?

— Hã?

Meu cérebro virou pudim. Sem pensamentos. Sou apenas milhares de terminações nervosas sobrecarregadas.

— Fica comigo, raio de sol — me encoraja ele, deixando uma trilha de beijos do meu peito até minha boca.

Sua língua desliza por entre meus lábios, e eu os abro para ele, envolvendo meus braços em seu pescoço, puxando-o para perto. Ele me devora com uma paixão implacável, sua boca demandando as respostas que meu cérebro se recusa a articular em palavras.

— Estou aqui — sussurro. — Estou aqui — repito, beijando sua mandíbula.

— Do que você precisa? — As palavras vibram onde está minha pulsação enquanto ele lambe meu pescoço, mordendo-o com ternura.

— Me toque — imploro. — Eu preciso que você me toque.

— Puta merda — grunhe ele. — Achei que nunca fosse pedir.

Quando Winter desce a mão, deslizando-a por meu corpo, e me provoca por cima do tecido da calcinha, tenho certeza de que não vai demorar muito para me levar ao limite. Meu corpo inteiro já está eletrificado — uma pequena faísca, e eu vou explodir.

— Você está toda molhada. — Ele me apalpa por cima da calcinha, falando com a voz grave, cheia de desejo. — Tudo isso por minha causa, raio de sol? Você me quer tanto assim?

Assinto, incapaz de confiar em minha boca para produzir sons que não sejam gemidos.

Ele engancha um dedo na borda da minha calcinha e a puxa para o lado, me deixando exposta a sua mão habilidosa. Com um dedo, ele provoca minha abertura, deslizando para cima e cobrindo meu clitóris com minha própria umidade.

— Ah — arfo. — Ai, Deus. É, aí mesmo.

— Está bom assim? — Não consigo responder, estou perdida demais na sensação de seu dedo em mim, na sensação que percorre meu corpo inteiro. — Raio de sol, preciso de palavras.

— Bom — consigo dizer.

Seu sorriso convencido me mostra que ele está muito satisfeito consigo mesmo. Está consumido pelo poder que tem sobre meu corpo, mas agora não consigo me importar. Ele pode ter todo poder que quiser, contanto que continue fazendo eu me sentir desse jeito.

E ele continua. Ele faz movimento em círculos, aumentando o ritmo, exatamente onde preciso dele. Quando percebe que estou quase lá, ele diminui o ritmo, me deixando na expectativa, conseguindo pressentir meu orgasmo.

— Caralho, Winter. Não para agora.

Sua resposta vem depressa.

Ele encaixa dois dedos em mim, os dobrando para tocar o lugar certo. Seu polegar continua acariciando meu clitóris em círculos, até eu começar a arfar, com as costas arqueadas, longe do sofá, fechando as coxas, pressionando o quadril dele.

Já consigo sentir aquela deliciosa sensação de formigamento na base da minha coluna, enquanto me movimento contra seus dedos sem nenhum pudor.

— Goze para mim, raio de sol. Não se segura.

Sem aviso, meu corpo reage ao seu comando, e eu passo do limite. Ondas de prazer me perpassam e eu grito seu nome, com o corpo inteiro tremendo enquanto os dedos de Winter continuam se movendo em mim através das ondas de prazer que não parecem terminar.

Quando meu corpo, enfim, para de estremecer, ele afasta a mão, levantando-a para limpar os dedos com um chupão, e eu quase explodo de novo só de vê-lo se banqueteando com a evidência do meu prazer.

— Porra — murmura ele, baixando em minha direção, a pressão maravilhosa de seu corpo me ajudando a regular minha respiração ainda errática.

— O quê? — pergunto contra sua boca, enquanto ele deposita vários beijos nos meus lábios.

— Estou arruinado. — Ele beija minha têmpora. — Raio de sol, você me arruinou. — Ele beija minha mandíbula. — Sempre que disser meu nome — diz ele com a voz grave, cheia de desejo —, de agora em diante, eu só vou conseguir pensar neste momento. Você gritando meu nome enquanto eu te fazia gozar só com os dedos.

Eu afundo meus dedos em seu cabelo, puxando-o para perto. Ele abaixa os lábios e planta beijos onde meu pescoço encontra meu ombro, depois simplesmente descansa a cabeça sobre meu peito.

— Prefere que eu te chame de Davis? — provoco.

Ele levanta a cabeça tão depressa que eu rio.

— Nem ouse.

21

Winter insiste em me levar para casa depois de passarmos um tempo de conchinha em seu sofá. Não tenho vergonha de dizer que quero ficar, descrevendo todas as coisas que ainda quero fazer com ele.

Vejo sua luta interna, mesmo assim ele ainda diz que é melhor eu ir.

— Por quê? — pergunto, como uma criança que não deixaram comer doce.

— Porque — diz ele contra minha boca, chupando meu lábio inferior suavemente, depois o beijando com carinho. — Não quero apressar as coisas.

— Eu quero — digo, mas ele ri e dá um tapa na minha bunda depois de me levantar do sofá. — Não — choramingo e tento empurrá-lo de novo para o sofá, mas ele é forte demais e não consigo movê-lo nem um pouco.

— Vamos. — Ele me empurra na direção oposta. — Eu te levo em casa.

— Você não é nada divertido — reclamo, mas o sigo.

Ele para e vira de repente, e eu colido com seu corpo.

— Acho que o que acabamos de fazer foi muito divertido — diz ele perto do meu ouvido, fazendo meu corpo estremecer.

— Exa... Exatamente — gaguejo. — E podíamos nos divertir ainda mais hoje.

— Fica para a próxima — promete ele, rindo.

☆

Os ensaios da semana seguinte são insuportavelmente tediosos e extremamente longos. Estamos no ensaio técnico, o que significa dias cansativos em que entramos no palco e ficamos parados por longos períodos para que a equipe de som e de iluminação possam fazer seu trabalho.

Isso também significa que estamos perto da estreia. Faltam apenas três semanas.

E, infelizmente, isso também significa que não vejo muito o Winter. Ele tem a maioria das cenas na peça, então tem os dias mais longos do elenco. Um dia, quando vejo os horários dele no cronograma, eu me sinto mal por ele. Eu tenho dois dias seguidos de folga, e ele vai ter que ir nos dois dias.

Na quarta-feira, uma semana depois do ensaio técnico começar, finalmente temos o mesmo turno, nos posicionando para a cena do reencontro de Melina e Arthur na floresta. Mas não nos vemos muito fora do palco. Quando o liberam para uma pausa, eu fico para trás, e vice-versa.

É como se o universo estivesse conspirando para nos manter afastados.

E meu corpo não está nada contente com isso.

Estou constantemente ciente da presença dele, como se tivesse um ímã dentro de mim que rastreia cada um de seus movimentos. Nossos campos magnéticos agora se transformaram irreversivelmente para nos manter juntos em vez de separados.

Quando tenho minha segunda pausa do dia, encontro uma mensagem esperando no meu celular.

> **Winter 14h21**
> Lembra quando eu te disse que o teste de entrosamento foi uma tortura? ISTO é tortura.

Consigo sentir um sorriso estúpido surgindo em meus lábios.

> **Luiza 15h03**
> Você não pode fingir que precisa ir ao banheiro na próxima vez que eu sair do palco?

223

> **Winter 15h41**
> Por que VOCÊ não faz isso na MINHA pausa?

> **Luiza 16h37**
> Porque eu que dei a ideia. Se não quiser...

Um braço enlaça minha barriga, me fazendo gritar e dar um pulinho.

— Xiuuu — sussurra Winter enquanto me vira. — Eles estão bem ali. Podem nos ouvir.

Abro a boca para dizer que não teria gritado se ele não tivesse me assustado, mas Winter não me dá a chance, colando os lábios aos meus com urgência. Eu reajo rapidamente, tirando vantagem de cada segundo que temos juntos.

O que não é nem de perto o quanto eu gostaria. Cedo demais, os lábios de Winter se afastam, e ele pigarreia.

— Porra — grunhe ele. — Precisamos parar antes que eu volte para o palco com um volume marcando na calça.

> **Luiza 16h40**
> Deixa pra lá

Finalmente, nós dois somos liberados ao mesmo tempo. Winter segura a porta para mim, e eu saio, com o sol já baixo no céu, colorido em tons de laranja e roxo. Ele prontamente vira à esquerda, em direção ao fundo do teatro, em vez de ir para a direita.

— Para onde você está indo? — pergunto, confusa.

— Para o prédio 441? — responde ele, parecendo ainda mais confuso.

— O prédio fica para este lado. — Aponto com o dedão por cima do ombro.

Ele olha para a direção que mostro, depois franze a testa para mim.

— Você vem pelo parque?

— Você não?

É uma piada? Ele está prestes a me contar que se teletransporta para cá?

— Eu uso os túneis — diz ele, apontando com o dedão para trás.

Agora estou convencida de que ele está brincando.

— Que túneis?

Nunca, nos dez meses que tenho trabalhado aqui, ouvi falar de túneis no parque.

— Luiza, por favor, me fale que você conhece os túneis do teatro.

— Eu...

Ele segura meu braço e me puxa atrás de si, contornando até o fundo do teatro, onde uma pequena porta fica escondida atrás de uma cerca viva alta. A porta destranca com um bipe depois que ele passa sua identificação de funcionário, revelando uma escada descendente.

— Todo palco aqui do parque tem uma dessas. Como você não sabia disso?

— Porque ninguém me contou! — protesto. — Como eu poderia saber que o departamento de teatro tem passagens secretas pelo parque?

Estou tão revoltada por não saber disso que demoro um segundo para perceber algo.

— Espera. — Puxo o braço dele para pará-lo. — Naquele dia que nós dois chegamos tarde. O segundo dia de ensaio. Foi assim que você chegou no teatro antes de mim! Você sabia dos túneis e não me contou?

— Achei que você já sabia!

— Então é culpa sua eu ter tido que atravessar o parque, às vezes passando por uma multidão, por meses?

— Não éramos exatamente amigos antes, raio de sol.

— Mesmo assim — insisto, porque não tenho um bom argumento contra isso.

A verdade é que eu provavelmente não teria dado a chance de ele me contar sobre isso de qualquer maneira. Mas ele não precisava saber disso.

— Enfim — diz ele, percebendo que não vou rebater. — Eu tenho um convite.

— Não — resmungo. — Você não vai usar seu charme para evitar que eu fique brava contigo.

— Você me considera charmoso? — pergunta ele, arqueando uma sobrancelha.

— Acho que você se considera charmoso — retruco como a aluna de quinta série que sou.

Pelo menos isso me faz tirar um riso dele. E a risada fica ainda mais deliciosa quando é seguida por um beijo casto e rápido nos meus lábios.

— Desculpa por não ter te contado sobre os túneis — diz ele, segurando meu rosto.

— Está desculpado — digo para ele, tentando ao máximo soar solene, mas falhando miseravelmente, porque ele está com cara de cachorro pidão, e isso é adorável demais para que eu não sorria para ele. — Que convite é esse que você tem para mim?

— Ali quer te conhecer — diz ele, voltando a andar pelo túnel.

Eu o sigo.

— Sua melhor amiga? Você falou de mim para ela?

— Raio de sol, Ali tem me ouvido falar de você desde o dia do seu teste.

— Jesus — provoco. — Então ela não tem uma imagem boa de mim.

— Pelo contrário. — Ele me encara com um sorriso no rosto. — Ela está morrendo de vontade de conhecer, como ela diz, "a garota que finalmente descongelou o coração do Winter".

— Rá! — Rio sarcasticamente. — Sabia!

— O quê?

— Sabia que tinha um bom motivo para o seu nome significar inverno.

— Quer saber? Acho que não quero apresentar vocês duas.

— Ah, agora você vai ter que apresentar. Já sei que vou gostar dela.

Eu estava certa. Ali Hoang é o máximo.

Nós a encontramos em sua casa, porque, diferente de Winter, ela nunca saiu dos holofotes, e tentar sair para um simples jantar sempre acaba em dor de cabeça e vários paparazzi a seguindo.

Quando ela abre a porta para nos deixar entrar, percebo o erro que cometi por não pesquisar sobre ela no Google. Talvez eu pudesse ter evitado o "ai, meu Deus" que gritei quando vi que ela era a protagonista da série que eu e Olivia adorávamos. Seu nome artístico é Alice Soo, por isso não tinha feito a conexão.

Algumas horas depois já quase me acostumei à ideia de passar um tempo com alguém que vejo toda semana na televisão. E ela facilita.

Ali age como se sempre tivéssemos sido melhores amigas.

Ela me conta tantas histórias da infância de Winter, é quase como se ele tivesse tido duas vidas paralelas. Aquela com seu pai o fazendo miserável, e outra em que ele podia ser uma criança, ou o mais perto que uma estrela de Hollywood consegue ser.

Quando, algumas horas mais tarde, decidimos que estamos com vontade de pizza, Ali pede para Winter ir a um lugar específico para trazer a favorita dela.

— É literalmente só uma janela onde você retira a comida. Super na encolha. Eles não entregam. Não estão em aplicativo nenhum. Precisa ir pegar o pedido pessoalmente — explica ela depois que ele sai, prometendo ser rápido.

— Como descobriu esse lugar?

— Um ex. — Ela dispara a palavra com nojo. — A única coisa boa que ele fez por mim foi me apresentar ao Pepe's Pizza.

Eu rio de seu tom de desdém, e logo ela compartilha histórias de seus ex, e é uma pior que a outra.

— Ai, meu Deus, Ali — grito, depois que ela me conta sobre um cara que só se comunicava via diálogos de um filme que ela tinha acabado de fazer. — Ele decorou tudo?

— É. Na verdade, foi bem impressionante, porque por um longo tempo não percebi que ele estava fazendo isso. Ele encontrava falas que cabiam na conversa. Foi só quando ele disse uma coisa, que nem lembro mais o que foi, mas era uma fala icônica do filme, que eu comecei a perceber.

— Jesus, achei que ser gostosa e famosa deveria tornar toda essa coisa de namorar mais fácil.

— Ah, pelo contrário. Winter também tem histórias horríveis que provam isso.

— Ele tem? — pergunto, impulsivamente.

— Hum, por onde começo? — Ela coloca a mão na têmpora como se tentasse escolher o que dizer. — Tudo bem, não vou dizer nomes, mas uma vez teve uma atriz, ela estava começando. Fez alguns episódios dessas séries que contam um caso por episódio, mas não tinha estourado ainda. Winter na época tinha dezessete ou dezoito anos, e ela era um pouco mais velha. Já sabe no que isso vai dar, né? Mulher mais velha dando atenção para um adolescente? Ele não teve a menor chance. Eu que tive que abrir os olhos dele e mostrar que ela estava vendendo a história deles para os tabloides para fazer o nome dela.

— Jesus, isso é...

Nem tenho palavras para definir. Uma onda esmagadora de raiva pelo que essa mulher fez com ele me domina, seguida por uma percepção repentina.

Seu pai, essa mulher, Graham, sua namorada da faculdade. Todos eles o usaram para o próprio benefício, sem se importar nada com ele. E o pior de tudo, todos fizeram ele sentir que não tinha o controle de sua própria vida.

Winter volta com a pizza logo após isso, e eu não consigo evitar olhar para ele de um jeito diferente. Como se a névoa tivesse finalmente se dissipado. Como se eu tivesse encontrado a peça perdida do quebra-cabeça que ele era.

22

A PACIÊNCIA INABALÁVEL DE WINTER ESTÁ COMEÇANDO A ME dar nos nervos. Especialmente quando isso me faz revirar na cama depois de ele insistir em me levar para casa depois que saímos da casa da Ali.

Demoro muito para dormir, meu corpo ainda se acostumando com a ausência de Winter. É como se eu fosse uma viciada em abstinência.

O sol perpassa a cortina, banhando meu quarto com um brilho acolhedor, mas não é a luz que me desperta. Tem uma batida constante na porta do meu quarto seguida pela voz aguda da minha irmã caçula chamando meu nome.

— Luiza, acorda, caramba. — Solto um grunhido no travesseiro, colocando-o sobre a cabeça para tentar fingir que não a ouço. — Vou abrir a porta — avisa ela.

Eu permito, mesmo que meu corpo inteiro esteja gritando por pelo menos mais algumas horas de sono. Não tenho ensaio hoje, então podia dormir de verdade pela primeira vez em tempos.

O colchão afunda com o peso da minha irmã jogando o corpo perto de mim enquanto me acorda com sacolejos.

— Luiza, acorda.

— Que foi? — berro no travesseiro.

Ela continua me sacudindo sem parar até que eu descubra o rosto, jogando o travesseiro nela.

— Chegou!

— Chegou o quê?

— Os pôsteres promocionais! — Ela balança o celular na minha frente. — Graham me mandou mais cedo, mas vão postar logo.

— O quê? — Me sento tão depressa que o sangue desce e minha cabeça fica leve. Ou talvez seja animação por finalmente me ver como Melina. — Espera, quem te mandou?

— Você está incrível, mana. — A admiração em seu olhar é tão sincera que nem foco na pergunta que ela não responde.

— Se você parar de mexer, eu consigo ver — repreendo, segurando seu braço para manter o celular dela na frente dos meus olhos.

Fico sem fôlego. Meus olhos instantaneamente se enchem d'água. Eu... eu pareço uma princesa. O pôster tem uma das fotos que tirei sozinha, usando o vestido de noiva. Estou olhando para trás, e de alguma forma, meus ombros tensos e punhos cerrados demonstram medo, e ao mesmo tempo meus olhos brilhantes mostram alívio. Exatamente a emoção que imagino que Melina sente naquele momento.

Depois de um tempo, começo a perceber os detalhes. Minha mão direita está sendo puxada por uma com luva de couro. Não me lembro de ter mais alguém nessa sessão, então deve ter sido acrescentada digitalmente. Está quase escondido, e acho que era isso o que queriam. Se não prestar atenção, pode nem notar. E então o pôster tem um significado completamente diferente.

Até a mão que me puxa parece ambígua. Sem saber a trama da peça dá para achar que é um amante com quem Melina está fugindo.

De qualquer forma, a imagem é cativante. A composição inteira do pôster, com um castelo no fundo, e os vários elementos em volta do meu corpo, está incrível.

Meu coração está prestes a explodir no peito.

E então eu vejo. As duas frases em cima do pôster.

A primeira princesa latina de Movieland

Conheça Melina em Lealdade gélida *neste fim de ano,*
apenas em Movieland

Sinto um peso na barriga. Meu peito se contrai, ameaçando espremer todo o ar dos meus pulmões. Consigo ouvir as palavras que têm me assombrado. Palavras que de alguma forma eu tinha conseguido banir para um canto escuro e esquecido da minha mente. Elas explodem de volta ao holofote.

Você sabe que se escolherem ela, vai ser só por ela ser latina e gorda, e eles precisam ter diversidade no elenco.

— Luli? — chama Olivia.

O sorriso no rosto dela se torna uma expressão de preocupação.

— Isso... Eu... — Tenho dificuldade de colocar meus sentimentos em palavras. Meu cérebro não consegue processar tantas emoções de uma só vez. — Isso não é... o que eu queria. — Finalmente digo em um suspiro.

— O quê? — Os olhos da minha irmã se arregalam em surpresa, que lentamente muda para irritação. — Você está linda. Não sei do que está reclamando.

— "Primeira princesa latina"? — pontuo, a raiva envolvendo as palavras.

— Bem, você é — argumenta ela.

— Mas não quero ser reduzida a isso.

Jogo as pernas para fora da cama e saio do quarto. Preciso de café se vou ter que lidar com isso.

Olivia me segue até a cozinha.

— Você não está sendo reduzida a isso. Só estão apontando um fato. Eu não sei por que está fazendo drama por causa disso.

Claro que ela não sabe. Olivia nunca teve que se preocupar com nada na vida.

— Claro que não — repito as palavras em voz alta. — Você não liga para nada. Não é você que teve que lutar com unhas e dentes para estar aqui e conseguir sua primeira oportunidade para ser uma cota de diversidade em vez de ser pelo seu talento.

— Sei que tem sido difícil para você, Luiza, mas também não tem sido fácil para mim. Não faça parecer que só você está fazendo algo difícil por aqui.

Um riso incrédulo zune para fora de mim.

— Essa é boa. Você está mentindo para nossos pais sobre sua graduação para não ter que encarar a opinião severa deles, e está me dizendo que não tem sido fácil para você? O que exatamente não tem sido fácil?

— O que isso tem a ver? — Ela recua um passo, desconfortável com meu tom.

— Tem a ver, Olivia. Tem tudo a ver. Você não entende o que estou sentindo porque vive a vida evitando responsabilidade. Se tivesse trabalhado duro por qualquer coisa na vida, entenderia. Não iria querer um rótulo atribuído a você, te reduzindo a uma coisa só. Mas você não fez isso. Não fez porque não conhece o conceito de tomar decisões difíceis. De encarar consequências. Nossos pais alguma vez questionaram sua escolha de estudar aqui? Não, porque você mentiu para eles. Eu não. Eu nunca fugi das consequências das minhas escolhas, e sabe o que consegui com isso? Consegui um mês sendo ignorada pela nossa mãe. Consegui discussões infinitas com os dois, ambos me dizendo que eu estava menosprezando todo o investimento que fizeram na clínica para que a gente pudesse ter uma carreira no futuro. Tenho lembranças que não consigo apagar, não importa o quanto eu tente, da mamãe me dizendo que estou cometendo um erro. Que meu sonho é ridículo. Que eu vou desistir no momento que ficar difícil. Que nunca vou ser boa o suficiente para conseguir.

Estou berrando quando termino de falar. Meus olhos estão cheios de lágrimas de raiva que tento reprimir.

Olivia me encara assustada pela minha explosão, e de repente, uma onda de culpa cresce em meu peito, mas estou brava demais com a Movieland, com meus pais, com o mundo, comigo mesma para fazer algo sobre isso.

— Eu não sabia — sussurra ela, a voz vacilando.

Não sei qual é meu destino. Saio de casa sem um plano. Continuo andando sem perceber aonde estou indo ou quanto tempo faz. Mas enquanto estou perambulando, me forço a não pensar no pôster.

Ou na minha briga com Olivia.

Em vez disso, foco na cidade ao meu redor. Os carros passando, o som das buzinas ali e aqui, os raios de sol brilhantes pintando a cidade inteira em um dourado flamejante. Eu amo este lugar.

Logo que me mudei para LA, quando acabei a faculdade, tinha esperança de ficar aqui para sempre. Hollywood é o sonho de todo ator. Pelo menos, deveria ser.

Mas, então, me lembro de uma das primeiras atrizes que conheci no começo do ano.

Ela estava aqui há pouco mais de um ano, e nos conhecemos no Trader Joe's. Ela estava na minha frente na fila, mas tinha esquecido de pegar tofu, então me pediu para olhar seu carrinho por um segundo.

Quando voltou, ela começou a conversar. Parecia que éramos velhas amigas que tinham acabado de se encontrar no mercado. Quando descobriu que eu também era aspirante a atriz, ela abriu um sorriso triste para mim.

— Ai, querida.

Ela colocou a mão no meu ombro. Não sei o que mais me pegou de surpresa, a gentileza do gesto ou o fato de que ela estava me tocando, uma completa desconhecida, para começo de conversa. A coisa que mais demorei para me acostumar quando me mudei para os EUA foi a falta de contato físico. E de repente, lá estava ela, me dando um tapinha no ombro como se fosse a coisa mais normal do mundo.

— Não quero estragar seus sonhos, mas todos dizem que LA é onde os sonhos se realizam, até chegarem aqui e descobrirem que LA na verdade é a cidade onde os sonhos vêm morrer.

A caixa a chamou nesse momento, e ela partiu sem dizer seu nome. A única coisa que deixou para trás foi o medo paralisante que senti de ter cometido um erro vindo para cá. Um erro enorme.

Isso foi em março, sete meses atrás. Por um longo tempo, acho que acreditei nela. Tinha tentado conseguir outro emprego que não fosse na entrada da Movieland, mas nada tinha acontecido. Até os testes estavam ficando mais e mais escassos.

Se a cidade estava determinada a arruinar os sonhos de todo mundo, quem era eu para tentar ir contra as probabilidades?

Mas agora eu consegui, não foi? Tenho um emprego. Um emprego remunerado como atriz de verdade. Então por que não consigo simplesmente ficar feliz com isso? Por que ainda sinto como... como se eu não fosse o suficiente?

Quando me dou conta, me encontro na Trilha do Filme, a apenas alguns passos da entrada do parque.

Não sei o que estou fazendo aqui. Não sei por que minha mente escolheu esse lugar para procurar conforto quando me sinto tão perdida, mas estou aqui. Respiro fundo algumas vezes enquanto olho em volta, tentando encontrar o que me trouxe para cá, mas é só quando vejo Emily ao longe, passando pelo Portão do Xerife, que percebo que estou no lugar errado.

Encontrar Emily não é fácil, mas consigo achá-la no sexto andar do prédio 441.

Quando ela sai do escritório de Anne Marie quase meia hora depois, ela fica surpresa ao me ver esperando no corredor.

— Luiza — diz ela, vindo em minha direção. — O que está fazendo aqui? Não é seu dia de folga?

— Eu...

O que eu estou fazendo aqui?

— Está tudo bem? — Sua voz se torna preocupada agora. — Quer conversar?

Simplesmente assinto, com medo de tentar falar e começar a soluçar em vez disso.

— Vamos para o meu escritório.

Ela me chama com um gesto até uma porta no fim do corredor. Fechando-a atrás de nós, ela senta na poltrona que está na frente de um pequeno sofá e aponta para que eu me sente.

Quando me aconchego, ela pergunta:

— O que houve?

Não sei o que planejo contar para ela, mas quando me dou conta, estou contando tudo. Sobre ser escolhida para o elenco, sobre o que ouvi das garotas nos bastidores, mas também sobre meus pais e meu passado. E finalmente, eu conto para ela sobre o pôster e minha briga com a Olivia.

— Olha, eu entendo, está bem? — diz ela, sustentando meu olhar de um jeito consolador. — Eu entendo como você se sente. Não posso dizer que já passei exatamente pela mesma coisa, mas confie em mim, sei o que quer dizer.

— Exato. Você não...

— Agora — me interrompe ela, com a voz mudando um pouco de tom —, isso não significa que eu necessariamente concorde com você.

— O quê?

Instintivamente, eu ajeito minha postura.

— Você parece acreditar que não é o suficiente. Talvez porque seus pais não apoiaram seus sonhos, ou por outro motivo. Seja lá o que for, você se apegou muito a isso. E agora parece que essa é a única verdade que você conhece. Não acho que importa se você foi contratada por causa do seu talento ou por ser latina, Luiza. E acredite em mim quando digo que foi pelo seu talento. Não teve nada a ver com o lugar de onde veio. Mas não acho que esse seja o problema. Acho que não importa o que aconteça, você vai sempre encontrar um jeito de dizer para si mesma que não merece isso. Porque você acredita que não é o suficiente.

— Isso...

Ela ergue a mão, me silenciando de novo.

— Ser a primeira princesa latina da Movieland não é algo que deva te constranger.

— Não estou constrangida! — digo na hora.

— Não? — pergunta ela, erguendo uma sobrancelha desafiadoramente. — O que pensou quando viu isso no pôster?

— Que as pessoas achariam que eu só fui contratada por ser latina — respondo, honestamente. — Não que eu estava constrangida.

235

— Você quer que as pessoas saibam que você foi contratada por seu talento. — Assinto, concordando. — Mas onde naquele pôster diz que não foi isso? Sim, você é latina. Mas não é só isso. O que te fez ser escalada foi seu talento. Sim, é uma droga que diversidade ainda precise ser anunciada dessa forma, mas pense em todas as menininhas que vão saber que elas, também, podem ser uma princesa da Movieland. Ou uma espiã ou uma pirata ou qualquer coisa. Alguém precisa ser a primeira. E estou feliz para caramba que seja você e orgulhosa por poder te dirigir.

— Eu só... — Suspiro. — Não queria que isso fosse uma questão, sabe?

— É, eu sei. Mas é uma questão, e vai continuar sendo até não ser mais. Então use essa oportunidade. Agarre ela e use ao seu favor. Talvez um dia as pessoas parem de tratar diferente todo personagem que não seja branco, sem deficiência, cis e hétero. Mas até lá... — Ela abre um sorriso reconfortante. — Até lá, fazemos o melhor com o que temos.

Depois que saio do escritório de Emily, passo o dia no parque como turista, dando voltas nos brinquedos, tirando fotos das lojas e lugares, e assistindo às apresentações. Estou na fila para a sessão das quatro da tarde de *Unearthed*, a última apresentação do dia, quando uma coisa estranha acontece.

Uma família com três pré-adolescentes e seus pais estão atrás de mim na fila, e fico ouvindo-as cochichando e de risinhos. Não sei o que me faz virar a cabeça na direção delas, mas quando o faço, elas param imediatamente. Fico desconfortavelmente insegura, porque fica claro que seja lá qual fosse o assunto dos cochichos, tem a ver comigo.

— Licença — chama a mãe assim que viro de costas para elas de novo. Não tenho certeza se ela está falando comigo, então finjo não ouvir. Porém, ela gentilmente toca no meu ombro e diz de novo: — Licença?

— Oi? — respondo, agora virando por completo para eles.

— Mãe, é ela — diz a garota de rosa.

As três se parecem tanto, que me pergunto se são trigêmeas.

— Não é — rebate a menina de verde.

A de amarelo apenas revira os olhos para as irmãs, claramente sem paciência.

— É só perguntar para ela.

A mãe faz sinal para que a de rosa fale comigo. As bochechas dela ficam da cor da sua roupa.

— Desculpa — digo, me certificando de abrir um sorriso educado —, mas quem você acha que eu sou?

— Princesa Melina — diz a garota de amarelo, impaciente. — Ela acha que a você é a princesa Melina.

— Ah.

Não sei o que dizer. A mãe entende minha surpresa do jeito errado, achando que não estou entendendo o que elas estão falando.

— Desculpa. As meninas são obcecadas com a Movieland. Todo ano elas esperam pela peça de inverno com mais entusiasmo do que pela manhã de Natal. Elas acabaram de ver o pôster hoje de manhã e acharam você parecida com a nova princesa.

— Ah — repito, depois forço meu cérebro a formar palavras: — Bem, é, sou eu. — A forma que o rosto delas se ilumina quando confirmo as suspeitas é quase ofuscante. — Eu sou a Melina. Princesa Melina.

Estico a mão, e elas se revezam para me cumprimentar com um aperto de mão, impressionadas de uma forma que nunca achei que veria sendo direcionada para mim. É surreal. Como se eu estivesse assistindo a cena se desenrolar de longe. Não parece possível que isto esteja acontecendo.

— Elas podem tirar uma foto? — a mãe pede porque aparentemente as meninas perderam a habilidade de formar palavras.

— Claro — concordo, abrindo os braços para abraçá-las para a foto.

As três viram rapidamente, encarando a mãe com sorrisos enormes colorindo o rosto. Eu passo o olho rapidinho por elas, só pra perceber que nós temos cabelos bem parecidos, com cachos indomáveis descendo em cascata por nossas costas.

— Obrigada — as três falam em uníssono, depois que a mãe tira algumas fotos no celular.

237

— De nada.

— Tudo bem, meninas, vamos. A fila está andando. — É o pai delas que as fazem andar de novo, mas estou surpresa demais com tudo isso para fazer minhas pernas se mexerem.

Eles passam por mim, e compartilhamos sorrisos.

— Elas literalmente gritaram quando viram que a princesa parecia com elas. — A mãe delas fica para trás para me dizer isso quando as meninas estão longe. — Elas estão muito animadas para ver a peça.

Abro o sorriso mais fácil que já dei e digo:

— Fico feliz em ouvir isso.

Mas provavelmente elas nunca vão saber de verdade o quanto me fizeram feliz.

Ainda não quero ir para casa. Não quero encarar Julia porque tenho certeza de que ela vai querer saber o que aconteceu hoje. Não quero conversar com Olivia ou pensar sobre a briga que tivemos hoje de manhã. Especialmente depois de encontrar as três meninas na fila da apresentação.

Mas a Noite do Terror vai começar em meia hora, e eu definitivamente não quero estar aqui para vivenciar isso de novo.

Já é quase hora de jantar, e mesmo não estando com fome, sei que deveria comer alguma coisa do parque, mas nem o Sprinkled Dreams parece apetitoso.

Ainda estou tentando decidir o que comer quando passo pela entrada dos funcionários, contorno o prédio 441 e vou até a Trilha do Filme. Assim que passo pelo portão, vejo Winter, encostado em um pilar fino entre o Portão do Xerife e a loja Meias Sensacionais. Ele está de braços cruzados, mas os olhos estão preocupados, impacientes.

— O que está fazendo aqui? — pergunto e recebo um sorriso sincero em resposta.

— Você não me cumprimenta desse jeito faz um tempo — pontua ele. Tinha me esquecido disso. — Julia me ligou — responde ele. — Ela perguntou se eu sabia onde você estava, depois eu tentei te ligar, mas não consegui falar com você. Fiquei preocupado.

Eu caminho até ele, incapaz de impedir a atração que ele causa em mim.

— Como soube que eu estava aqui?

— Eu... — Ele fica repentinamente interessado na vitrine com uma grande variedade de meias estampadas. — Sei o quanto ama este lugar. Imaginei que viria para cá. E aí eu perguntei por aí até alguém me dizer que tinha te visto.

— Está esperando há quanto tempo?

— Não importa — afirma ele. — Eu teria esperado o dia inteiro.

— Winter — digo em um suspiro.

— O que aconteceu? — pergunta ele, com ternura.

— Eu... — Minha garganta fecha quando tento colocar as palavras para fora. — Prefiro não falar sobre isso.

Ele assente. Uma onda de alívio recai sobre mim como a corrente da maré.

— Está com fome?

Meneio a cabeça, percebendo que a única coisa que quero já está bem aqui.

— Quando foi a última vez que comeu? — insiste ele.

— Não sei.

— Certo, vamos arranjar comida para você.

Estou tão cansada, que não sei ao certo como chego ao carro de Winter. Tudo que sei é que no momento que entro no veículo, sinto uma calma e uma familiaridade me perpassar, relaxando cada músculo do meu corpo. Fico tão confortável que adormeço antes de chegarmos à estrada. Em um segundo, estamos em Burbank; no segundo seguinte, o carro para, e não sei direito onde estamos.

Abrindo os olhos, eu me viro e o encontro me observando com um sorriso no rosto.

— Sabia que você fala dormindo?

— Quê? Não falo nada.

Mas talvez eu fale. Julia já tinha dito algo sobre isso uma vez.

— Fala sim.

— Não falo — insisto. Ele arqueia uma sobrancelha para mim. — Mas hipoteticamente, se eu falasse... o que eu teria dito?

— Hipoteticamente você teria dito que está muito, muito, *muito* — diz ele, enfatizando a palavra como se repeti-la várias vezes não fosse suficiente — feliz por eu ter ido te buscar.

Não sei se acredito ou não nele, mas sendo honesta comigo mesma, eu estou muito feliz por ele ter vindo. Estou feliz por estar com ele agora.

— E — continua ele — você disse que estava com muita fome. Tipo, se eu não te alimentasse logo, você cometeria assassinato. Imaginei que eu seria a vítima, então gostaria de evitar isso. — Ele olha através do para-brisa. — Por isso estamos aqui.

Eu sigo seu olhar. Estamos no estacionamento do supermercado Vons.

— Vai me alimentar no... Vons?

— Não — diz ele, de forma simples, destrancando o carro e saindo. Tudo que posso fazer é ir atrás dele.

— O que... — Preciso correr um pouco para alcançar seus passos largos. — Winter, espera. O que estamos fazendo aqui?

Ele para e me espera chegar até ele.

— Comprando comida para eu fazer o jantar para você.

Nunca na minha vida um homem que não fosse meu pai tinha cozinhado para mim. E droga, o Winter sabe cozinhar. Ele fez meu tipo favorito de risoto, com presunto parma e brie, e quando falei isso, apenas sorriu para mim como se não fosse novidade.

Agora estou sentada em seu sofá, esperando que ele volte com nossas taças de vinho. Branco de novo, porque ainda não confio em mim mesma neste sofá que parece custar mais do que o valor de um mês do meu aluguel. Ele não me deixou mexer nem um garfo. Nem para lavar a louça depois que ele cozinhou tudo. Estou sendo muito mimada esta noite, e não estou reclamando.

Julia ligou enquanto ele estava preparando o jantar, e fui para o quintal dos fundos para atender. Eu disse a ela que estava bem, mas sei lá por qual motivo, não contei onde eu estava. Ela não me pressionou, e depois de alguns minutos, desligamos.

Enquanto vem até onde estou no sofá, eu finalmente percebo que ele não está usando seu jeans gasto e camiseta branca de sempre. Em vez disso, ele usa uma Henley marsala, e eu odeio como ele fica ótimo com ela. Ele alguma vez ficou feio? Aposto que podia ficar gostoso até usando uma fantasia de abelhão.

De repente, algo surge na minha mente.

— Você estava fora quando a Julia te ligou? — pergunto do nada.

— Hã?

— Quando ela ligou perguntando por mim — explico. — Onde você estava?

Ele me encara, confuso. Está tentando entender o motivo da minha pergunta. E posso ver que Winter pondera como responder. Pela forma que ele suspira, devo presumir que ele vai dizer a verdade.

— Eu estava num bar. Por quê?

— Não é nada. É que… por que você saiu, então? Não precisava ter ido me procurar.

— Eu não precisava — repete ele, depois se abaixa para colocar a taça na mesinha de centro. Quando volta a sua postura, ele se inclina na minha direção. Seus lábios tocam o ponto no pescoço onde sente minha pulsação, e tenho certeza de que ele percebe quando as batidas do meu coração sobem. — Mas eu quis.

— Por quê? — pergunto, com a voz saindo mais arfada do que esperava.

— Porque eu precisava te ver — diz ele, beijando atrás da minha orelha. Seus dentes mordiscam meu lóbulo, e um tremor percorre minha coluna.

— Por quê?

— Porque… — Ele mordisca meu ombro, abrindo a boca para um beijo em seguida. — A ideia de você magoada me dói. Porque aceito qualquer desculpa para estar com você. E porque… — diz ele, com certo ar de conclusão na voz. — Eu cansei de ser paciente quando só consigo pensar em todas as coisas que quero fazer com você.

— Tipo o quê? — consigo perguntar, quando sinto o pouco controle que ainda tenho sobre meu cérebro na hora que a boca de Winter explora cada pedaço da minha pele que seus lábios conseguem alcançar.

— Sou melhor mostrando do que contando. — Ele sorri contra minha boca.

— Então me mostra. — Quero que isso soe como um desafio, mas sai mais como um apelo.

Winter fica de pé em um segundo. Se inclinando sobre mim, ele encaixa o braço sob minha bunda, e instintivamente eu seguro seu pescoço. Ele me puxa sem muito esforço, fazendo minhas pernas envolverem seu corpo.

— Winter — arquejo. — Eu sou pesada.

— O peso perfeito — responde ele, indo até seu quarto comigo colada a ele como um coala.

Eu nunca estive nesta parte de sua casa, mas não consigo prestar atenção em nada além dele e na forma que ele me encara, como se eu fosse um copo de água no deserto.

Seus olhos famintos me mostram exatamente o quanto ele me quer. O desejo dele alimenta o meu, e tenho medo de ter uma overdose de luxúria. Isso acontece? Querer tanto alguém que seu corpo para de funcionar?

Espero que não, porque estou correndo o risco de isso acontecer comigo agora mesmo. E se acontecer, vou ficar incrivelmente irritada por perder o que sei que está prestes a acontecer.

Winter me joga na cama, minhas costas tocando o colchão, que parece uma nuvem. Ele abaixa o corpo cobrindo o meu, os lábios nunca mais do que alguns centímetros da minha pele.

— Você faz ideia — pergunta ele, me distraindo enquanto sua mão livre explora meu corpo — quantas vezes eu imaginei fazer isso?

— Não tanto quanto eu.

— Ah, raio de sol. — Ele meneia a cabeça. — Impossível.

Desta vez, quando sua boca reivindica a minha, não tem nada de ternura ou doçura. Tem desespero, paixão, avidez. Nossas línguas colidem em uma batalha que nós dois somos vencedores.

As mãos de Winter nunca param de me tocar, mapeando meu corpo como se pudesse guiá-lo ao baú do tesouro.

Eu me dou conta de que Winter nunca fez eu me sentir preocupada com o que ele acha do meu corpo. Nunca foi uma questão o quanto ele me quer. Estar com ele é tão natural, não tinha me dado conta que é tão diferente das minhas experiências anteriores.

Como se pudesse ler minha mente, ele agarra a barra do meu top.

— Isto — diz ele, puxando o tecido — fica ótimo em você, mas prefiro muito mais te ver sem. — Ele me ajuda a sentar para poder tirar de mim, e depois rapidamente estica os braços para minhas costas e abre meu sutiã. — Isto também.

Eu agarro sua Henley vinho.

— Então é justo que tire isso também.

Ele não espera que eu o ajude. Em um movimento suave, arranca a camiseta e a joga em algum lugar que não me importo em registrar.

Com um pequeno empurrão, ele me faz deitar de novo, suas mãos apalpando meus seios, enquanto seus olhos focam na minha boca. Mordo meu lábio inferior, tentando conter um gemido, mas ele me vê fazendo isso e encara como um desafio.

No momento que ele começa a brincar com meus bicos do peito, passando os dedos em volta deles, depois os puxando e torcendo, sei que não vou durar muito, mas dou meu máximo enquanto ele me observa cautelosamente, esperando o gemido escapar por meus lábios.

— Não se contenha — pressiona ele.

— Não estou — minto. — Só estou esperando isso ficar bom de verdade.

Seus olhos ficam o mais escuros que já vi. Juro que podia me perder dentro deles, presa nas profundezas daquela escuridão. E eu amaria estar lá. Amaria tanto que se alguém me entregasse um mapa para encontrar a saída, eu o picaria em pedaços e ficaria por lá.

— Você vai se arrepender de dizer isso — me avisa ele, se esgueirando para fora da cama e me puxando em sua direção. Sua voz assume uma qualidade sensual e mais rouca, com o desejo gotejando de cada uma de suas palavras. — Eu amo que você quase nunca usa jeans.

— Por quê?

— Isso é bem mais fácil de tirar. — Ele arranca minha legging, jogando-a para algum lugar atrás de si. Winter coloca a mão por dentro das minhas coxas, com os olhos encarando, faminto, onde eu mais preciso dele. — Abre as pernas para mim, raio de sol.

Neste momento sou muito grata por todas as aulas de pilates que já fiz. Hora de exibir minha flexibilidade. Faço o que ele mandou, abrindo bem minhas pernas.

— Essa é minha garota — diz ele, com um sorriso impressionado no rosto. — Agora as mantenha assim. Não se mexa.

Muito fácil falar. No momento que ele começa a trilhar beijos pela minha coxa direita, já estou tentando juntar as pernas, mas as mãos de Winter as mantêm abertas, enquanto meneia a cabeça para mim em uma falsa repreensão.

— Quero ver você ficar parado quando for eu fazendo isso com você — argumento.

Se achei que os olhos de Winter estavam escuros antes, com a simples insinuação de que eu vou tê-lo em minha boca, seu olhar fica completamente preto. Ele nem responde. Pelo menos não com palavras. Sua resposta vem com uma passada deliciosa de sua língua.

Arqueio as costas para longe da cama, meu corpo inteiro se move sem meu comando, como se sua língua mágica tivesse causado um curto-circuito com uma lambida.

— Winter, por favor — gemo, esquecendo de repente de qualquer outra palavra em inglês, português ou qualquer outro idioma.

Ele usa os dedos para me abrir, e sua língua encontra o exato ponto onde necessito dele. Winter lambe e gira a língua ali em volta, como se eu fosse seu sabor favorito de sorvete. Uma vontade profunda de o sentir, de tê-lo mais perto, de me conectar a ele me domina de repente.

— Win... — A palavra morre na minha boca quando ele chupa meu clitóris, fazendo meu quadril subir na direção de seu rosto. — Meu Deus.

Winter percebe cada um dos meus movimentos. Ele muda o ritmo quando meu corpo reage, nunca me fazendo esperar. Ele aprende depressa o que eu gosto, me lendo como se eu fosse um livro aberto. Como se eu fosse um idioma no qual apenas ele é fluente.

Sua língua continua se movendo em mim, provocando minha entrada, deixando meu clitóris molhado e saboreando-o como se fosse sua última refeição.

— Quase — grito, sem ser capaz de formar frases completas. — Não para.

Ele não para. A boca de Winter continua me devorando no ritmo exato que preciso para que ele arranque o orgasmo de mim. Meu controle sobre meu corpo desaparece quando me desato em uma inundação de sensações, movendo o quadril embaixo dele, me deixando levar por cada espasmo que surge depois disso.

— Preciso de você — choramingo. — Agora.

Não preciso falar duas vezes. Esticando o braço até o bolso de trás, ele pega uma camisinha da carteira e rapidamente tira as calças. Eu subo na cama, com os olhos no homem se despindo à minha frente.

Quando sua calça cai no chão, a boxer branca não esconde nada da sua ereção. Minha boca enche d'água antes mesmo de eu vê-lo pelado.

— Parece que você está prestes a me comer, raio de sol.

— Não é minha culpa você ser assim — digo, olhando-o de cima a baixo.

— Como acha que me sinto tendo você pelada na minha cama, assim? — Ele imita meu gesto.

— Por que você não vem aqui e me mostra? — Arqueio uma sobrancelha. Winter basicamente pula em cima de mim. Eu puxo sua cueca — Precisa tirar isso.

No momento que ele se livra da última barreira entre nós, meus sentidos transbordam. Sentir sua pele na minha, as superfícies firmes de seu corpo ligadas as minhas curvas macias, é demais. Não é o bastante. Preciso sentir ele mais perto. Preciso dele em mim.

Colocando o braço entre nossos corpos, eu envolvo seu pau duro em minha mão e o massageio uma vez. Ele grunhe com o toque, o som me estimula. Meu polegar roça a cabeça, seu líquido começando a gotejar.

— Você precisa parar — me avisa ele, mas não paro. Não consigo. Sentir o quanto eu o afeto está me deixando excitada. Saber o quanto estou prestes a fazê-lo desmoronar me deixa inebriada de poder. Ele segura meu punho. — Raio de sol. — Sua voz é só um sibilo.

— Camisinha — peço.

Ele me entrega o pacote e eu o abro. Enquanto desenrolo a camisinha nele, sinto seu peito se expandir em cima de mim.

Olhando para cima, ele grunhe.

— Caralho.

— Olha para mim — encorajo, segurando seu rosto para que ele não o vire. — Não desvie o olhar. Olha para mim.

— Quero que isso seja bom para você — confessa ele em um sussurro. Seus olhos estão intensos no meu rosto. — Mas não sei se consigo durar muito.

Eu não digo nada. Não preciso dizer. Abaixo seu rosto até o meu, reivindicando sua boca em um beijo que diz tudo que não consigo verbalizar. Com minha outra mão, eu o guio até minha entrada, e no momento que Winter me preenche, um gemido sobe bem do fundo do meu peito, e ele o engole em um beijo apaixonado.

Nossos quadris se colidem em perfeito compasso. Suas estocadas são pequenos movimentos no começo, descobrindo o jeito que mais gosto. Sua mão desliza pela minha bunda, depois por minha perna. Ele me ajuda a colocá-la em volta do seu corpo, mudando nossa posição e...

— Caralho — nós dois dizemos quando o novo ângulo o faz chegar mais fundo.

— Sabia que seria gostoso com você, raio de sol — diz ele, arfando. — Mas não fazia ideia que seria tão incrível assim.

Ele abaixa a mão entre nós e começa a acariciar meu clitóris enquanto seu quadril continua estocando ainda mais rápido.

Sinto o orgasmo se formando dentro de mim, a tensão se juntando ao meu corpo, como um elástico sendo puxado até o ponto de estourar. Enquanto Winter está com o dedo no meu clitóris, mudando as técnicas para combinar com o ritmo das suas estocadas, eu agarro seus ombros, com minhas unhas arranhando suas costas.

— Goza para mim, raio de sol — pede ele, tomando minha boca na sua. — Eu...

— Não para — eu o interrompo.

Ele responde imediatamente. Chupando a base do meu pescoço, mordendo meu ombro, encontrando meus lábios de novo. Ele demonstra o quanto me quer de todas as formas possíveis.

— O que você quer? — ele ordena saber.

— Eu quero...

Eu quero que ele não pare. Eu quero que ele não me solte. Eu quero que ele não desista. Eu quero que ele me deseje como eu o desejo.

— Qualquer coisa que você quiser, raio de sol. Eu vou te dar. — Ele soa como se estivesse no limite, como se estivesse se contendo com toda força que tem. — Me diz o que você quer e é seu. Eu sou seu. Sou seu desde o momento que te vi. Pra mim, só tem você. Me diz o que você quer, e, porra, eu te dou.

Ele me beija no canto da boca, e por algum motivo, apesar de seu pau estar fundo dentro de mim, é esse beijo meia-lua que parece o ato mais íntimo que já compartilhamos.

— Você pode me pedir qualquer coisa — continua ele, com os dedos acariciando meu cabelo. — A única coisa que não pode me pedir é para te deixar, porque não acho que consigo fazer isso.

O pouco controle que ainda tenho explode com essas palavras, me fazendo entrar em órbita enquanto grito seu nome.

— É isso — diz ele, ainda tocando meu clitóris, prolongando meu orgasmo.

Com mais algumas estocadas, ele também geme, o corpo inteiro ficando imóvel sobre o meu até seu peso cair em mim, como o cobertor mais gostoso e confortável do mundo.

— Winter? — eu o chamo, e ele apoia seu peso nos braços de novo para poder me ver.

— Fala.

— Posso perguntar uma coisa?

— Você não ouviu nada do que eu acabei de dizer? — provoca ele.

— Por que você me chama de raio de sol?

Ele rola para o lado, com o braço direito me puxando com ele para que fiquemos deitados frente a frente. Ele tenta colocar meu cabelo atrás da orelha, mas não tem como conter os cachos bagunçados. Não depois do que fizemos. Eu rapidamente seguro meu cabelo e o giro em um nó no topo da cabeça.

— Você sabe qual é o melhor tipo de dia? — me pergunta ele, com a ponta dos dedos formando padrões preguiçosos no meu braço. Meneio a cabeça. — Dias frios de inverno quando o sol está brilhando. Durante o verão, o sol pode ser um pouco exagerado, e o inverno sem o sol é simplesmente deprimente. Mas inverno e raio de sol? — Ele beija a pontinha do meu nariz. — É a melhor combinação.

23

Acordo no meio da noite com o braço de Winter jogado em cima da minha cintura. Ele sente meu movimento e se aconchega mais perto de mim. Sorrio sem perceber. Nunca teria imaginado que Winter era do tipo que gosta de conchinha. Mas não estou reclamando. Dormir com seu corpo enlaçado ao meu rapidamente se torna meu jeito favorito de dormir.

Passo a mão em volta para encontrar meu celular na mesinha de cabeceira e conferir a hora. É um pouco depois das três, o que nos dá mais algumas horas de sono antes de termos que acordar. Estou quase bloqueando a tela de novo quando notificações chamam minha atenção.

Cinco ligações perdidas de Julia.

> Julia 20h21
> Ei, onde você está? Vai vir para casa?

> Julia 21h04
> Pode vir para casa? Aconteceu uma coisa, e sua ajuda ia ser uma boa.

> Julia 22h43
> Luli, por favor, me liga quando ver isso. É a Olivia. Precisamos de você.

Eu pulo para fora da cama assim que leio a mensagem. Merda. Merda. Merda. Preciso ver minhas irmãs. Preciso saber o que aconteceu com a Olivia.

Ontem eu estava gritando com ela, mas agora meu coração está na boca só de pensar que algo aconteceu com ela. Tento ligar para Julia, mas ela não atende. Não sei o que está acontecendo, mas o medo invade meu corpo.

— Raio de sol? — A voz de Winter está mais grave de sono. — O que você está fazendo?

— Preciso ir — digo para ele, procurando minhas roupas jogadas.

— O quê? Agora? Que horas são? — Quando não respondo, ele levanta depressa. — O que está acontecendo?

— Onde está meu sutiã? — grito, desesperada para chegar até minhas irmãs.

Winter corre para o meu lado, colocando as mãos nos meus braços.

— Raio de sol, olha para mim. — Eu não obedeço. Escaneio o quarto procurando meu sutiã. — Ei, ei. Respira. Olha para mim.

— Minhas irmãs — digo, com a voz falhando. — É a Olivia. Ela precisa de mim.

— O que aconteceu?

— Eu não sei — berro, meu medo ecoando pelo silêncio da noite. — Elas não disseram. Não me falaram o que está acontecendo. Elas precisavam de mim, e eu não estava lá. Elas me ligaram.

Agora estou chorando de soluçar, e só percebo porque Winter me puxou para perto, me envolvendo com força nos braços, e minhas lágrimas estão escorrendo por seu peito. Ele me balança em um ritmo suave, me deixando derramar todo meu desespero em cima dele.

Quando meu choro finalmente diminui, ele segura meu rosto, com o olhar sustentando o meu.

— Vai ficar tudo bem. — Ele se abaixa para pegar algo do chão e me entrega. — Aqui está.

É meu sutiã. Eu podia chorar de novo, mas me contenho.

250

Winter também começa a se mover pelo quarto. De primeira, acho que ele está ajudando a procurar minhas roupas, mas, na verdade, está procurando as dele.

— O que você está fazendo? — pergunto.

— Eu vou com você — responde ele.

O jeito que ele diz isso, como se fosse óbvio, como se não pudesse imaginar fazer outra coisa além de estar do meu lado, afrouxa o aperto em volta do meu coração. O sentimento se expande pelo meu peito, preenchendo lugares que nunca pensei que seriam preenchidos.

— Obrigada — sussurro, sem confiar que não vou começar a chorar de novo se tentar falar mais.

Não tem hora melhor para dirigir por LA do que no meio da noite. Não tem nenhum carro em volta, sem trânsito na 405 nem na interestadual 5, e chegamos no apartamento em tempo recorde. Minhas pernas estão tremendo quando subimos para o segundo andar, e metade de mim espera encontrar Olivia sangrando no chão.

O que não esperava era encontrar o apartamento em absoluto silêncio e normalidade. Acendo as luzes da sala, procurando por evidências do que pode ter acontecido. Não vejo nada. Ando na ponta dos pés até o quarto das minhas irmãs e abro a porta um pouco. A luz da sala é o bastante para que eu veja que elas estão adormecidas em suas respectivas camas.

Fecho a porta de novo, e Winter vem depressa ao meu lado.

— Elas estão bem — sussurra ele. — Estão seguras.

Sei que deveria acreditar nisso. Acabei de ver as duas com meus próprios olhos, mas mesmo assim não consigo afastar a sensação de que alguma coisa muito ruim aconteceu. Julia não teria me mandando aquela mensagem se não fosse algo grande.

Ainda assim, assinto em resposta porque no momento elas estão mesmo. Estão bem, quero dizer. E não tem nada que eu possa fazer exceto esperar que acordem e me contem o que está acontecendo.

— Você deveria dormir — diz ele, dando um beijo na minha cabeça.
— Eu vou embora.

Por instinto, envolvo sua cintura com meus braços, agarrando sua camiseta.

— Fica — murmuro no seu peito.
— O quê?

Levanto a cabeça.

— Pode ficar comigo? Só um pouquinho?
— Claro — responde ele.

Nós vamos para o meu quarto, e eu tiro a roupa, coloco o pijama e vou para debaixo das cobertas. Quando Winter vem deitar sobre elas, eu balanço a cabeça.

— Eu menti — falo para ele. — Não quero que você fique só um pouco. Quero só que você fique.

Para sempre, diz meu coração.

Ele simplesmente assente e tira a roupa, vindo para a cama apenas com de cueca boxer.

— Obrigada — sussurro na escuridão do quarto.
— Não precisa me agradecer. — Ele encontra minha mão em seu peito e entrelaça nossos dedos, levando-os até sua boca para beijá-los. — Tudo que precisar, estou aqui. Sempre.

Winter se esgueira para fora do meu quarto algumas horas depois, quando o sol está começando a nascer.

— Obrigada por ter ficado — digo quando ele se inclina para me dar um beijo.

Decidimos que é melhor ele não estar aqui de manhã para evitar o interrogatório das minhas irmãs, mas assim que ele sai, fico muito consciente de sua ausência ao meu lado. Eu me reviro na cama, mas não consigo voltar a dormir, então decido levantar e ir fazer café.

Fico inquieta enquanto espero Olivia e Julia acordarem. Preciso conversar com elas. Preciso saber o que está acontecendo. E preciso me desculpar. Sei que fui muito dura com Olivia, e tudo que ela estava fazendo era tentar me fazer ver o copo meio cheio.

Julia é a primeira a acordar, para variar. Ela fecha a porta com cuidado e para quando me vê na cozinha.

Ofereço para ela uma caneca cheia até a boca com café puro, sem açúcar. Ela aceita sem dizer nada, e é assim que sei que ela está brava comigo.

Julia é a pessoa mais doce que já conheci na vida. Ela se esforça para fazer todos se sentirem bem o tempo todo. Por Deus, ela foi parar no hospital porque não queria falar para Cam e Winter que não estava se sentindo bem. Então, quando ela sequer agradece o café, sei que estou com sérios, sérios problemas.

Aponto para o sofá com a cabeça, e ela me segue.

— O que aconteceu? — pergunto.

— Onde você estava? — pergunta ela ao mesmo tempo, as duas perguntas saindo como sussurros para não acordar Olivia.

— A Olivia te contou sobre nossa briga? — Ela assente e espera que eu fale mais. — Eu não fui justa com ela — admito. — Mas eu estava tão brava pelo pôster. Acho... sei que disse umas coisas que não deveria ter dito.

— Sabe por que a Olivia quis se mudar para cá? — Julia dá um gole no café. Meneio a cabeça. — Ela te admira, Luli. Sempre admirou. Se mudar para cá, estudar roteiro... tudo isso é por sua causa. Ela te venera, e me dói que você não veja isso.

— Você sempre soube que ela estava estudando para ser roteirista? — Julia confirma com a cabeça. — Por que ela nunca me contou?

— Você perguntou? — rebate ela, e sinto uma pontada de culpa no peito. — O que a mamãe fez... O que nossos pais fizeram com você foi uma droga. Eles nunca deveriam ter feito aquilo. Mas isso não é culpa da Olivia. Não é culpa dela eles terem aprendido com os erros e não terem repetido o comportamento.

— Mas eles aprenderam?

— Acho que sim. — Ela dá outro gole no café. O meu está esquecido na minha mão, porque não acho que consigo fazer nada descer pelo nó na minha garganta. — Eles torcem por você, Luli. Eles falam para todo mundo na clínica que a filha deles vai ser estrela de cinema.

— Eles nunca me disseram isso.

— É. — Ela abaixa a cabeça. — Eles ainda têm muito a aprender, mas... — continua ela, me encarando de novo — você iria mesmo preferir que eles tivessem feito a mesma coisa que fizeram com você com a Olivia? Não está feliz por ela ter sido poupada?

— Claro — respondo depressa, porque é verdade. Nunca quis que ela sofresse do jeito que eu sofri. — É só que...

— Você também não queria ter passado por isso — sugere ela.

— É. — Respiro fundo. — Tenho ressentimento porque sempre pareceu que eles davam para ela todo o apoio que não me deram.

— Sinto muito que você tenha passado por tudo isso. — Julia estica a mão para mim e eu rapidamente a seguro. — Não foi justo. Mas também não é justo ficar ressentida com a Olivia por isso.

— Eu sei — concordo.

Um peso sai do meu peito. Posso praticamente ouvir um suspiro de alívio vindo do meu coração, que agora pode crescer, preencher os espaços deixados por essa mágoa à qual eu estava me segurando.

Julia não me conta o que aconteceu com a Olivia na noite passada. Ela diz que é a história da Olivia e que ela que deve contar, mas tenho ensaio meio-dia, e sei que não vou descansar até saber o que está acontecendo.

Abro a porta do quarto delas e a deixo entreaberta, permitindo que a luz da manhã entre. A cama dela fica na parede do outro lado, então a luz atinge mais sua cama do que a de Julia.

Olivia faz careta e se mexe, mas não acorda.

Sentando aos pés da sua cama, eu balanço sua perna gentilmente.

— Liv. — Eu a chamo pelo apelido que não uso há anos. Ele simplesmente sai. Nem penso antes de falar.

— Hum?

— Liv, acorda.

Ela se vira para me encarar, os olhos meio abertos.

— Luli?

— Oi, desculpa te acordar.

Ela parecia tão em paz dormindo que eu não queria mesmo acordá-la, mas eu precisava se queria conversar com ela antes de sair para o trabalho.

De uma vez só, ela acorda. Como se tivessem apertado um botão em seu corpo e ela agora estivesse completamente alerta.

— Luli, eu sinto muito — diz ela, envolvendo os braços em volta de mim.

— Uou, ei. — Eu retribuo o abraço. — Sente muito pelo quê? Eu que deveria me desculpar com você. Eu fui uma escrota.

— Eu não queria fazer você sentir que não podia ficar chateada com o pôster. Desculpa por ter feito isso. Desculpa por dizer que você estava fazendo drama. Era importante.

— Não, você estava certa. — Eu a consolo. — Você não fez nada de errado, Liv. Desculpa, está bem? Desculpa pelo jeito que eu tenho te tratado desde que você chegou aqui. Merda, acho que mesmo antes disso. Eu me ressentia de você pelas coisas que nossos pais fizeram comigo, e isso não é justo.

— Eu não sabia o que eles tinham feito com você. Não precisa se desculpar.

— Preciso. Porque o que eles fizeram comigo não foi sua culpa, e você não deveria ter que pagar por isso.

— Eu te perdoo — diz ela.

— Ótimo. — Compartilhamos um sorriso, e eu a aperto em um abraço de urso. — Agora, por favor, me conta o que houve ontem à noite.

Nós vamos para o sofá da sala. Ela me conta tudo, e eu sinto meu sangue começar a ferver.

— Eu vou matar ele — resmungo.

Tento não focar no fato de que podia tê-la avisado. *O que aconteceu com Olivia não é sua culpa*, repito mentalmente até acreditar mais ou menos. O que basta por enquanto.

— Sou grata pela intenção, mas prefiro que você não seja presa ou deportada — brinca Olivia.

— Eu não ligo — disparo, mas tanto Julia quanto Olivia lançam um olhar pesado para mim. — Ele fez você ser expulsa.

Por que elas não estão bravas também? Por que estão tão calmas com isso?

— Ainda não — me lembra Julia.

— Tanto faz. — Olivia inclina a cabeça. — Eu estou basicamente com um pé na porta de qualquer forma.

Por mais que eu tente me convencer que nada disso é minha culpa, não consigo acreditar completamente. Eu me dou conta de que se não tivesse ficado magoada com minha irmãzinha por tanto tempo, poderia ter prestado mais atenção nela.

Eu não fazia ideia de que ela ainda estava em contato com o Graham. Graham, que fez com ela a mesma coisa que fez com Winter anos antes. Se pelo menos eu tivesse estado próxima da minha irmã. Se pelo menos eu tivesse contado que ele não era alguém confiável. Então talvez ela não estivesse nessa situação.

Quando Graham roubou o roteiro de Winter, demorou um longo tempo para Winter acertar tudo. Olivia não tem todo esse tempo. Plágio é punido com expulsão. Se ela for expulsa da faculdade, seu visto vai ser suspenso e ela vai ter que voltar para o Brasil.

Ver minha irmãzinha de coração partido parte o *meu* coração. *Eu podia ter avisado*. Talvez se eu tivesse avisado, esse podia ter sido o grande momento de sua carreira acadêmica em vez da situação estressante em que se transformou.

Ter um produtor renomado dando feedback para os alunos no material deles é uma oportunidade única na vida, mesmo em uma faculdade tão prestigiada como o Instituto Elísio de Belas Artes. Ninguém espera que o produtor te ligue com o professor do lado para dizer que já leu seu roteiro antes.

— Está tudo bem — diz Olivia, mas sua voz está coberta por derrota. Seu rosto se contorce em tristeza. — Eu não deveria ter dado o roteiro para ele. Pelo menos não antes de entregar.

— Espera. — Ergo o indicador. — Como você enviou para ele?

— WhatsApp — responde ela, me lançando um olhar confuso.

— Tudo bem, então vamos levar seu celular para o reitor. Mostramos para ele que você mandou antes de ele registrar o roteiro no nome dele. Isso vai funcionar. Sei que vai. Não tem a menor chance de o Graham dizer que o roteiro é dele se Olivia puder provar que mandou para ele antes. A não ser...

— Você falou com ele sobre o roteiro antes de enviar?

Olivia encara a própria mão, que estão agitadas em seu colo.

— Pedi a opinião dele uma ou duas vezes.

Julia nos encontra no sofá com outra caneca de café em mãos.

— Por quê?

É hora de elas ouvirem a história de Winter, mas, se quero fazer isso, preciso esclarecer muito mais coisa.

— Ai, meu Deus! Eu sabia!

Pelo nível de animação da Olivia por saber que eu e Winter estamos juntos, ninguém imaginaria que sua estadia nos EUA está ameaçada agora. Assim que comecei a contar sobre meus últimos meses, minhas irmãs parecem ter esquecido completamente o que está em risco.

Eu me sinto como uma professora tentando recuperar a atenção dos alunos quando tento trazer a conversa de novo para o assunto mais importante.

— Então não é a primeira vez que Graham faz isso. E ele foi implacável com Winter. Temo que ele vá tentar a mesma coisa agora. Ele vai usar a ajuda que te deu para fazer parecer que o roteiro é dele.

— Podemos pedir para o Winter contar a história dele? Se ele me defender, talvez o reitor de fato me ouça.

Suspiro, sabendo que não é tão simples assim.

— Quando ele entrou em acordo com o Graham, os dois assinaram um termo de confidencialidade que os impede de falar sobre isso. Acho que ele não pode, Liv.

O jeito que sua expressão muda imediatamente faz meu coração afundar no peito. Eu faria qualquer coisa para ver minha irmãzinha feliz.

— Vamos dar um jeito — prometo para ela. Olivia está sentada no chão, com as costas na mesinha de centro, as pernas dobradas diante de si. Ela abraça os joelhos, e eu pego uma de suas mãos para apertar suavemente. — Você não está sozinha.

— As irmãs Bento nunca estão sozinhas. — Julia sorri, puxando nós duas para um abraço.

— Diz isso para Maria — diz Olivia, apertada entre duas de suas irmãs mais velhas.

Nós rimos, sabendo muito bem que nossa irmã mais velha estaria com a gente em um piscar de olhos se pedíssemos. E se um dia ela precisasse da gente, iríamos até ela, não importa a distância.

— Eu amo vocês — sussurra Olivia.

Nós não somos uma família muito afetuosa verbalmente. Não saímos por aí distribuindo "eu te amo" para lá e para cá como algumas famílias fazem. Então é muito mais significativo quando Olivia diz dessa vez.

— Eu também amo vocês.

— Eu amo vocês duas — repete Julia, e depois me avisa: — Mas Luli, se não quiser se atrasar para o ensaio, precisa ir.

— Merda — praguejo.

Pegando o celular, percebo que preciso pedir um Uber agora mesmo para chegar na hora.

— Vai — me enxota Olivia. — Não precisamos de outra de nós encrencada.

Lanço um olhar rápido para ela antes de passar depressa pela porta, com os dedos já deslizando pela tela do celular.

Enquanto vou para Movieland, tento ao máximo não entrar em pânico, sabendo que o destino de Olivia não é o único que está nas mãos de outra pessoa. Meu visto vai expirar em apenas alguns meses, e, se a Movieland não me oferecer um patrocínio, existe a chance de as três irmãs Bento voltarem para o Brasil no fim do ano.

24

Ao que parece, encontrar uma solução para o problema de Olivia não será tão fácil. Nossa primeira tentativa sai exatamente como eu esperava.

Olivia conversou com sua professora, mostrou quem mandou o roteiro para Graham antes de ele registrar com o nome dele. A professora prometeu levar isso em consideração, mas como esperado, quando ela contatou Graham, ele alegou que Olivia tinha apenas o ajudado com algumas coisas do roteiro.

Não há nada na troca de mensagens deles que prove o contrário. Ela simplesmente mandou o arquivo, sem contexto, então é difícil provar que ele está mentindo.

Contudo, enquanto eles decidem o destino de Olivia, pelo menos deixaram que ela voltasse a assistir às aulas para que não fique para trás caso consiga provar que é inocente. E fico contente por ela ter as aulas para ocupar a mente. Não sei como ela estaria lidando com isso se estivesse em casa o dia inteiro, pensando sobre o que podia acontecer com ela.

Enquanto isso, os ensaios técnicos ficam mais e mais complexos. Alguns ajustes ainda estão sendo feitos, especialmente a iluminação, mas já consigo ver como a peça vai ficar incrível. Saber que faço parte disso desperta uma sensação de orgulho dentro de mim que não sentia há muito tempo.

Vamos ter nosso ensaio final para amigos e familiares daqui a apenas quatro dias, e nesta altura, tudo parece real demais. Terrivelmente real.

— Você — diz Winter, me puxando para perto dele. Estamos sozinhos no camarim, o resto do elenco já tinha encerrado o dia — não para de me impressionar.

Ele dá um beijo nos meus lábios, e eu me deleito com o gosto familiar de canela que acompanha o calor da sua boca na minha. Sorrio contra seus lábios.

— É fácil quando tenho você no palco comigo — digo, percebendo o quanto essas palavras são verdadeiras. — Tudo é mais fácil quando você está comigo, Winter.

— Eu te amo — diz ele, em um impulso. O jeito que ele diz aquelas três palavras, tão casual e despreocupado, como se elas não tivessem o poder de virar meu mundo inteiro de cabeça para baixo, é como uma chave se encaixando. — Eu amo tornar a vida mais fácil para você, porque você não só torna as coisas mais fáceis para mim, você as torna melhor. Mais iluminadas. Não consigo dizer o momento exato que aconteceu. Não posso dizer onde eu estava ou o que estava acontecendo. Eu já era seu antes mesmo de perceber que tinha me entregado. — A mão que está segurando meu rosto começa a acariciar preguiçosamente minhas bochechas enquanto ele encosta a testa à minha, me inalando. — Não sei que tipo de feitiço você lançou em mim, mas não quero me libertar nunca. Com você, não tenho medo de não estar no controle. Você me deixa centrado. Você me fez amar atuar de novo. Você trouxe um tipo de alegria de volta para minha vida quando sequer achava que isso ainda era possível. Você é o raio de sol que vou sempre querer no meu inverno.

Ele me chama de raio de sol, mas neste momento eu sinto que ele é o sol. Suas palavras, o calor de seu toque, o poder de florescer algo dentro do meu peito, a sensação esmagadora do amor, de ser amada.

Ergo um pouco a cabeça, diminuindo a distância entre nossa boca. Nossos lábios se ligam em uma onda de eletricidade. Este beijo é diferente, urgente, promissor. Deslizando a língua pela abertura de seus lábios, posso sentir a vibração do seu grunhido quando ele reage, abrindo os lábios e avidamente reivindicando minha boca.

A onda repentina de emoções que me dominam ao perceber que sou a única capaz de desvendá-lo, desarmá-lo dessa forma me dá vontade de subir no telhado e gritar. Suas mãos errantes continuam a explorar meu corpo, deixando arrepios por onde passam. Quando elas descem, ele apalpa minha bunda antes de deslizar as mãos para trás das minhas coxas.

— Sobe. — Ele me instiga.

Em um movimento rápido, Winter me tira do chão, com as mãos firmes em minha bunda para me manter no lugar enquanto eu envolvo seu quadril com as pernas, sentindo a evidência do que eu faço com ele entre minhas pernas.

O beijo se intensifica quando ele me pressiona na parede. Ele joga o quadril contra o meu, o volume em seu jeans causando um atrito delicioso que lança uma pontada de desejo para minha corrente sanguínea.

Mas por mais que eu queira, e por mais que eu saiba que é verdade, não consigo me forçar a falar aquelas três palavras para ele. Eu sei o sentimento forte que tenho por Winter, mas uma parte do meu cérebro, a pequena parte que ainda consegue ser racional, sabe que isso… nós… não pode durar.

Meu futuro é incerto demais para fazer promessas. Declarar meu amor para ele agora apenas para ter que me despedir em janeiro me aterroriza.

Não faz sentido, mas me convenço de que, se eu não falar em voz alta para ele, posso fingir que o que sinto por ele não é tão intenso. Que esses sentimentos não têm o poder de causar um terremoto na minha existência. Então, em vez de usar palavras para responder, eu apenas o beijo. Eu o beijo torcendo para que ele consiga saborear tudo que sinto por ele no toque de nossa língua, no roçar dos nossos lábios.

Quando finalmente nos afastamos, o gosto doce da canela em seus lábios não está mais inundando meus sentidos, posso sentir o peso da realidade ameaçando me enterrar viva.

— Raio de sol — diz ele, com a mão direita na minha bochecha, afastando meu cabelo. — O que foi? Para onde sua mente foi?

Meneio a cabeça. Se eu tentar falar, posso começar a chorar, e não quero estragar este momento. Quero que tudo nessa lembrança seja perfeito quando for a única coisa que eu tiver dele. Uma lembrança que posso repassar de novo e de novo na minha mente.

Tento descer de seu colo, mas ele aperta os braços ao meu redor.

— Não — resmunga ele, seus olhos penetrantes me encarando freneticamente. — Não faz isso. Eu não ligo se você não consegue dizer também. — Sua voz suave, macia. — Posso esperar. Vou esperar quanto tempo você precisar. Não vou a lugar algum. Só, por favor… — Sua voz falha quando ele implora: — Não se afasta.

— Winter — choramingo.

Quero ir embora antes que meu coração se espedace ao ponto de não conseguir mais juntar os pedaços. No entanto, só de pensar em me afastar dele é o bastante para abrir um buraco no meu peito. Não existe escolha fácil. Se eu ficar com ele, ir embora em janeiro vai arrebentar meu coração. Se eu o deixar agora, meu coração vai sangrar toda vez que eu tiver que vê-lo de novo pelos próximos meses.

Eu me mexo em seus braços, e desta vez ele não tenta me impedir. Deslizo para baixo, minhas pernas parecem cheias de chumbo.

— Eu… — Sinto o choro subindo na garganta, então tento contê-lo. — Não posso mais fazer isso. A gente não pode… Eu não posso. Preciso ir.

Seus olhos apelam para mim, implorando para que eu fique, mas ele não diz nada. Ele não segura meu braço. Ele não segura minha mão. Quando me viro para sair do camarim, Winter só me observa ir embora. E eu me odeio por ter colocado aquela expressão de dor no rosto dele e por ter quebrado meu próprio coração no processo.

25

Já faz dois dias. Dois dias desde aquele último momento no camarim.

Nosso ensaio final é amanhã, e a esta altura, não sei ao certo o que vai acontecer. Estou com medo de desmoronar assim que o ver. E vou ter uma plateia de família, amigos e funcionários do parque para testemunhar.

Minha mente não para de repassar aquela última conversa que tivemos. Sinto como se estivesse parada na beira de um precipício.

Não posso lidar com tudo de uma vez. Meu coração partido e minha preocupação com Olivia estão ameaçando me enterrar viva. É coisa demais.

Julia é a única que não está submersa, e ela está tentando ao máximo manter todas nós flutuando. Ela até tentou cozinhar para a gente, mas uma única refeição foi o bastante para ela recorrer ao delivery.

O dia amanheceu fresco até demais. Uma lufada gelada de vento entra pela janela da nossa sacada quando estou indo até a cozinha, seguindo o aroma de café recém-passado.

— Tem leite no micro-ondas — avisa Julia do sofá.

O fato de ela ainda estar em casa e não ter saído para sua aula ainda me diz que eu, de novo, acordei bem mais cedo do que precisava. Com o café em mãos, me junto a ela no sofá.

— Não conseguiu dormir? — me pergunta ela, preocupada.

Meneio a cabeça.

— Já falou com ele?

Meneio a cabeça de novo.

— Você vai...

O que quer que Julia estava prestes a me perguntar é interrompido por uma porta sendo aberta inesperadamente. Nós nos entreolhamos, surpresas pelo barulho e mais surpresas ainda ao ver Olivia saindo correndo do quarto.

— O que aconteceu? — perguntamos juntas.

Olivia nunca levanta antes de precisar. Às vezes nem quando precisa.

— Eu acordei do nada — diz ela, sem fôlego. — Tipo, sei lá, alguma coisa me acordou. Aí eu fui conferir meu celular, porque achei que tinha perdido o despertador, mas eram só sete da manhã, então eu ia voltar a dormir, porque só tenho aula de tarde hoje, mas aí... — Ela está mais perto da gente na sala agora. — Aí um e-mail apareceu. O reitor quer falar comigo. Hoje. Agora.

— Agora? — berro.

— Bem, às oito, mas é.

Nós pulamos do sofá e nos apressamos em agir. Em menos de vinte minutos, estamos na calçada esperando o Uber para nos levar até o Instituto Elísio de Belas Artes em North Hollywood. É uma corrida de apenas vinte minutos, felizmente, sem passar por nenhuma rodovia, já que o trânsito é insano a esta hora. Demoramos mais dez minutos correndo pelo campus para chegar ao prédio onde fica o escritório do reitor.

Chegamos lá bem na hora, o relógio marca oito horas assim que batemos na porta dele.

— Entre. — Uma voz grave chama lá de dentro.

— Quer que a gente entre com você? — pergunto para Olivia, apertando suavemente sua mão enlaçada com força na minha.

Ela olha tanto para mim quanto para Julia antes de menear a cabeça.

— Não, acho que preciso fazer isso sozinha.

— A gente está aqui fora — diz Julia para tranquilizá-la.

Olivia vai abrir a porta, mas antes de tocar a maçaneta, ela é aberta por dentro, e meu coração saltita no peito.

A visão de Winter parado do outro lado da porta faz uma mistura de surpresa e deleite atravessar meu corpo.

— O que você está fazendo aqui? — pergunto, e ele mostra as covinhas para mim, mas posso ver que o sorriso não alcança seus olhos.

Olhos que imediatamente percebo estarem cheios de cansaço e refletindo a angústia que tenho certeza de que ele também pode ver nos meus.

— Vou deixar vocês conversarem — diz Julia sem hesitar.

— Não, fica. A gente vai para lá.

Aponto com a cabeça para a área do saguão em frente à escada que subimos para chegar ao terceiro andar.

— Então... — Eu o encorajo a começar.

— Eu senti sua falta — diz ele, como se não pudesse evitar, assim como o sol não pode evitar nascer todos os dias.

— Você está aqui porque sentiu minha falta? — Tento entender suas palavras através da névoa densa de remorso que elas causam no meu cérebro.

— Desculpa, não. Eu vim falar com o reitor.

— Por quê?

Ele me encara com um olhar que pergunta: *Você não sabe mesmo o motivo?*

— Cam me contou ontem. Eu vim aqui porque precisava fazer pela Olivia o que ninguém foi capaz de fazer por mim anos atrás.

O fato de ele ainda ter aparecido. De ele ainda ter vontade de ajudar minha irmã apesar do que aconteceu entre nós dois, apesar do fato de que eu parti seu coração dois dias antes ao deixá-lo. É neste momento que eu sei, com uma certeza inabalável, que eu jamais poderia não o amar. Que tentar me impedir de o amar é tão inútil quanto esperar que o inverno não chegue depois do outono.

Não consigo me forçar a dizer nada.

— Você sabe... — diz ele, descansando os cotovelos nos joelhos e se inclinando para frente a fim de segurar minha mão entre as dele. —

Certamente, você sabe que eu sempre, sempre faria qualquer coisa por você. Pelas pessoas que você ama.

— E o termo de confidencialidade? — pergunto, baixinho.

— Ele me proíbe de discutir publicamente fora do círculo de pessoas que estão envolvidas no processo. — Pestanejo ao ouvir a resposta, ainda confusa.

— Eu fiz faculdade aqui. O Instituto Elísio é minha alma mater. Tudo aconteceu aqui. O reitor já sabia o que aconteceu comigo, mas foi com outro professor.

— Eu não sabia. — Viro minha mão para segurar a dele, para entrelaçar meus dedos com os dele. Não quero nunca soltar. Sussurro: — Obrigada.

— Não precisa me agradecer.

— Sim. Eu preciso.

A respiração dele fica mais apressada, seus olhos encontram os meus, encarando-os, tentando encontrar o significado por trás das minhas palavras. Mas eu quero tornar isso fácil para ele. Não quero que ele precise desvendar. Não quero que ele nunca duvide de novo.

— Eu preciso sim te agradecer — digo em um sussurro. — Não só pelo que fez pela Olivia, mas também por me encontrar. Por me enxergar e escolher me amar. Por escolher continuar me amando mesmo quando eu não sabia se eu podia ser amada.

— Nunca foi uma escolha. — A voz dele é grave e baixa, cheia de adoração. — Do momento que te vi, eu nunca tive chance. Mas se eu tivesse... — Ele levanta a mão para segurar meu rosto. — Eu escolheria te amar acima de qualquer outra opção. Eu sempre vou escolher te amar.

— Acho que eu também nunca tive chance — confesso. — Só tive muito medo de me permitir admitir que te amo, mas... — Eu imito seu gesto, segurando seu rosto entre minhas mãos também. — Te amar já se tornou inevitável há bastante tempo.

Ele acaba com a distância entre nós, pressionando a boca na minha em um beijo suave.

Eu o inalo, desfrutando a familiaridade do gosto de canela dos seus lábios.

— Em janeiro talvez eu... — começo a falar, mas ele leva o dedo aos meus lábios, me interrompendo.

— Vamos nos preocupar com isso mais tarde. — Exalando uma última vez contra minha pele, ele recua e me encara. — Vamos fazer isso pelo tempo que tivermos. Eu sou seu, raio de sol. Não quero ser de mais ninguém.

— Eu também sou sua.

É tudo que consigo responder.

Parece que passa uma eternidade antes da Olivia sair do escritório do reitor. Winter tenta me tranquilizar dizendo que acredita que o reitor vai ficar do lado dela. Racionalmente, eu sei que esse é o resultado mais provável, mas não consigo parar de me preocupar.

No momento que a porta abre, Julia e eu quase pulamos em nossa irmã.

Seu sorriso radiante surge antes de qualquer palavra.

— Eu sou oficialmente inocente! Meu histórico acadêmico foi limpo, e estou completamente reintegrada ao corpo estudantil daqui. — Ela proclama as palavras como se estivesse recitando o que o reitor falou para ela.

Nós a abraçamos em comemoração, o alívio nos inundando.

Ela vira para Winter depois que a soltamos.

— Obrigada por vir em minha defesa — diz ela baixinho.

— Claro. — Ele abre um sorriso para ela e acena rapidamente.

— E me desculpa. — Sua voz agora é um sussurro.

Winter franze a testa.

— Pelo quê?

— Bem... — Ela alonga a palavra, inclinando a cabeça, com vergonha. — Eu posso ter dito algumas coisinhas não muito legais sobre você para algumas das pessoas da Movieland.

Ele ri, e aquelas covinhas que amo tanto aparecem.

— Aposto que você não foi a única. — Ele dá de ombros. — Contanto que não continue tendo essas opiniões sobre mim... — A voz dele morre.

— Não, claro que não.

Ele ri.

— Então está tudo bem.

Nós descemos a escada, e Winter nos oferece uma carona para casa, então o seguimos até o estacionamento. Quando estamos quase chegando no seu Jeep preto, Olivia para e vira a cabeça para o céu, suspirando aliviada. Os olhos dela escaneiam em volta, observando o campus. O campus onde agora ela vai conseguir ficar pelos próximos três anos e meio.

Ela para e olha para nós. Um sorriso travesso surge em seu rosto.

— Bem, então. Agora que *isso* foi resolvido — diz ele de maneira tão direta que me viro para ela com a testa franzida, desconfiada. — Acho que posso contar para vocês que fui oficialmente indicada ao Prêmio Pena de Ouro. — Ela ri, mas com um toque de nervosismo. — Teria sido um pouco constrangedor se todo esse rolo não tivesse sido resolvido a meu favor. — Ela aponta com o dedão por cima do ombro na direção do escritório do reitor.

— Olivia! — eu grito. Então, eu o repito suavemente, com a voz cheia de admiração. — Olivia.

Julia e eu a abraçamos ao mesmo tempo que a parabenizamos, e Winter espera ao lado, nos deixando ter o momento das irmãs.

— Por que não contou para a gente? — pergunta Julia.

— Eu... — ela hesita. — Estava com medo de que eles retirassem a indicação se eu não conseguisse provar minha inocência.

Não questionamos seus motivos. O medo de ter algo tão grande tirado de você é algo com o qual estou familiarizada. Me dou conta do quanto estava em jogo para ela nessa conversa com o reitor. E como a ajuda de Winter pode ter mudado o curso da vida dela.

Lutando contra a onda repentina de emoções que ameaça desabar em mim, eu a sacudo amorosamente.

— Puta merda, você foi indicada ao Prêmio Pena de Ouro!

Julia sorri com minha explosão repentina.

— Quando é a cerimônia?

— Vinte e sete de janeiro — responde Olivia.

Meu coração afunda dentro de mim. Meu visto expira no meio de janeiro. A cerimônia de premiação dela se junta à lista sem fim de coisas que vou perder se eu fracassar em conseguir um patrocínio para meu visto e ter de voltar ao Brasil.

Contudo, não menciono isso. Não acho que ela tenha percebido que a data é depois do meu prazo para deixar o país. Então guardo isso para mim mesma e deixo minha irmã celebrar seu momento do jeito que ela merece.

Na verdade, percebo que tem mais uma coisa que posso fazer para tornar a celebração dela ainda melhor.

Deixamos Julia e Olivia no apartamento, e pergunto para Winter se posso ir para a casa dele. Ele nem pergunta o motivo, simplesmente me leva.

Assim que chegamos, eu respiro fundo e procuro o contato da minha mãe no celular, apertando o botão para começar uma chamada de vídeo.

Se Winter pode sair em defesa da Olivia, o mínimo que posso fazer é o mesmo. Então eu espero minha mãe atender, peço para ela chamar meu pai também, e conto que a filha caçula deles é uma roteirista talentosa que ficaria feliz em ter o apoio deles em vez de ser julgada.

Eu falo para eles todas as coisas que nunca tive coragem de dizer antes. Mas assim como Winter, que apareceu para ajudar Olivia porque queria que alguém pudesse ter feito o mesmo para ajudá-lo quando aconteceu com ele, eu faço o mesmo. Apareço para ajudar minha irmã do jeito que nunca fui capaz de fazer por mim mesma.

26

— Acho que ela bugou — diz Olivia.

— Ela está surtando — concorda Julia.

Consigo ouvi-las falando sobre mim, mas não consigo me forçar a reagir. Estou paralisada no meio da sala, com uma xícara vazia de café que nem me lembro de ter pegado. Tudo que pode dar errado hoje atravessa minha mente como lampejos de um filme de terror que não quero assistir, mas de que não consigo desviar o olhar.

— Bebe isso — ordena Olivia, erguendo minha mão na direção da minha boca.

— É café puro, Olivia — argumenta Julia. — Ela odeia.

— Aquele treco doce que ela bebe não vai funcionar agora. — Sua mão livre acena diante de mim antes de estalar os dedos. — Luiza, bebe isso. Dá um golão, vai.

Não consigo agir sozinha, mas não resisto quando Olivia leva a xícara até minha boca. O líquido quente tem gosto de piche, o amargor desce pela minha garganta como lixa. Tusso ao tentar mandar aquele sabor horrível para longe.

Isso basta para me trazer de volta à vida. Empurro a mão da Olivia para longe de mim.

— Isso é horrível — reclamo.

— Olha ela aí. — Olivia sorri.

— Ok, está certo, Luli. Vamos — Julia me chama até a porta.

Estou no piloto automático quando vamos até o parque. Nosso Uber estaciona na área de desembarque, e é ali que eu e minhas irmãs temos que nos separar. Elas vão entrar no parque como convidadas, pela entrada principal, enquanto eu tenho que ir pelo Portão do Xerife, localizado na Trilha do Filme.

— Você consegue — diz Julia, me apertando em um abraço.

Olivia também me envolve em seus braços.

— Muita merda para você! — diz, usando a expressão típica para desejar boa sorte a atores de teatro.

Passo meu crachá de funcionária, cumprimento o guarda, atravesso o túnel, tudo enquanto uma única frase fica repetindo sem parar na minha mente.

Não surta. Não surta. Não surta.

Meu celular começa a tocar assim que subo as escadas de volta ao parque. O rosto de Cece preenche a tela quando aceito a video chamada.

— Oi, neném — me cumprimenta ela, usando o apelido que só fala quando está bêbada e seu lado afetuoso aparece.

Mas estamos no meio da manhã, e tenho quase certeza de que ela está no trabalho.

— Você está bêbada?

— Não — diz ela, amarga. — Estou tentando demonstrar apoio. — Ela faz um biquinho, depois choraminga: — Queria estar aí.

— Eu sei, Cê. Mas você vem no fim de semana.

— É, depois que todo mundo já viu — lamenta ela. — Que tipo de vantagem de melhor amiga é essa?

Eu rio. Ela está brava por perder minha primeira apresentação desde que contei que seria numa sexta-feira à tarde. O chefe da Cece não permitiu que ela faltasse no trabalho por "um motivo tão frívolo".

— E aí, como você está se sentindo? — pergunta ela depois que asseguro que ela não está perdendo a carteirinha de melhor amiga por perder a apresentação de hoje. — Nervosa? Animada?

— Como se eu pudesse vomitar a qualquer momento? — sugiro. — Sei lá. Sinto como se meu corpo estivesse vibrando. Como se meu cérebro não parasse de imaginar tudo que pode dar errado. Eu sonhei que esquecia todas minhas falas ontem à noite e acordei chorando. Literalmente chorando. Tipo, lágrimas ensopando meu travesseiro.

— Uau — diz ela. — Você está surtando.

— Eu sei! — Aperto a base do nariz e tento regular minha respiração. — Me distraia.

— Tudo beeeem. — Cece alonga a palavra, pensando em algo. — Certo, ahhh... Aquele cara que você me disse que se ofereceu para casar com você por um green card. Me fale dele.

Isso funciona. Seu pedido me arranca do surto na mesma hora.

— O quê? Colin? Por quê? O que quer dizer? Por quê? Por que está perguntando?

— Bem, você pode negar a oferta dele, mas Deus sabe que eu faria qualquer coisa para não voltar para o Brasil.

— Exceto casar com o Colin para conseguir um green card — digo, torcendo para que ela comece a rir. Quando isso não acontece, eu imploro: — Me fale que você está brincando.

— Bom, você e a Kat não perdem tempo falando para eu não casar com esse cara, mas nenhuma de vocês me apresentou uma opção melhor.

— Quem é Kat? E você pensou mesmo sobre isso?

— Minha amiga do trabalho. Você a conheceu no meu aniversário. Mas enfim, não importa. Sim, eu pensei nisso. Meu tempo está quase acabando, Luli. Estou ficando sem ideias.

— Olha, se duas das suas amigas estão falando para você não fazer isso, então talvez não seja uma boa ideia?

— Você pode me julgar o quanto quiser, mas enquanto não me arranjar uma solução melhor, eu só tenho isso.

— Não estou te julgando por querer um casamento por conveniência! A gente sabe que infelizmente é assim que várias pessoas conseguem ficar. No entanto, eu estou te julgando — coloco minha mão livre na frente da câmera, aproximando meu indicador do meu dedão — só um pouquinho, por estar disposta a casar justo com o *Colin*.

273

— Bom, *mais uma vez* — enfatiza ela, mais do que é necessário. — Eu não vejo outra alternativa.

— Você não pode pelo menos encontrar alguém que não seja tão...
— Tento encontrar uma palavra para descrever o Colin. — Repulsivo?

— Não é como se eu tivesse uma fila de pessoas para escolher. — Ela meneia a cabeça. — Enfim, você precisa se aprontar para a peça. Quebre a perna.

Eu rio de sua tradução literal.

— O quê? Não é isso que se deve falar para atores antes de subirem no palco?

— Em inglês, sim — explico. — A gente diz *break a leg*, mas em português a expressão é "merda". Não é uma tradução literal.

— Tanto faz. Nenhuma das duas faz sentido. Te amo, amiga. Arrasa.

— Eu também te amo.

O camarim está tão movimentado que não tenho um momento sozinha com Winter. No entanto, assim que visto o vestido de casamento de Melina, é como se toda minha ansiedade desaparecesse. Uma sensação de calmaria, de retidão surge em mim. Uma certeza de que é isso que deveria estar fazendo. Que consigo fazer isso.

Quando Mia, a diretora de palco, nos avisa que faltam cinco minutos, eu sei com certeza que não existe mais ninguém que poderia ser a Melina nessa peça. Ela e eu nos fundimos. Eu sou ela, e ela sou eu.

Mesmo quando me dizem que a imprensa vai assistir à peça, minha convicção não vacila.

A forte sensação de segurança entra no palco comigo quando levo Melina para o público pela primeira vez. Durante toda a peça, minha confiança nunca titubeia. E é diferente de como costumava me sentir. Essa crença forte em mim mesma não é um figurino que visto. Ela vem de dentro, como uma semente finalmente desabrochando depois de receber o cuidado apropriado.

A peça inteira dura por volta de quarenta minutos, mas hoje tudo passa num piscar de olhos, e antes que eu perceba, é hora do beijo de Melina e Arthur.

Lentamente, Winter abaixa o rosto até o meu. Seus olhos se fecham, enquanto seus lábios tocam o meu, o gosto adocicado da canela fluindo direto para o meu peito. Sinto como se estivesse respirando com metade da capacidade desde que acordei de manhã, e agora posso finalmente preencher meus pulmões de ar.

Não sei como tinha sobrevivido toda minha vida sem a boca dele na minha.

O beijo é breve. Casto. Terno. Mas é forte o bastante para me lembrar de que eu o amo. Eu amo o Winter. Eu o amo com cada célula do meu corpo.

O público rompe em aplausos, quebrando o feitiço entre nós, e lentamente os aplausos se tornam o rugido de uma ovação de pé. Winter encontra minha mão e a aperta, e então o elenco inteiro se junta a nós no palco para a reverência. Todos estão radiantes, nossa felicidade permeia o ar. Nós conseguimos. Nos apresentamos diante de um público pela primeira vez, e foi perfeito.

A energia nos segue até o camarim quando saímos do palco. O burburinho animado é tão alto que mal consigo ouvir meus próprios pensamentos.

Uma batida na porta é seguida pela entrada de Emily. Todos começam a aplaudir nossa diretora, a parabenizando pelo grande trabalho que fez. Ela acena com a mão, dispensando nosso aplauso e devolvendo os elogios para nós.

Quando os olhos dela encontram os meus, Emily aponta para a porta com a cabeça, e eu rapidamente a sigo para fora.

A temperatura do meu corpo cai. Meu sangue fica frio. Tento engolir o nó que se instalou na minha garganta, mas minha boca está seca.

— Luiza, Anne Marie quer falar com você. — Eu arregalo os olhos, mas nada na expressão da Emily entrega o motivo da conversa. — Você tem tempo agora? Eu te levo lá.

A caminhada pelo túnel leva dez vezes mais do que o normal. O silêncio pesa entre nós, e tenho que me conter para não perguntar para Emily o que está acontecendo. Se ela pudesse me contar, já teria contado.

É Emily que bate na porta de Anne Marie quando chegamos ao sexto andar do prédio 441. Ela não espera por uma resposta antes de abrir, me esperando entrar depois dela.

A administradora do teatro nos observa quando nos aproximamos de sua mesa, os lábios imóveis, os olhos não entregando nada.

— Sente-se, por favor, Luiza.

Nos segundos que levo para puxar a cadeira e sentar, eu repasso cada uma das coisas que aconteceram nos últimos meses. Tento pensar no que podia ter feito para acabar aqui. Ou talvez tenha sido algo que eu disse? Sinto como se um milhão de formigas estivesse na minha pele de tão nervosa que estou agora.

— Luiza — Anne Marie começa a dizer —, sabíamos desde o começo qual era a condição do seu visto.

Quero interrompê-la. Garantir que nunca tentei esconder minha situação, que não estou fazendo nada de errado. Contudo, ela ergue a mão, me parando antes que eu diga algo.

— Nós apostamos em você. — Ela vira para encarar Emily. — A Emily apostou. Ela viu algo em você e me pediu para te dar essa oportunidade. Ela lutou por você.

Olho para minha diretora sentada ao meu lado. Ela abre um sorriso orgulhoso.

— Teria sido mais fácil contratar outra atriz. Alguém que não tem um visto temporário. Eu disse isso para ela quando ela me disse que queria você. Mas ela disse que não seria a decisão certa. Agora eu entendo. Eu assisti ao ensaio de hoje — conta ela, e eu a encaro, surpresa. Não sabia que ela estava na plateia. — E estou mais certa do que nunca de que ninguém mais podia ter feito a Melina como você. Emily teve que lutar para que eu te contratasse, mas depois de assistir você hoje, pude finalmente entender o que ela viu em você.

Meu lábio inferior treme quando tento conter minhas emoções.

Ela me olha atentamente e respira fundo antes de continuar:

— Movieland quer patrocinar seu visto P-1B se quiser ficar na nossa equipe para mais produções. Quer se tornar um membro integral do elenco da Movieland?

Eu pestanejo, atônita. Meus ouvidos captaram suas palavras, mas meu cérebro parece estar com dificuldade de processá-las.

— O quê? — Meus olhos vão da Anne Marie para Emily, depois de volta para a administradora do teatro.

Ela sorri para mim.

— Nós queremos te contratar. Não podemos te dar uma condição permanente, mas é um começo. O visto P-1B é especificamente para a indústria do entretenimento, e podemos pedir por uma extensão depois do fim do seu período de um ano.

— Eu posso ficar? — Ainda não consigo compreender o que ela está falando.

— Você pode ficar. — É Emily quem confirma, colocando a mão sobre a minha no braço da cadeira, que eu apertava com muita força, sem perceber.

— Ai, meu Deus! — solto em um gritinho.

— Vou aceitar isso como um sim — diz Anne Marie.

Ela e Emily compartilham um sorriso de satisfação.

— Sim, claro!

Meu coração aumentou como um balão dentro do peito, e eu sinto como se pudesse flutuar para fora daqui se soltasse esta cadeira.

— Ótimo. Seja bem-vinda ao elenco da Movieland, Luiza. Vamos agilizar a papelada na segunda-feira.

Anne Marie se levanta e estica o braço por cima da mesa. Eu aperto sua mão no cumprimento mais satisfatório que já dei.

— Obrigada — digo a ela. Depois me viro para Emily. — Obrigada.

— Não precisa me agradecer — responde ela. — Você mereceu. Seu talento te trouxe isso.

Não sendo do tipo que gosta de momentos piegas, Anne Marie agita a mão, nos dispensando.

— Agora vão. Vocês duas têm um espetáculo para apresentar amanhã e todo fim de semana pelos próximos três meses.

27

A peça fica em cartaz por três meses, mas, quando chega o fim de janeiro, parece que o primeiro fim de semana foi ontem. É o penúltimo dia da peça, e eu já estou com saudade da Melina.

Desde o começo de novembro, eu a interpreto três vezes por dia todas as sextas-feiras, sábados e domingos sem falta.

Os ensaios para a produção de verão vão começar logo em seguida, e estou animada para isso, mas ainda fico triste por me despedir da minha primeira personagem.

Da peça que mudou tudo.

Quando fazemos a última reverência, a mão de Winter segura a minha, e compartilhamos um olhar que diz tudo o que não podemos falar um para o outro agora. Mas então, sem conseguir se conter, ele move os lábios para dizer sem emitir som: *Eu te amo.*

Nós basicamente corremos para fora do palco para tirar o figurino e colocar a roupa formal que usaremos para a cerimônia do Prêmio Pena de Ouro.

O que esqueci de levar em consideração quando Olivia nos disse a data do evento foi que, se eu ainda estivesse nos EUA, ainda teria três apresentações para fazer naquele dia. Felizmente, a última termina um pouco antes das cinco, o que me dá trinta minutos inteiros para me trocar antes de irmos até o local da cerimônia.

— Vou sentir falta da adrenalina que sinto toda vez que saio do palco — comento quando estamos no carro, com Winter seguindo as orientações do GPS para nos levar pela rota mais rápida.

— Logo você vive isso de novo — me lembra ele.

— Eu sei — choramingo. — Mas não queria parar. Queria que não tivesse pausa entre as peças.

— Acredite, se não tivesse pausa, você ia querer que tivesse.

Ele coloca a mão na minha coxa, o tecido fino do vestido não fazendo nada para filtrar o calor que se espalha por minha pele. Ele olha para esse ponto, depois para o meu rosto antes de voltar a encarar a estrada.

— Tem certeza de que a gente não tem tempo para...

— Não. — Eu o interrompo antes que ele sequer faça a sugestão.

— Mas você está tão... — Ele segura minha mão, levando-a aos lábios para deixar um beijo nos nós dos meus dedos. — Você está muito gostosa nesse vestido.

Eu ainda coro quando ele diz essas coisas. E ele diz o tempo inteiro, então nos últimos três meses eu tenho ficado em um estado constante de rubor.

— Não — alerto, vendo o sorriso travesso que ameaça surgir em seus lábios. — Você sabe que hoje é importante.

— É — concorda ele. — Se não soubesse, eu teria arruinado esse seu vestido perfeito no momento que você saiu do camarim.

— Você não vai mesmo sentir falta da peça? — pergunto, levando a conversa de volta para um território seguro, porque estamos prestes a atravessar um limite sem volta.

— Vou sentir falta de trabalhar com você — diz ele, acariciando as costas da minha mão. — Mas teatro nunca foi para mim. E... — Ele para, e eu dou toda minha atenção para ele. — Estou pensando em tentar produzir meu roteiro de novo.

— Sério?

Ele sorri, orgulhoso, e assente.

O Prêmio Pena de Ouro não é nem de perto tão grande quanto o Oscar ou o Emmy, mas para roteiristas, é a maior consagração depois desses.

Quando chegamos, o local já está abarrotado. Agora que conseguimos chegar a tempo e não estou preocupada em me atrasar, finalmente dou uma boa olhada em Winter, e graças a Deus só fiz isso agora.

Eu não teria recusado tão depressa sua sugestão se tivesse percebido mais cedo o quanto ele estava lindo naquele terno.

O tecido luxuoso envolve seus ombros largos, o tom suntuoso de azul o faz parecer elegante e moderno.

Desde que a peça começou, ele tem recebido mais e mais atenção da imprensa, e não demorou muito para eu entender porque ele sempre usa jeans e camiseta branca. As fotos dos paparazzi ficam parecendo que foram tiradas no mesmo dia quando o look não muda, que é a maneira simples que ele usa para tentar se livrar dos fotógrafos seguindo cada um de seus passos.

Mas isso significa que estou acostumada a vê-lo com roupas casuais, então quando ele coloca algo diferente, meu coração dá uma cambalhota no peito como se eu estivesse o vendo pela primeira vez.

— Para de me olhar assim. — Ele faz o aviso bem perto da minha orelha.

— Assim como?

— Como se quisesse que eu te levasse embora daqui agora mesmo.

Ele está certo. É exatamente isso o que eu quero.

Contudo, nós não podemos. Precisamos procurar pela mesa da Olivia. Como uma das indicadas ao prêmio de Talento em Ascensão, ela recebeu uma mesa inteira e nove convites. E nós a encontramos, meu coração se alegrando com a visão.

Olivia está de pé, usando um lindo vestido cinza-escuro que abraça todas suas curvas nos lugares certos. Seu cabelo está preso em um rabo de cavalo bem puxado, deixando toda atenção para o decote em coração do vestido. Ao seu redor, todos conversam animadamente, uma sensação palpável de orgulho permeando o ar.

Cam está com o braço em volta da cintura de Julia enquanto conversam com Cece e Kat.

Mas meus olhos são imediatamente atraídos para as pessoas conversando com Olivia.

Nossos pais e nossa irmã mais velha, Maria, chegaram hoje mais cedo, e mesmo eu não estando lá para testemunhar a surpresa, Julia me enviou o vídeo para que eu pudesse ver o choque no rosto de Olivia quando abriu a porta e os encontrou do outro lado.

Não me lembro da última vez que eles tiraram férias, então o fato de terem feito isso para estarem aqui pela Olivia me dá esperança de que eles compreenderam de verdade tudo que falei para eles naquela ligação meses atrás.

Organizar a vinda deles à cerimônia foi um desafio. Olivia não queria dar aqueles três convites, então tivemos que pedir para o Winter dizer a ela que os convites eram para Alice Soo, quando na verdade eram para nossos pais e Maria.

— Acho que ela não vai ficar tão triste porque sua atriz favorita não vem hoje, né? — pergunto para Winter enquanto a vejo abraçando nossos pais depois de eles terem dito algo que fez os olhos dela marejarem.

— Mas ela vem.

— O quê? Como?

— Se Alice Soo quer ir a algum lugar, chovem convites — brinca ele.

Como se tivesse sido invocada pela menção de seu nome artístico, Ali Hoang aparece bem ao nosso lado. Ela me abraça antes de abraçar Winter.

— Já perdi o posto de melhor amigo — ele reclama.

— Ainda não, mas se não der uma melhorada, esta daqui vai roubar de você rapidinho. — Ela envolve meu ombro com o braço e me aperta ao seu lado.

— Vem, deixa eu te apresentar para Olivia.

Minha irmã caçula nos vê antes de chegarmos até ela e seu queixo cai ao ver a mulher perto de mim. Ali ri e prontamente dá um abraço em

Olivia, pulando qualquer apresentação formal. Elas começam a conversar como se fossem melhores amigas.

Eu me viro para os meus pais em seguida, uma repentina explosão quente cobre meu peito.

— Mãe — falo ao abraçá-la. — Que bom que vocês vieram.

Quando tento soltá-la para também dizer ao meu pai que estou feliz por eles terem vindo, ela me aperta com mais força, não me deixando sair de seu abraço.

— Obrigada, filha.

Ela não precisa dizer mais nada. Seu abraço forte é o bastante para que eu entenda pelo que ela está me agradecendo.

Meu pai me abraça depois de empurrar minha mãe para o lado brincando, dizendo que também sentiu muito minha falta.

Então, depois que tenho certeza de que não vou virar uma poça de lágrimas pela sensação esmagadora de felicidade e amor que estou sentindo, eu finalmente viro para Winter e o apresento aos meus pais.

— Mãe, pai, esse é o Winter. — Aponto para o homem ao meu lado, e depois digo as palavras que ainda me causam friozinho na barriga: — Meu namorado.

Winter Brian Davis, meu namorado.

— É um prazer conhecer vocês — diz Winter em português, o que demoro um segundo para perceber.

— É o quê? — deixo escapar, e ele apenas ri.

Winter estende a mão para minha mãe, mas ela o puxa para um abraço, e meu pai faz o mesmo.

Só quando a cerimônia começa e estamos sentados à mesa que eu tenho a chance de perguntar:

— Desde quando você fala português?

— Não falo. — Ele dá de ombros. — Mas estou aprendendo.

— Por quê?

Ele lança para mim o olhar que sempre faz quando pergunto alguma coisa besta. O olhar de *você não sabe mesmo?*.

— Você me disse que seus pais não falam inglês.

— Você aprendeu português para poder conversar com meus pais? Está aprendendo um novo idioma por mim?

— Raio de sol, por você eu aprenderia mil idiomas.

Não acho que tem espaço algum para mais felicidade no meu coração, mas quando o nome de Olivia é chamado para receber o Pena de Ouro de Talento em Ascenção, eu sei que estou errada, porque meu coração dobra de tamanho, com uma sensação profunda de felicidade e orgulho tomando todo o espaço.

Quando ela sobe ao palco, depois de olhar para nós buscando a confirmação de não ter ouvido errado, que foi mesmo o nome dela que chamaram, um sorriso contente se abre no meu rosto. Eu desfruto da onda maravilhosa de alegria que me toma ao perceber que nunca estive tão feliz assim antes.

Winter se inclina para mim, com os lábios bem perto do meu ouvido.

— Feliz? — ele pergunta antes de beijar minha têmpora.

Assinto, incapaz de falar sem abrir a comporta das minhas lágrimas de alegria.

— Ótimo — diz ele. Então ele acrescenta, em português: — Eu te amo.

Não consigo mais impedir que as emoções transbordem de mim.

— Eu te amo mais — sussurro, também em português.

— Impossível.

EPÍLOGO

DOIS ANOS DEPOIS

— WINTER, OLHA PARA CÁ!
— Luiza, à sua esquerda!
— Deem um beijo para a câmera!

Os fotógrafos gritam pedidos incansavelmente enquanto Winter e eu andamos pelo tapete vermelho na estreia do filme dele. Sua estreia como diretor.

Fardo foi finalmente produzido um ano atrás, depois de Winter reescrever o roteiro, despejando a alma nas páginas. Se o roteiro era bom antes, virou uma obra-prima depois que ele percebeu que não podia continuar se contendo se quisesse que aquilo fosse bem-sucedido, e que ele precisava ser o diretor.

A história é repleta da complexidade de se sentir usado por alguém que deveria te amar. De odiar alguém que também ama. De estar de luto por alguém depois que essa pessoa morreu, mesmo tendo passado um bom tempo desejando que ela partisse. Era sincero e lindo.

Posso ser tendenciosa, mas não sou só eu que penso assim. O filme foi indicado para três Oscar, incluindo Melhor Roteiro Original, Melhor Diretor e Melhor Atriz Coadjuvante.

E Winter ganhou um Prêmio Pena de Ouro de Melhor Roteiro na semana passada.

Depois que passamos pelo tapete vermelho, parando a cada centímetro para tirar fotos, chegamos até os repórteres, que rapidamente começam a enfiar os microfones na nossa frente.

— Winter, aqui é o *BuzzFeed*.

— Sarah Moore do *ET*.

— Vou falar com todo mundo. — Winter tranquiliza todos. — Vamos só fazer uma de cada vez. Pode começar. — Ele aponta para a repórter do *BuzzFeed*.

Passamos pela fila de repórteres, respondendo a maioria das perguntas, evitando algumas outras. Quando finalmente chegamos na última, reconheço a logo de um portal brasileiro no microfone de uma jovem.

— Winter, Luiza, obrigada por falar com a gente. Então, vocês são um dos casais mais famosos de Hollywood no momento. E quando você anunciou que ia dirigir seu primeiro longa, todos pensamos que Luiza com certeza seria escalada. Isso sequer foi considerado? Por que ela não foi escalada?

Winter olha para mim, perguntando silenciosamente se eu quero responder essa pergunta.

— A gente pensou sobre isso — digo. — Mas esse filme significa muito para o Winter, e ele fez um trabalho lindo com o roteiro, por isso queríamos que fosse apenas sobre a história. Não queríamos tirar a atenção disso e tornar um "projeto do casal" um filme tão importante para ele.

— Mas podemos esperar alguma colaboração no futuro?

— Definitivamente — responde Winter antes que eu possa.

— E, Luiza, agora que você foi confirmada no primeiro seriado da Movieland que vai direto para o *streaming*, podemos esperar te ver mais na telinha do que no palco?

— Eu ainda amo o palco — digo com sinceridade. — Mas quero fazer mais televisão e filmes agora que saí do parque. Não estou dizendo que não faria teatro de novo, mas por enquanto meus planos estão tomando um caminho diferente.

— Alguns projetos nos quais poderemos te ver no futuro?

— Sim, com certeza. Eu e minha irmã estamos fazendo um filme juntas, e não vejo a hora de poder falar mais sobre isso.

— Incrível! Vocês dois estão lindos hoje. Obrigada por terem conversado com a gente.

Com o fim da última entrevista, nós finalmente vamos procurar nossos amigos. Seguros no teatro e longe das câmeras, eu abro o fecho da minha bolsa e pego meu anel lá de dentro.

Winter me para e tira o anel da minha mão, deslizando-o pelo meu dedo anelar, com um olhar determinado me encarando, radiante de amor.

— Quase valeu a pena — diz ele, com a voz rouca e baixa.

— O quê?

— Concordar que esconder esse anel hoje era a melhor escolha.

Usá-lo ou não havia rendido toda uma discussão. Winter odiava a ideia de eu tirar o anel de noivado que ele me deu na nossa viagem mais recente ao Brasil. Mas eu argumentei que não faria sentido eu estar com o anel no dedo quando o objetivo inteiro da noite era garantir que o foco da imprensa fosse todo no filme e não em nós dois.

— E por que valeu a pena? — provoco.

— *Quase* valeu a pena — me corrige ele. — Porque posso colocar no seu dedo de novo.

— Posso tirá-lo mais uma vez e…

— Não ouse — grunhe ele, beijando meus lábios, com a mão ainda segurando a minha e o polegar acariciando meu anelar.

AGRADECIMENTOS

Algumas pessoas dizem que escrever é uma arte solitária. Para mim não é. Não consigo escrever sozinha. Para este livro se tornar real, precisei de um elenco inteiro ao meu lado, e simplesmente não teria a menor chance de terminá-lo sem agradecer cada uma das pessoas que me ajudaram nessa jornada, não importa se o papel tenha sido grande ou pequeno.

Agradeço às minhas amigas de infância por serem meu pilar. Bruna F., Clarice C., Diana B., Jéssica S., Júlia V. e Maria C. Minha vida é melhor por ter vocês nela. Eu amo vocês, meninas.

Aos amigos que de alguma forma consegui fazer na vida adulta, Paola M. e Ruan A., e toda a galera do VAB, por me arrancarem de casa de vez em quando, e ao Gabriel H., por não só ser o melhor dos amigos como também um colega de apartamento maravilhoso. Eu te amo porque você assistiu televisão no mudo para eu poder terminar de escrever este livro e por muitos outros motivos incríveis.

Às garotas do Book & Conversation Club, por compartilharem a eterna paixão por livros e romances comigo. Serei sempre grata por vocês terem encontrado meu clube do livro e terem decidido ficar por ali. Não consigo nomear todas, mas saibam que cada uma de vocês fez diferença na minha vida.

A todos autores que participaram do Book & Conversation Club, por todas as histórias incríveis que escreveram e me inspiraram a nunca desistir de escrever a minha, e por tudo que compartilharam em nossas reuniões. Conhecer o processo criativo de tantos autores incríveis definitivamente me ajudou com o meu. Vocês são muitos para nomear, mas quero destacar alguns que não posso deixar de agradecer individualmente.

Emily Henry, por ser minha maior inspiração e escrever histórias que literalmente me fizeram precisar de sessões extras de terapia (vou mandar a conta para você!). Mia Sosa, por me dizer que esse livro era possível tantos anos atrás. Eu não sei se teria dado uma chance para este livro se não tivesse me apaixonado por *O pior padrinho da noiva*. Elena Armas, por ser a maior fã dos meus jogos (rá! Desculpa, não deu pra evitar!) e por escrever Lucas Martín. Mazey Eddings, por ser como a luz do sol e escrever livros tão bonitos que quero emoldurar cada página e pendurá-las por toda minha casa. Ali Hazelwood, por ficar tão animada quanto eu com este livro e por me ajudar a revelar essa capa linda, colocando meu bebê sob o radar de tantas pessoas. Queridas, é uma honra me juntar a vocês como autora publicada agora. Obrigada por tudo!

Às leitoras betas mais animadas que uma autora poderia ter, obrigada por me manterem motivada e não me deixar desistir. Se este livro existe, é só graças a cada uma de vocês. Julianny S., não tenho como te agradecer o suficiente pelo feeedback honesto e a companhia constante nas nossas sessões de trabalho no Discord. Leticia R., você merece um prêmio por ter lido cada uma das versões desta história e comentar cada uma delas em um nível imbatível de entusiasmo toda vez. Laura A., fazer não só videochamadas para contar o projeto do livro, como também te mandar mensagem de socorro toda vez que eu ficava travada é um privilégio que tenho a honra de ter. Raquel B., não tenho palavras para te agradecer por suas reações emocionadas e animação genuína com cada um dos novos progressos deste livro. Mariana B., seu amor por este livro é um presente que só perde para sua amizade. Obrigada por compartilhar comigo o amor pelas duas melhores loiras do mundo (Emily e Taylor, claro!) e por tudo que fez por mim e por esta história. Não tenho como agradecer vocês o bastante!

Às pessoas que estão comigo desde o momento que comecei minha carreira na escrita em 2017: Layana S., Letícia F., Nathália C. e Vanessa R. Compartilhar minha primeira experiência publicando com vocês e com as outras garotas da antologia *Qualquer clichê de amor* foi o melhor jeito de começar minha carreira.

À Alissa B., por responder todas minhas dúvidas sobre vistos e por sempre ser incrível. À Fernanda M., por ser minha alma gêmea criativa. À Ana C., por literalmente ser uma das inspirações deste livro e responder todas minhas dúvidas ridículas sobre teatro e atuação. Vocês são a melhor coisa que trouxe da faculdade.

À minha editora, Sarah Pesce, por sua paciência e talento. Este livro não seria metade do que é se não fosse por você.

À Fernanda Nia, que ilustrou e fez o design da capa mais linda que esse livro poderia ter. Mal posso esperar para criar mais histórias para você ilustrar!

À Ana Luisa Seara, que ilustrou o mapa lindo da Movieland. Obrigada por trazer meu parque temático à vida. O único problema é que agora eu quero visitar um lugar que não existe na vida real.

Aos incríveis autores brasileiros que me fizeram acreditar que uma carreira como escritora era possível mesmo em um país que não faz nada para encorajar a literatura. Se estou aqui, é graças a vocês, por terem pavimentado o caminho antes de mim. Bárbara Moraes, Jim Anotsu, Iris Figueiredo, Lucas Rocha e muitos outros. Obrigada por serem uma grande inspiração!

À minha terapeuta e minha psiquiatra por me ajudarem quando não podia fazer isso por mim mesma. À minha família e aos meus amigos por sempre comprarem cada história que escrevo, mesmo quando não vão necessariamente ler.

À minha madrasta, ao meu padrasto e ao meio-irmão. Queria que todos tivessem a mesma sorte que eu tive de receber membros extras na família que me amam como vocês.

À minha tia Vivi, por ser uma segunda mãe para mim e a madrinha que escolhi para a vida. À minha avó, por me dar a melhor família que já existiu e por sempre garantir que eu almoçasse mesmo quando ficava perdida demais na escrita e esquecia que era hora de comer (embora isso também seja graças a Neia).

À minha irmã, Carol, por ser uma irmã mais velha que tenho orgulho de ter como exemplo e por me dar os melhores afilhados do mundo. Aos meus afilhados, simplesmente por serem os menininhos mais fofos do planeta. Ao meu pai, por sempre me encorajar a sonhar alto. Você sempre me fez acreditar que nada estava fora do meu alcance.

À minha mãe, por ser a melhor rede de segurança que eu poderia ter enquanto andava nessa corda bamba que é tentar ser escritora. Você é o sistema de apoio que desejo que todos pudessem ter quando correm atrás dos sonhos. Obrigada por todos os sacrifícios que fez por nós e por nunca duvidar que eu podia fazer isso.

A todos os bookstragrammers, booktokers, booktubers e bookinfluencers que leram cópias adiantadas e falaram deste livro na internet. Obrigada! Não fazem ideia da diferença que fizeram na minha vida.

E finalmente, a você, leitor, obrigada por escolher passar um tempo com a Luiza e com o Winter. Sou leitora desde muito antes de virar escritora, e sei quantos livros incríveis estão por aí e como temos pouco tempo para ler todos eles. Então, o fato de você ter escolhido meu livro é uma honra sem tamanho.

Este livro foi composto na tipografia Minion Pro,
em corpo 11,5/16, e impresso em
papel off-white no Sistema Cameron da
Divisão Gráfica da Distribuidora Record.